La Peste

鼠

[法] 阿尔贝·加缪 著

李玉民 译

疫

北方文艺出版社

图书在版编目（CIP）数据

鼠疫 /（法）阿尔贝·加缪著；李玉民译 . -- 哈尔
滨：北方文艺出版社，2021.7
　　ISBN 978-7-5317-5133-5

Ⅰ . ①鼠… Ⅱ . ①阿… ②李… Ⅲ . ①长篇小说 - 法
国 - 现代 Ⅳ . ① I565.45

中国版本图书馆 CIP 数据核字（2021）第 105718 号

鼠 疫
SHUYI

作　者 /〔法〕阿尔贝·加缪　　　　　译　者 / 李玉民
责任编辑 / 张贺然　　　　　　　　　封面设计 / 蒋　晴

出版发行 / 北方文艺出版社　　　　　邮　编 / 150008
发行电话 /（0451）86825533　　　　经　销 / 新华书店
地　址 / 哈尔滨市南岗区宣庆小区 1 号楼　网　址 / www.bfwy.com

印　刷 / 三河市天润建兴印务有限公司　开　本 / 880mm×1230mm　1/ 32
字　数 / 190 千　　　　　　　　　　印　张 / 7
版　次 / 2021 年 7 月第 1 版　　　　　印　次 / 2025 年 6 月第 4 次印刷

书　号 / ISBN 978-7-5317-5133-5　　　定　价 / 49.80 元

目　录

第一部

20 世纪 40 年代发生在奥兰的奇特事件，构成本部纪事的素材。通常认为，这些事件不该发生在那里，情况有点儿反常。初次领略，奥兰的确是一座普通城市，只不过是阿尔及利亚滨海的一个法国海外省的省会。

　　应当承认，这座城市，从本身看来挺丑陋，表面看上去倒很平静，必须观察一段时间，才能发现它同各个地域其他许多商埠的差异。譬如说，一座城市既没有鸽子，也没有树木，没有花园，既看不见鸟儿扑打的翅膀，也听不到树叶沙沙的声响，总之，这样毫无特色的地方，让人怎么想象呢？在这里，四季的嬗变，仅仅在天空显现。只有清爽的空气、小贩从郊区运来的大批花篮，才带来春天的消息：那是在市场上兜售的春天。整个夏季，炎炎烈日烧烤着干透了的房舍，给墙壁蒙上一层灰突突的灰烬。于是，家家户户只能关紧了百叶窗，躲在阴影里生活。到了秋天则相反，大雨滂沱，满街泥浆的洪流。

　　要了解一座城市，简便的办法就是探索居民如何劳动，如何爱并如何死亡。也许是受气候的影响，在我们这座小城里，所有这些事情都同时进行，处于同样状态，既狂热又驰心旁骛。也就是说，大家都感到百无聊赖，又得尽量习以为常。我们的同胞都很有干劲儿，但总是为了发财致富。他们对经商兴趣尤为浓厚，照他们自己的说法，他们首先经营的是买卖，自不待言，他们也同样喜爱寻常的乐趣，他们爱女人，爱看电影，爱泡海水澡。不过，他们却十分理智，这类消遣只留待星期六晚上和星期天，而一周的其他日子，就力求多多赚钱。傍晚他们离开办公室，定时到咖啡馆相聚，再沿着同一条林荫大路散步，或者待在自家的阳台上。年纪最轻的人，欲望强烈，但是短暂；而年纪最大的人，坏毛病也大不过参加滚球协会的活动、联谊会的宴会，到俱乐部打牌，碰运气大赌两把。

想必有人会说，这些并不是我们的城市所特有的，总体来说，我们同时代的人莫不如此。如今，看到人们从早干到晚，余下的时间就去打牌，喝咖啡，闲聊，这样的生活恐怕再正常不过的了。然而，也有些城市，也有些地区，那里的人时而会臆想别的事。一般来说，这并不能改变他们的生活，只不过，总还有过臆想，这就比什么都强。奥兰则相反，看来是一座没有臆想的城市，亦即一座纯粹现代的城市。因此，也就没有必要具体描述我们这里相爱的方式。男人和女人，要么在所谓的做爱的行为中，快速地相互餍足，要么在婚约中二人长相厮守。这两种极端之间，往往找不到折中。这也算不上独特。在奥兰如同在别处一样，大家都没有时间，缺少思考，不得不相爱而又浑然不觉。

我们这座城市更为独特的，还是人临死可能碰到的难题。用"难题"二字也不甚恰当，说不舒适或许更确切些。生病从来就不是惬意的事儿，但是有些城市，有些地方，生了病会有人照顾；在一定程度上，可以顺其自然。一个病人就需要温馨呵护，喜欢有所依赖，这是人之常情。然而在奥兰，气候这么极端，生意这么繁忙，景观这么乏味，傍晚时分消失得这么快，而寻欢作乐又是这等水平，这一切都要求有一个健康的身体。一个人生了病，就陷入了孤独。那么再想一想一个要死的人，简直就是掉进陷阱，被几百堵热得噼啪作响的墙壁困住，而与此同时，全体居民都在打电话或者在咖啡馆里谈汇票，谈提货单和贴现。说来不难理解，即使在现代社会中，生活在一个酷热干燥的地方，死神突然闯来，人临终的时候，境况该有多么艰难困窘。

我指出这样几点，也许足以让人对我们的城市有一个概念。眼下说到什么，都不宜夸大其词，只应该强调市容和生活状态都平淡无奇。不过，只要生活习惯了，也不难打发时日。既然这座城市容易让人习惯，那么就可以说无往而不利了。当然，从这个角度看，生活就不那么趣味盎然了。但是在我们这里，至少没有出现过混乱。本城的居民为人直率、友善而活跃，总能赢得旅游者应有的敬重。这座城市既无美景，又没有草木和灵魂，最终似乎让人感到安宁，在这里的人终于可以进入梦乡。不过，还应当说句公道话：这座城市镶嵌在无与伦比的美景中，坐落在一块光秃秃的高地中央，而高地则环绕着阳光灿烂的山峦，整个对着风景如画的海湾。说到遗憾可能只有一点，就是城市的格局背对着海湾，因此不可能眺望海景，必须越过山峦去寻找。

说到此处，恐怕大家不难理解，我们的同胞做梦也想不到，这年春天会发生这么多变故，我们也是随后才明白，这些变故正是我们打算在这里记述的一系列严重事件的先兆。这些事实，在一些人看来非常自然，另一些人则相反，认为并不足信。但是，不管怎样，一名纪事作者无法考虑这些矛盾的说法。他的任务仅仅是说"这事发生了"，只因他知道，这事确实发生了，事关一地全体居民的生命，而且，还有数千名目击者会由衷地认为，他讲述的情况完全属实。

再者说，叙述者，到时候都会了解他是何许人，如果不是事出偶然，他得以搜集相当数量的第一手材料，如果不是势在必行，他裹进了他打算讲述的所有这些事件里，那么，他就不大可能开发这样一种事业。正因为有了这些条件，他才名正言顺地做起了历史学家之事。当然，一位历史学家，即便是业余的，也总要掌握一些资料。本书的叙述者手头自然也有资料：首先是他目睹，其次是别人的见证，既然他担当了角色，就得去搜集这部纪事所有人物的心声，最后便是辗转落入他手上的文字资料。他心中自有准谱儿，到了适当时候就进行筛选，充分利用这些资料。他还打算……好了，也许该放卜这些评论和谨慎的言辞，到了直接叙事的时候了。头几天的情况，要讲得稍微详细一些。

四月十六日上午，贝尔纳·里厄大夫走出诊所，到楼梯平台中间绊着一只死老鼠，当即一脚踢开，也并没有在意，就下楼去了。可是到了街上，他忽然想到那只老鼠不该死在那地方，于是返回，要告知门房。面对米歇尔老先生的反应，里厄大夫就更加明确地感到他的发现异乎寻常。乍一碰到这只死鼠，他只是觉得有些蹊跷，而门房却把这视为一种诬蔑。门房绝不容忍，断言这楼里绝没有老鼠。里厄大夫则向他保证说，二楼的楼道上就是有一只，大概死了，可是白费唇舌，米歇尔先生还是坚信不疑：这楼里没有老鼠，而这只老鼠，一定是有人从外面带进来的。总之，是一场恶作剧。

当天晚上，贝尔纳·里厄站在楼道里，要摸出钥匙来，才好上楼回家，他忽然发现一只大老鼠从楼道的幽暗深处溜出来，身子摇摇晃晃，皮毛全湿了。老鼠停下来，似乎要保持平衡，随即跑向大夫，又停下来，原地打了个转儿，轻轻叫了一声，最终倒地，从半张的嘴里咯出血来。大夫瞧了它半晌，上楼回家了。

他想的不是那只老鼠，而是念念不忘咯出的血。他妻子病了有一年了，准备次日动身去一家山区疗养院。他见妻子按照他的嘱咐，躺在他们的卧室里。旅途劳顿，她要养足精神。她笑脸相迎，说道：

"我感觉很好。"

大夫端详在床头的灯光下转向他的脸庞。妻子三十岁了，尽管一副病容，可是在里厄看来，这张脸始终保持着青春，也许是这嫣然一笑驱走了其余的一切。

"能睡就多睡会儿，"里厄说道，"护士明天十一点来，我送你们去车站，赶十二点的火车。"

他亲了亲妻子微微潮湿的额头。那笑容一直送他到门口。

第二天，即四月十七日，早上八点钟，大夫出门，被门房拦住。门房指责有人搞恶作剧，又把三只死鼠撂在楼道中间。老鼠浑身是血，估计是用大号老鼠夹子捕杀的。门房拎着死鼠的爪子，在门口守了好一会儿，想用冷嘲热讽来激那些坏蛋现出原形。然而一无所获。

"哼！那些家伙，"米歇尔先生说道，"早晚会让我给逮住。"

里厄大为不解，决定去城边街区巡诊，那里住着他的最穷困的患者。这些街区清理垃圾要晚得多，他的汽车在飞扬的尘土中，驶过一条条笔直的街道，车身几乎擦着撂在人行道边上的垃圾箱。大夫在这样驶过的一条街上，计数有十二只死鼠扔在烂菜叶和肮脏的破布片中间。

大夫探视的第一个患者正躺在床上。房屋临街，既是卧室，又当餐厅。患者是个西班牙老人，饱经风霜的脸上布满了皱纹，他面前的被子上，放着两个盛满鹰嘴豆的小锅。大夫进来时，这位老哮喘患者正半坐在床上，他见大夫进来，身子便往后一仰，想调一调高低不平的急促喘息。他妻子拿来一个小盆。

"嗨，大夫，"患者在打针时说道，"它们跑出来了，您看到了吧？"

"是啊，"他妻子也说道，"邻居拾到三只。"

老人搓着手。

"它们跑出来了，所有垃圾箱里都看得见，是饿的！"

随后，里厄无需费力就观察到，全街区的居民都在议论老鼠。他巡诊完了便回家。

"有您一封电报，送楼上了。"米歇尔先生说道。

大夫问他，是否又见到了老鼠。

"哎！没有，"门房回答，"要知道，我的眼睛盯着呢。那些蠢猪没那个胆子了。"

电报告知里厄，他母亲于次日到达。在儿媳去疗养院期间，老太太来料理儿子的家务。大夫走进家门，见女看护已经到了，又见妻子穿好了套裙，略施了脂粉，正站在那里。里厄冲她笑了笑。

"好哇，"他说道，"很好。"

过了片刻，到了火车站，里厄将妻子安置在卧铺车厢里。他妻子瞧着车厢：

"这对咱们也太贵了，是吧？"

"有这个必要。"里厄回答。

"听说闹老鼠，是怎么回事儿？"

"我也不清楚，怪得很，不过，事情会过去的。"

接着，他说得很快，请求妻子原谅，他本该好好照顾她，可是对她太粗心了。他妻子连连摇头，似乎向他表示快别说了。他还是补充一句：

"等你回来，一切都会好的。咱们从头再来。"

"对，"妻子两眼放光，附和道，"咱们从头再来。"

过了一会儿，妻子转过身去，背朝他张望窗外。月台上，人人都匆匆忙忙，不顾避让而相撞。火车头蒸汽的嘘嘘声音，一直传到他们的耳畔。他呼唤妻子的名字，等她转过身来，便看见她泪流满面。

"别这样啊。"里厄轻声劝道。

妻子眼泪汪汪，重又浮现笑容，只是还有点儿僵硬。她深深吸了一口气："你走吧，一切都会好起来。"

里厄紧紧拥抱妻子，继而回到站台，隔着车窗的玻璃，现在只能看见妻子的笑容了。

"千万照顾好自己呀。"里厄说道。

可是，妻子听不见他说话了。

在站台的出口处附近，里厄遇见了奥通先生，手拉着小儿子的预审法官。大夫问他是否要动身去旅行。奥通先生身材瘦长，穿一套黑礼服，五分像从前所谓的上流社会人士，五分像殡仪馆的掘墓人。他声调亲热，回答简短：

"我来接奥通太太，她去看望我的家人回来。"

火车汽笛长鸣。

"老鼠……"法官说道。

里厄朝火车启动的方向望了一眼，随即又转向出站口，他应了一句：

"是的，也没什么大不了的。"

当时的情况，他记得最清楚的，也只是一名列车员经过，腋下夹着一箱死鼠。

当天下午，开始门诊时，里厄接待了一个年轻人，据说是记者，上午就来过诊所。年轻人名叫雷蒙·朗贝尔，矮个头儿，肩膀宽阔，一副果敢的神情，明亮的眼睛透着聪明。他穿一身运动装，看样子生活挺富裕。他开门见山，表明他为巴黎一家大报馆调查阿拉伯人的生活状况，想了解他们的卫生情况。里厄告诉他，他们的卫生情况不佳，但是深谈之前，他想了解记者是否能如实报导。

"那当然了。"记者答道。

我是想说："您能百分之百进行谴责吗？"

"百分之百，不行，这得实话实说。不过，照我的估计，这样的谴责也不会有什么根据。"

里厄心平气和，说这样的谴责，确实没什么根据，而他提出这个问题，无非是想知道朗贝尔的见证文章能否做到毫无保留。

"我只接受毫无保留的见证。因此，我也不会用我的资料支持您的见证。"

"这是圣茹斯特的语言。"记者微笑道。

里厄也不提高嗓门儿，说他对此一无所知，但是认为这是一个厌世的人所用的语言，不过，这个人与其同胞也有同好，自身也决意拒绝不公正和退让。朗贝尔耸了耸肩膀，注视着大夫。

"我觉得理解了您的意思。"他站起身，最后说道。

大夫送他到门口：

"我感谢您能这样对待事物。"

朗贝尔有点儿不耐烦的样子：

"好吧，"他说道，"我理解，请原谅，打扰您了。"

大夫同他握手，并且对他说，现在城里发现大批死老鼠，以此为题写一篇报道，也许会相当吸引人。

"哦！"朗贝尔欢叫了一声，"这事儿我有兴趣。"

十七点钟，大夫又出诊了，在楼梯上同一个男人打了个照面。此人仍然年轻，侧影显得笨重，大脸膛，眼窝深陷，两道浓眉。里厄遇见过他几次，那是在这幢楼的顶层西班牙舞蹈演员的家中。此人名叫让·塔鲁，他正有滋有味抽着一支香烟，聚精会神地观赏脚下台阶上一只老鼠垂死的抽搐。他抬起平静的目光，灰色的眼睛稍微多看了一下大夫，向他问好，还说老鼠都跑出来可是件怪事。

"对，"里厄答道，"不过，到头来就该让人恼火了。"

"在某种意义上，大夫，只在某种意义上是这样。类似的现象，我们从未见过，仅此而已。而我觉得这挺有意思，对，实在有意思。"

塔鲁伸手往后拢了拢头发，又瞥了一眼现在不再动弹的老鼠，然后冲里厄微微一笑：

"不过，大夫，不管怎么说，这是门房主管的事儿。"

说到门房，大夫正巧碰到：米歇尔老头背靠在楼门口旁边的墙上，平常充血的脸上又添了不胜其烦的表情。

"不错，这我知道，"他回应向他表示有新发现的里厄，"现在一见到就是两三只了。而且，在别的楼房里，也是同样情况。"

他那样子很沮丧，又愁容满面，还下意识地搓着脖颈儿。里厄问他身体可好。门房当然不能说情况不妙，眼下只是感到食欲不振。依他之见，这是精神作用。全是老鼠搅的，等它们死绝了，情况就会大大好转。

可是，又过了一天，四月十八日早晨，大夫去车站接母亲回来，看到米歇尔先生面容更加憔悴了：从地下室到阁楼，十来只老鼠死在楼梯上。邻近楼房的垃圾箱全丢满了死耗子。里厄的母亲听到这个消息，没有流露出一丝惊讶的神色。

"这种事儿不新鲜。"

老妇人身材矮小，满头银发，一双黑眼睛十分温柔。

"又见到你真高兴，"她说道，"老鼠绝破坏不了见面的喜悦。"

里厄点头称是。千真万确，跟母亲在一起，无论什么事，总好像很容易解决。里厄还是给本城灭鼠办公室打了电话，他认识那位主任。主任是否听说，大批大批老鼠跑出洞来死去。梅西埃主任早就听说了，而且在他那与码头相距不远的办公室里，有人发现了五十来只老鼠。不过，他心里还在琢磨，事情是不是严重了。里厄也说不准，但是他认为灭鼠办公室应当采取措施。

"是啊，"梅西埃说道，"要有指令。你若是觉得真有这个必要，那我可以请求指令。"

"怎么说也有这个必要。"里厄说道。

他的清洁女工刚才也告诉他，她丈夫干活的那家大工厂里，也收集了好几百只死老鼠。

总而言之，差不多正是这个时期，我们这些同胞开始担心了。因为，从十八日起，各家工厂和库房，着实清出来数百只老鼠尸体。有时候，也不得不结果那些残喘时间太长的老鼠。然而，从城边街区一直到市中心，凡是里厄大夫所经过的地方，凡是我们的同胞聚居的地方，等待清理的死鼠都堆在垃圾箱里，或者长串排在阴沟里。正是从这天起，晚报大量报导这件事，质问市政府打不打算行动，准备采取什么紧急措施，以确保市民免遭这场令人憎恶的鼠害的侵扰。市政府毫无打算，根本没有准备采取任何措施，不过，市议会倒是先开会讨论。指令下达给灭鼠办公室，每天清晨集中清理死鼠。清理完了，由办公室的两辆卡车将死鼠拉到垃圾焚化场焚烧。

不料，随后几天，形势越发严峻了。收集到的死鼠数量与日俱增，每天清晨都要清理更多的死鼠。到了第四天头，老鼠开始成批出洞，死在外面。它们从储藏室、地下室、地窖和阴沟里爬出来，列成长队，蹒跚前行，晃晃悠悠来到光亮的地方，在原地打转儿，然后死在人的面前。夜晚，无论在走廊还是小巷，都能清晰地听见它们垂死的轻微叫声。到了早晨，在城郊街区，只见死鼠堆在阴沟里，尖嘴巴还挂着血丝，有的泡得胀起来，开始腐烂，还有的躯体僵硬，胡须仍然翘着。在市区，走在楼道或者院子里，也能见到三五成堆的死鼠。甚至行政机构的大厅里，学校操场上，咖啡馆的露天座地面，有时也有零星的老鼠跑去死掉。我们的同胞在最热闹的地方发现死鼠，无不大惊失色。阅兵场、林荫大道、海滨林荫路，也不时受到玷污。清晨清理了死鼠之后，整个白天，全城又逐渐发现死鼠，而且数量越来越多。夜晚散步者走在人行道上，不止一人感觉踩到了刚死还有弹性的小动物尸体。就好像我们的楼房扎根的大地本身长了疖子，在体内积满了脓血，现在终于排放出来了。我们这座小城，原先多么平静，瞧一瞧就知道，它现在有多么惊愕，几天工夫就闹得天翻地覆，如同一个原本健康的人，黏稠的血液循环突然紊乱起来！

事态严重到了极点，就连朗斯多克情报所（搜集并发布各种题材的情报资料），也在免费的无线电广播节目中宣布，仅在二十五日那一天，就清理并焚化了六千二百三十一只老鼠。这个数字赋予全城每天有目共睹的景象一个清晰概念，遂加剧了居民的恐慌情绪。此前，大家只是抱怨一个颇令人厌恶的偶发事件，现在却发现，这种现象隐含着威胁性，可是其规模还无法确定，其根源也无从探究。唯独那个患哮喘病的西班牙老人还仍旧搓着双手，一再重复："它们跑出来了，它们跑出来了……"显示老年人的一种喜悦。

到了四月二十八日，朗斯多克情报所又宣告，大约清理出八千只死鼠，全城焦虑不安的气氛便达到了顶点。有人要求采取根本措施，有人指责市政当局，而在海边有房子的人，已经说起要去那里躲避一时。幸好第二天，情报所又宣布，死鼠现象突然消失，灭鼠办公室收集死鼠的数量微不足道。全城人终于松了一口气。

就在当天中午，里厄大夫在楼前停了汽车，看到老门房从街道的另一端走过来，只见他耷拉着脑袋，双臂和双腿都叉开，走路特别吃力，活像一个牵线的木偶。老人挽着一位神甫的胳臂，大夫认识，那正是帕纳卢神甫，一位博学而活跃的耶稣会会士，见过几次面，在这座城市享有盛名，甚至在不关心宗教的人中间也受到敬重。里厄等待二人过来。米歇尔老头眼睛发亮，喘息却发出咝咝的声响。他感觉不舒服，原想出去走走，不料他的脖颈儿、腋下和腹股沟突然疼痛难忍，迫不得已回来，请帕纳卢神甫搀扶一下。

"生成几个肿块，"米歇尔老头说，"我走动挺费劲儿。"

大夫从车门伸出手，用手指抚摩米歇尔伸给他的脖子根部，里面形成了一个类似木节的肿块。

"您回去躺下，量量体温，下午我去给您看看。"

老门房一走，里厄就问帕纳卢神甫对这场鼠患的看法。

"嗯！"神甫答道，"恐怕是一场瘟疫。"他那双眼睛在圆眼镜后面笑吟吟的。

里厄吃完午饭，拿起疗养院通知他妻子到达的电报，又看了一遍，忽听电话铃响了。是一位老主顾打来的，那人在市政府当职员，长期患有主动脉狭窄症，因家境贫寒，里厄免费为他治疗。

"是我，"那人说道，"您还记得我吧。不过，这次是为别人。您快点儿来一趟，我邻居家出了事儿。"

听电话里气喘吁吁的声音，里厄就联想到门房，就决定随后再去看看他。过了几分钟，里厄就到了城边街区菲代尔伯街，走进一幢矮楼，在阴凉而气味难闻的楼梯中间，遇到了约瑟夫·格朗，即下楼来接他的那个职员。此人年约五旬，蓄留黄黄的小胡子，身材细高，有点儿驼背，双肩狭窄，四肢则又瘦又长。

"稍好些了。"他走到里厄跟前说道，"可是那会儿，我还以为他活不了啦。"

他擤了擤鼻涕。上到三楼，即最高一层，里厄看到左侧的房门上用红粉笔写着："进来吧，我上吊了。"

他们进了屋。绳子从吊灯垂下来，正对着下面一张翻倒的椅子，桌子则推到角落里。不过，那根绳子空吊着。

"我及时把他解下来了。"格朗说道。尽管他使用的语言极其简单，他似乎总在字斟句酌。"当时也巧了，我刚好出门，就听见有响动。我一看见房门上写的字，怎么跟您说呢，我还以为搞恶作剧呢。不过，他发出的呻吟声，听着很怪，甚至可以说挺可怖的。"

他搔着脑袋："看起来，这样自杀的方式一定很痛苦。我自然就进去了。"

他们推开房门，在门口面对一间非常明亮，但家具简陋的屋子。

一个圆滚滚的矮个儿男人躺在铜床上，他呼吸很吃力，充血的眼睛注视着来人。大夫停下脚步，从那人喘息的间歇中，似乎听出垂死老鼠的吱吱叫声。然而，屋里各个角落没有一点儿动静，里厄朝床边走去。此人没有从多高的地方跌落，摔得也不重，脊椎支撑住了。当然，还有点儿窒息。有必要拍一张 X 光片。大夫给他注射了一针樟脑油，说是几天之内就能痊愈。

"谢谢了，大夫。"这人以窒息的声音说道。

里厄问格朗是否报告了警察局，这位职员神态未免有点儿尴尬——

"没有，"他说道，"哦！没有。当时我想，最紧迫的……"

"当然了，"里厄截口说道，"那由我去办吧。"

可是这时，床上的病人躁动起来，抬起身子阻止，说他很好，没必要去报告。

"您冷静些，"里厄说道，"这算不上案件，请相信我，我必须去做个声明。"

"噢！"对方哀叹。

他随即将身子往后一仰，开始饮泣。这阵工夫，格朗一直摩挲着胡子，这时走到床前，劝道——

"好了，科塔尔先生。要尽量理解。可以说，大夫有这个责任。譬如说，万一您想不开，又要……"

可是，科塔尔边流泪边说道，他再也不会干这种傻事儿了，那也是一时糊涂，现在他只求让他清静。里厄开出药方。

"就这样说定了，"里厄说道，"不谈这事儿了，三两天我再过来瞧瞧。不要再干傻事儿了。"

来到楼梯平台，里厄对格朗说，他不得不去报警，但是要求警长过两天再来调查。

"今天夜里还得监视他。他有家人吗？"

"我没见过他的家人。不过，我可以亲自守夜。"

格朗摇着头又说——

"您应当注意到，我都谈不上认识他。但是总得互助嘛。"

经过走廊的时候，里厄还不由自主地观察各个角落，问格朗在他这街区，老鼠是否彻底消失了。这名职员对此一无所知。确实有人跟他说过鼠患的事儿，但是，他没大留心这个街区的传闻。

"我操心别的事儿呢。"格朗说道。

里厄便同他握手告别，急着要去瞧瞧门房的病情，然后就给妻子写信。

报贩叫卖晚报，吆喝着老鼠停止侵扰了。然而，里厄看到病人情况不妙，只见老门房半个身子探到床外，一只手按住腹部，另一只手搂着脖子，正在呕吐不止，恨不能把五脏六腑都呕出来，往垃圾桶里一口一口吐出浅红色胆汁。门房长时间用力呕吐，已经上气不接下气，重又倒在床上。他的体温还高达三十九度五，颈部淋巴结和四肢都肿起来，肋侧两块浅色黑斑不断扩大。现在他开始哀怨内脏疼痛了。

"真是火烧火燎的，"他说道，"这可恶的东西，从里边烧我。"

他那煤烟色的嘴唇，说话已经吃音了；他那对转向大夫的金鱼眼因头痛而漾出了泪水。他妻子惴惴不安地看着一言不发的里厄。

"大夫，"她终于问道，"这是什么病啊？"

"什么病都有可能。但是现在还确诊不了。直到今天晚上，不要吃东西，服用清洗肠胃的净化剂。让他大量喝水。"

门房恰恰渴得要命。

里厄回到家，便打申话给他的同行里夏尔，本城最有名望的一位医生。

"没有，"里夏尔说道，"我没有发现任何异常情况。"

"没有高烧和局部组织发炎？"

"嗯！那倒有两例，淋巴结异常肿大。"

"极不正常吗？"

"嗯，"里夏尔答道，"所谓正常，您也知道……"

晚上，无论什么情况，门房都在说胡话，高烧四十度，还在抱怨老鼠。里厄试用固定性脓肿处理，用松节油烧灼时，门房号叫着："噢！这些可恶的东西！"

淋巴结越肿越大，摸着跟木质一样坚硬。门房的妻子吓坏了。

"夜里您要守着，"大夫对她说，"情况不好就叫我。"

第二天，四月三十日，天空晴朗，湿度较大，微风习习已有暖意，从最边远的郊区带来鲜花的芳香。早晨街上的喧声，似乎比往常更热闹，也更欢快，我们的小城经历了一周惶恐隐忧，这天总算解脱出来，全城呈现出春回大地的景色。里厄本人接到妻子的回信，也放下心来，便怀着轻松的心情下楼，来到门房家中。到了清晨，体温果然降下来，只有三十八度了，病人还很虚弱，但是躺在床上能报以微笑了。

"病好转了，对吧，大夫？"病人的妻子问道。

"还有待观察。"

不料，到了中午，体温一下子蹿升到四十度，时时陷入谵妄状态，重又呕吐起来。脖子的淋巴结一碰就痛，门房的头也仿佛要尽可能远离身体。他妻子坐在床脚，两只手放在被子上，轻轻地握着病人的双脚。她注视着里厄。

"听我说，"里厄说道，"必须把他隔离，进行特殊的治疗。我给医院打电话，叫来救护车把他送走。"

两小时之后，上了救护车，大夫和门房的妻子俯身注视病人。病人满嘴生出蕈状赘生物，只能说出片言只语："老鼠！"他脸色铁青，嘴唇蜡黄，眼皮则呈铅灰色，呼吸急促，气息断断续续，他被淋巴结肿痛折磨得身子散了架，蜷成一团的躯体深深陷入担架里，就好像要用担架将他包裹起来，又好像地下深层有什么东西在不断地召唤他。门房在无形的重压下断气了。他妻子哭道：

"就没有希望了吗，大夫？"

"他死了。"里厄说道。

门房之死，可以说标志着一个令人困惑的征象重重的时期的终结，同时标志着另一个相对更加困难的时期的开始：前期的惊异逐渐转化为惊慌失措了。我们的同胞，从此心知肚明了，而他们万万没有想到，我们的小城会成特定之地：老鼠纷纷出洞死在阳光之下，门房一个个死于怪病。从这个角度看，他们总体判断失误，必须纠正思想了。如果一切就此了结，那么毫无疑问，习惯又会重占上风。然而，我们的同胞另有些人，并不当门房，也不穷困，他们却要步其后尘，走上米歇尔先生带头走过的那条不归路。正是从这一刻起，恐惧，以及恐惧带来的思考，便开始大行其道。

不过，在详细讲述这些新发生的事件之前，叙述者认为有必要介绍一下，另一位见证人对前面描述的时期的看法。此人名叫让·塔鲁，在本书开头部分已经出现过，他于几周前才到奥兰定居，住在市中心的一家大旅馆里。看样子他收入颇丰，生活过得相当滋润。本城居民虽说逐渐跟他混熟了，但是谁也说不清他来自何地，又为何来到这里。在所有公共场所都能见到他的身影。刚一开春，他就频频去海滩，经常游泳，显然非常开心。他为人宽厚，总面带笑容，似乎喜好所有正当的娱乐，却又不沉溺其中。事实上，大家了解他的唯一习惯，就是经常交结在本城为数颇多的搞舞蹈和音乐的西班牙人。

不管怎么说，让·塔鲁的这些笔记，也算得上这个困难时期的纪事。不过，这一纪事非常独特，倾向性很强，偏爱记录繁琐的小事。粗看起来，我们会以为塔鲁刻意把人和事物放大来看。在全城一片惶恐之中，他竭力以历史学家的笔法，记录那些不能成其为历史的事情。对这种偏爱，有人可能会感到惋惜，并怀疑他的心肠未免冷酷。尽管如此，这些笔记还是为这个时期的纪事提供了大量次要的细节，而这些细节自有其重要性，其怪异本身又能阻止人们匆忙判断这个有趣的人物。

让·塔鲁到达奥兰的当天，就开始做笔记了。从一开头，笔记就表明一种奇特的满足感，乐得置身于一座本身就如此丑陋的城市之中。在笔记上能看到他对装饰在市政厅门前的那对铜狮的详细描绘，以及对城中无树木、房舍不美观和全城荒谬的布局的宽厚评论。塔鲁还插入了他在电车里和街道上所听到的谈话，但是没有加以评论，只有一次稍后一点儿的谈话例外，这次谈到了一个名叫"康普斯"的人，塔鲁加入了电车上两名售票员的谈话。

"康普斯那人，你很熟悉。"一名售票员说道。

"康普斯？一个留着黑胡子的大高个儿吗？"

"正是，当时他在铁道上扳道岔。"

"对，没错儿。"

"唉，他死了。"

"啊？什么时候的事儿？"

"闹鼠患之后。"

"咦！他得了什么病？"

"不知道，是发高烧。况且，他的身体不够强壮，腋下长了脓肿。他没有挺住。"

"可是看起来，他跟大家一样。"

"不一样，他的肺虚弱，那是因为他参加了俄耳甫斯乐队，总吹短号，那很伤肺。"

"嗯！"另一名售票员总结一句，"人有了病，就别吹短号了。"

记录下来这种对话之后，塔鲁心中不解，如此明显伤身体的事，康普斯为什么全然不顾，还要参加军乐队呢，有什么深层次缘由促使他冒着生命危险，为主日游行伴奏呢？

后来，塔鲁窗户对面的阳台上经常出现的一个场景，引起他的兴趣，似乎给他留下深刻印象。他的客房对着一条横向的小街，街上墙壁的阴凉处，总有几只猫躺着睡觉。每天午饭过后，天气很热，全城人都昏昏欲睡的时候，街对面的阳台上便出现一个小老头，一头白发梳得很整齐，一身军装式样的打扮，身子挺直，神态严肃。他呼唤那些小猫："猫咪，猫咪。"声音温和但是疏远。小猫只是抬一抬蒙眬的睡眼，还不想动弹。老人便撕碎白纸，往街上抛撒，小猫受到这群"白蝴蝶"的吸引，就走到街道中央，迟疑地伸出爪子，去抓最后飘落的纸片。这时,小老头就朝小猫吐痰,又狠又准,如果有一口痰击中目标,他就嘿嘿笑起来。

最后,塔鲁似乎终于迷上了这座城市的商业特色:市容,忙碌,甚至娱乐,仿佛都取决于生意的需要。这种独特性(这是笔记上的用语)赢得了塔鲁的称许,他的一句赞语甚至以感叹句结尾:"终于开了眼!"这位旅行者这段时间所做的笔记,唯独在这地方显露了个性。但是很难简单地判断其涵义和严肃性。同样情况,塔鲁讲述旅馆的收款员由于发现一只死鼠便记错一笔账,然后他的字迹比平时潦草,加上这样一段话:"问题:怎么办才能避免浪费时间呢?答案:在时间的长河中体验。方法:在牙科医生的候诊室里,坐在一张不舒服的椅子上度过几天;星期天在自家阳台上待上一下午;听一场讲自己不懂的语言的讲座;选择路程最长、最不便利的线路乘火车旅行,在车厢里当然还得站着;在剧院的售票处前排队却不买票,等等。"思想这样跳跃,东拉西扯之后,笔记紧接着又开始详细描绘本城的有轨电车,如车辆小船似的外形、无法辨认的颜色,以及司空见惯的肮脏,而收束这种观察的一句话:"真是出类拔萃",却说明不了任何问题。

不管怎样,塔鲁对鼠患还是提供了如下情况:

"今天,街对面的那个小老头儿不知所措了。街上的猫全不见了,它们受不了从各条街发现的大量死鼠的刺激,确实消失得无影无踪。依我看,问题不在于猫吃不吃死老鼠。还记得我家的猫就讨厌死鼠。不管怎么说,那些猫可能窜进了地窖,而那小老头儿却六神无主了。他的头发梳得不是那么光溜儿了,也没有那么大精神头儿了。看得出来,他心神不宁。过了片刻,他便回屋了。不过,他还是叶了一口痰,吐向虚空。

"今天,在城里行驶的一辆电车停车了,只因在车上发现了一只死老鼠,也不知道是怎么跑上去的。两三位妇女下了车。有人将老鼠扔下去。电车又开走了。

"在旅馆里,守夜的伙计是个诚实可信的人,他对我说,发现这么多老鼠，他料想会有灾难，'当老鼠弃船而去……'我回应说，船有灾难的情况，那是千真万确的。可是城市发生这种情况，却从来没有证实过。然而，他却深信不疑。我问他，依他之见，可能降临什么灾难。他不知道，灾难是无法预见的。不过，果真发生地震，他一点儿也不会感到惊讶。我承认有这种可能，于是他问我，这是否引起我的不安。

"'我唯一感兴趣的事情，'我对他说道，'就是找到内心的安宁。'

"他完全理解了我的意思。

"在旅馆的餐厅里，有一家人非常有趣。父亲瘦高个儿，穿一身带硬领的黑装。他从正中谢顶，左右两侧各有一绺灰发。他那对小圆眼睛冷酷无情，鼻子细溜儿，嘴巴咧得很宽，活像一只驯养的猫头鹰。他总是头一个走到餐厅门口，闪身避开，让他娇小如黑鼠的妻子先行，自己再进去，身后跟随着一儿一女——穿戴得像两条训练有素的狗似的两个小孩。到了餐桌，他要等妻子落了座，自己才坐下，而两只小狗这才终于能爬上椅子了。他跟妻子儿女说话全称呼"您"，对妻子彬彬有礼地冷嘲热讽，对两个继承人则要求唯他的话是从。

"'妮科珥，您的表现实在太反常啦！'

"小女孩就要流下眼泪。这是必不可少的。

"今天早晨，小男孩异常兴奋，想在餐桌上聊聊闹老鼠的事儿。

"'餐桌上不要提起老鼠，菲利普。我禁止您今后再讲这个词儿。'

"'您父亲说得对。'小黑鼠说道。

"两只小狗便埋头吃食了，猫头鹰随即点点头，但是这种表示感谢的动作却毫无意义。

"有他这样的好榜样也不顶事，全城人还是大谈特谈这场鼠患。报纸也大量报导。地方报纸专栏通常内容十分庞杂，现在整栏文章矛头都直指市政府：'我们的市政官员难道没有觉察出来，这些老鼠的腐尸可能带来多大危害？'旅馆经理开口闭口，也不再说别的事了。也正是这件事让他特别恼火。一家体面的旅馆，电梯上竟然发现老鼠，

这在他看来简直不可思议。我便劝解，对他说道：'大家都落到这一步。'

"'问题正在于此，'他回答说，'现在我们跟大家都一样了。'

"正是他向我谈到，这种出乎意料的高烧头一批病例，并开始引起惶惶不安了。旅馆的一名收拾客房的女工就染上了这种病。

"'但是可以肯定，这不是传染病。'他赶紧说明一句。

"我就对他说，我并不在乎。

"'哦！我明白。先生同我一样，先生也是宿命论者。'

"我根本没有阐明过类似观点，况且我也不是宿命论者。我对他说了这种意思……"

正是从这时起，塔鲁就在笔记中，开始稍微详细地谈论这种已经引起公众不安的莫名的高烧。他记述道，在老鼠绝迹之后，那个小老头儿终于又见到了那些猫咪，并且耐心地校正他吐痰的准头儿。随后他又补充说，这种高烧患者已能列出十余例，大部分已经病逝。

最后，塔鲁给里厄大夫勾勒的肖像，我们也作为资料在此转录。叙述者认为这幅肖像相当忠实于本人：

"看样子有三十五岁。中等身材。肩膀壮实。近乎长方脸。深色的眼睛率性十足，但是下颌突出。高鼻梁非常端正。黑头发剪成寸头。嘴角呈弓形，厚厚的嘴唇几乎总是紧闭着。晒黑的肌肤，黑色汗毛，总穿一身深色衣服，但是同他很搭配，整个样子有点像西西里农民。

"他走路步子很快，沿人行道往下走步伐不变，可是到街对面，重又上行时，十有八九他会轻轻一跃，跳上人行道。他开车时心不在焉，车拐弯之后，方向箭头也往往不放下来。从不戴帽子。一副见多识广的样子。"

塔鲁记载的数据准确无误。里厄大夫明白这种病来者不善，他将门房的尸体隔离起来，给里夏尔打了电话，询问腹股沟淋巴发炎的症状。

"这回我一点儿也弄不明白了，"里夏尔说道，"死了两个人，其中一个从发病到死亡，只有四十八小时，另一个也才三天工夫。那天早晨，我离开第二位患者时，他的症状完全好转了。"

"如有其他病例，请您通知我一声。"里厄说道。

他还给几位医生打了电话。这样调查下来便得知，几天之内就有二十个相似的病例，几乎全都是致命的。于是，他就请求里夏尔，奥兰医师协会主席，务必隔离新发现的病人。

"我实在无能为力，"里夏尔说道，"这些措施必须由省里作出决定。再说了，您怎么就知道有传染的危险呢？"

"我没有任何凭据，但是症状实在令人担心。"

然而，里夏尔认为他没有这种资格，他所能做的，也只是跟省长谈谈。

可是，在谈谈这期间，天气转坏了。门房死后的第二天，云雾弥漫天空，短暂的暴雨，一阵阵冲荡全城，雨后又骤然溽热熏蒸。就连大海也丧失了那种幽深的蓝色，在雾蒙蒙的天空下，换上了银白色或铁灰色刺眼的闪光。这年春天的湿热，倒让人盼望夏季的烈焰。建筑在高地上的这座城市，形同蜗牛，几乎不向大海敞开，保持着一种死气沉沉的呆滞状态。在城里排成长列的灰泥墙壁中间，在两侧灰尘污黯的橱窗街道之间，在脏兮兮的黄色有轨电车里，人人都多少感到成为这种天气的囚徒。唯独里厄的那位哮喘的老患者战胜了哮喘，好好享受这样的气候。

"跟蒸笼一样，"他说道，"这对支气管炎有好处。"

的确像在蒸笼里，不折不扣一次高烧。全城发了高烧，至少这是里厄大夫那天早晨挥之不去的印象，当时他赶往菲代尔伯街，调查科塔尔自杀未遂的事件。然而在他看来，这种印象不合乎情理。他归咎为心情烦躁，又思虑重重，认为要赶紧理一理自己的思想。

里厄到达时，警官还没有到。格朗在楼梯口等他，他们决定先到格朗家，敞着房门。市政府的这名职员住两室的套间，陈设十分简单。引人注目的只有一个白木搁板，上面摆着两三本词典，还有一块黑板，能依稀看出写在上面而未擦干净的"花径"二字。据格朗说，科塔尔一夜睡得很好，可是早晨醒来时，他的头疼得厉害，对什么都没有能力反应。格朗显得很疲惫，也很烦躁，在屋里踱来踱去，翻开又合上放在桌子上的一个装满手稿的大文件夹。

这工夫，格朗告诉大夫，他跟科塔尔并不熟悉，估计他薄有家财。科塔尔是个怪人。长期以来，他们没有什么关系，只是在楼梯上相遇时打个招呼。

"我同他仅仅谈过两次话。几天前，我走到这楼梯平台上，带回来的一盒粉笔撒了一地，有红粉笔和蓝粉笔。恰巧这时，科塔尔出门，来到楼道，便帮忙拾粉笔。他问我拿这些彩色粉笔做什么。"

格朗就向他解释说，自己想把拉丁文捡起来。他在中学学到的那些知识，毕业之后全都淡忘了。

"是的，"格朗对大夫说，"有人明确告诉我，学习拉丁文很有用，能更好地理解法语语词的含义。"

他就这样，将拉丁文单词写在黑板上，有性、数、格变化的词，以及变位的动词的词尾部分，就用蓝粉笔重写一遍，永远不变的词根，就用红粉笔抄写。

"我不知道科塔尔是不是真听明白了，看样子他挺感兴趣，还向我要一根红粉笔，让我觉得有点意外，但是毕竟……我当然不可能猜想到，他要粉笔是用来实现他的计划。"

里厄问他第二次谈话是什么内容，这时警长带着秘书来了，想先听听格朗的陈述。大夫注意到，格朗每次谈到科塔尔，总是称他"绝望者"，甚至还一度用了"自绝"的说法。他们讨论了自杀的动机，在选择用语上，格朗就显得钻牛角尖了。最后，他们就认可了"内心忧郁"的字眼儿。警长还问，从科塔尔的态度上，是否丝毫也看不出所谓"他的决定"。

"昨天，他来敲我家房门，"格朗回答，"是向我讨火柴。我把自己用的一盒给了他。他向我表示歉意，并说邻里之间……随后他又向我保证，好借好还。我跟他说留着用吧。"

警长还问这位职员，是否觉得科塔尔挺古怪。

"我觉得他古怪，是因为他那神情是要跟我攀谈。可是，当时我正工作呢。"

格朗转向里厄，神情有点尴尬地补充一句：

"是一件私事儿。"

这时，警长要去见见病人。但是里厄认为，最好先打声招呼，让科塔尔对警长的探访有个思想准备。里厄走进科塔尔房间时，只见他仅仅穿着一件淡灰色法兰绒衣服，从床上坐起来，目光转向门口，一副焦虑不安的神色。

"是警局来人啦，嗯？"

"对，"里厄回答，"您也不要紧张。有两三道手续，您履行完了也就安心了。"

可是，科塔尔却回答说，那一点儿事也不顶，他不喜欢警察。里厄显得不耐烦了。

"我也不是待见他们。办事归办事，痛快并准确回答他们的问题，就完事大吉了。"科塔尔不吱声了，大夫返身走向门口，又被那小个子男人叫住，只得又回到床边，被他抓住双手。"他们不会动一个病人，一个上过吊的人吧，对不对，大夫？"

里厄注视他片刻，终于向他保证，事情跟这种情况一点儿边都不沾，况且，还有他在场，一定会保护自己的病人。科塔尔的神经似乎放松了一点儿，于是，里厄请警官进来。

首先就向科塔尔宣读了格朗的证词，又问他能否具体谈谈他的行为动机。科塔尔眼睛没有看警长，仅仅回答说："内心忧郁，觉得这样就很好了。"警长又追问他还想不想这么干了。科塔尔激动起来，回答说不想了，只渴望别人让他清静些。

"我要提请您注意，"警长的口气有点儿恼火，说道，"是您打扰了别人的清静。"不过，在里厄的示意下，事情也就到此打住。

"您想想看，"警长出门时，感叹道，"自从这种高烧引起大家议论以来，要管的事就太多了……"

警长问大夫，这次情况是否严重，里厄说他一点儿也摸不着头绪。

"是天气作祟，不过如此。"警长下了结论。

当然是天气作祟。白天越往前走，拿什么东西都越黏手，而里厄每出一次诊，就感到恐惧增添一分。就在那天傍晚，城边街区那个老病号的一个邻居，正用手压住腹股沟，满嘴胡话，还呕吐不止。比起门房来，他的淋巴结要大得多，其中一个开始流脓了，很快就像烂水果那样破裂。里厄回到家，给省药品储备库打电话。他在当天的工作笔记上仅仅提了一句："答复缺货"。可是，别的地方又出现类似的病例，请他出诊了。显而易见，必须切开脓疱。用手术刀两下就划个十字，淋巴结便流出脓血。病人流血，仿佛五马分尸。而且，腹部和小腿上也出现了黑斑，一个淋巴结流尽了脓，随即重又肿胀起来。病人死去时，大多都笼罩在熏天的臭味中。

在鼠患期间，报纸连篇累牍地报导，现在却不置一词了。这是因为老鼠死在街头，而人则死在家里。报纸只注意街头发生的事件。好在省政府和市政府开始反思了。只要每位大夫诊治不超过两三个这种病例，谁也想不到要行动起来，这种状况就会持续下去。然而，只需有个人想到做一做加法，情况就大不一样。相加的数字令人触目惊心。仅仅数日，死亡的病例就成倍增长，而关心这种怪病的人，一眼就能看出，这是一场名副其实的瘟疫。正是选择这种时候，比里厄年长得多的一位同行，卡斯泰尔来看望他了。

"当然了，"卡斯泰尔对里厄说，"您知道是怎么回事儿吧，里厄？"

"我正等待化验的结果。"

"我呢，我就知道，也用不着等什么化验。有一段时间，我在中国行医，二十年前，我在巴黎也见过几例。只不过当时，还没大敢给他们的病定名。公众舆论，那可是神圣的：切勿恐慌，千万不可恐慌。还有，正如一位同行所讲：'这不可能，众所周知，瘟疫已然从西方灭绝了。'对，众所周知，除了死者。好了，里厄，您跟我一样清楚，究竟是怎么回事儿。"

里厄还在思索。他站在诊室的窗口，眺望搂抱海湾的悬崖的岩头。天空虽为蓝色，但是，随着午后时间的流逝，光泽也渐趋暗淡了。

"是的，卡斯泰尔，"里厄说道，"真是难以置信，但这很像闹了鼠疫。"

卡斯泰尔站起身，朝门口走去。

"您知道别人会怎么回答我们，"老大夫又说道，"'鼠疫在温带地区，多少年前就根除了。'"

"根除了，根除是什么意思？"里厄答道，同时耸耸肩膀。

"说得是呢。不要忘记：不过二十年前，巴黎还发生过。"

"没错儿。但愿今天，不会像当年闹得那么严重。说起来，真是难以置信。"

"鼠疫"这个词，刚才第一次说出来。记述到这里，暂且不提站在窗前的贝尔纳·里厄，先让叙述者解析一下，里厄大夫何以游移不决，又深感意外，既然他对事态的反应，程度虽有差异，却跟我们大多数同胞的反应一样。的确，天灾人祸是常见之事，不过，当灾难临头之际，世人还很难相信。人世间流行过多少次瘟疫，不下于频仍的战争。然而，无论闹瘟疫还是爆发战争，总是出乎人的意料，猝不及防。里厄大夫跟我们的同胞一样，也是猝不及防。必须这样来理解他的游移不决。也必须这样来理解他在担心和信心之间摇摆不定。面对一场爆发的战争，人们总是这么说："这仗打不久，这么打也太愚蠢了。"毫无疑问，一场战争肯定是愚蠢到家了，但是愚蠢并不妨碍战争会持续很久。人若是不总为个人着想，那么就会发觉，原来愚蠢是常态。在这方面，我们的同胞又跟所有人一样，他们考虑自身，换言之，他们是人本主义者：他们不相信灾祸。灾祸无法同人较量，于是就认为，灾祸不是真实的，而是一场噩梦，总会过去的。然而，并不是总能过去，噩梦接连不断，倒是人过世了，首先就是那些人本主义者，只因他们没有采取防范措施。我们的同胞，论罪过也并不比别人大，只不过他们忘记了应当谦虚，还以为自己无所不能，这就意味着灾难不可能发生。他们继续经营，准备旅行，发表议论。他们怎么能想到鼠疫要毁掉他们的前程，打消他们的出行和辩论呢？他们自以为自主自由，殊不知只要还有灾难，永远也不可能自主自由。

里厄大夫在他的朋友面前，即使承认散居的几个患者在毫无征兆的情况下，刚刚死于鼠疫，但是他仍认为不存在闹瘟疫的危险。不过，人当了医生，毕竟了解病痛，也多了点儿想象力。里厄大夫凭窗眺望这座并无变化的城市，隐约感到心头萌生不安的情绪，即面对未来的这种轻微的沮丧。他在头脑里极力搜集自己对这种病症所了解的情况。一些数据在他的记忆中飘忽显现，他心中暗道，人类历史经历过三十来次鼠疫大流行，大约死了一亿人。一亿人死亡，是个什么概念呢？在战争当中，就连死一个人是怎么回事儿，也还不甚了了。既然一个人丧命，只有目睹其死亡，才有一定分量，那么，一亿具尸体，排列在历史的长河中，凭想象也无非是一缕青烟。里厄大夫忆起了君士坦丁堡流行的那场鼠疫，据普罗科匹厄斯记载，当时一天工夫就有上万人丧生。一万名死者，就是一家大型影院观众的五倍。要搞搞清楚就应该这样做。将五家这样影院的观众集中在门口，带到城里的广场上，全部屠杀，将尸体堆起来，这样就能看得稍微清楚些。至少，在这无名尸堆上，还可以分辨出几张熟悉的面孔。自不待言，这是无法实现的，况且，谁能熟悉上万张面孔呢？就连普罗科匹厄斯那种人也计算不出来，这是常识。七十年前，广州闹瘟疫，在传染给居民之前，就有四万只老鼠死于鼠疫。然而，在1871年，还没有办法统计老鼠，只能大致估计，显然很容易出差错。不过，一只老鼠身长三十厘米，那么，四万只老鼠如果首尾相连的话，就会长达……

可是，里厄大夫已经不胜其烦。他听之任之，又不该如此。几个病例，尚不至于构成一场瘟疫，只要采取措施就可以了。一定得把握住已知的症状。昏迷与虚脱，眼睛发红，口腔污秽，头痛，腹股沟淋巴结炎，极度口渴，谵语，身上出现斑块，体内有撕裂痛感，这些症状显现之后……这些症状显现之后，一句话重又到了里厄大夫的嘴边。而这句话，在他这医疗手册中罗列这些症状之后，恰恰可以作为结束语："脉搏变得特别细弱，稍一动弹就可能导致死亡。"不错，有了这些症状，病人就命悬一线了，总有四分之三的病人，这个数据很确切，会按捺不住，要做这种不易觉察的动作，从而加速死亡。

里厄大夫一直在凭窗眺望。玻璃窗外，天光明净，春意盎然。玻璃窗里面，"鼠疫"这个词还在室内回响。这个词不仅具有科学所赋予的含义，还拥有一幅幅长长排列的图景：这些图景非同寻常，和这座黄灰色的城市很不协调，尤其此刻，这座城市还颇有生气，算不上热闹，倒也挺嘈杂，总的来说，一片祥和的气氛，如果说"祥和"与"死气沉沉"可以并用的话。而且，如此安定、与世无争的清平世界，也能轻而易举地抹掉瘟疫的陈旧图景，如雅典闹瘟疫时飞鸟绝迹；中国的城市到处是奄奄一息的病人；马赛的苦役犯将浑身流脓血的尸体叠摞在坑里；普罗旺斯地区筑起高墙，以便阻遏鼠疫的狂飙；雅法及其令人憎恶的乞丐；君士坦丁堡医院里硬地面上放置着潮湿腐烂的床铺，用钩子将病人一个一个拖走；黑死病肆虐时期，医生都戴着口罩，仿佛戴着面具参加狂欢节；米兰活着的人在墓地里交欢；在惊恐万状的伦敦，车水马龙，都载着死尸，无论白天还是夜晚，到处都回荡着持续不断的号叫。不，这些图景还不够强烈，不足以扼杀这一天的安宁。从玻璃窗外，突然响起一辆看不见的有轨电车的叮当声，一瞬间便打破了残忍和痛苦的景象。唯独在星罗棋布的灰暗房舍尽头的大海，才能证明世间还存在着令人不安和永不消停的东西。里厄大夫眺望海湾，遥想当年卢克莱修描述的柴堆，那是雅典人因遭受瘟疫的袭击而在海边架起来的。雅典人趁黑夜将尸体运去，但是柴堆不够用，送葬的人便争夺位置，拿着火把大打出手，宁可打得头破血流，也不愿抛弃他们的亲人的遗体。不妨想象一下，面对平静而幽暗的大海，搏斗的火把吐着红舌，火星四溅，在夜晚噼啪作响，而恶臭的浓烟升腾，飞向关注世间的苍天。大家都不免担心……

然而，这种令人眩晕的景象，一碰到理性就破灭了。不错，"鼠疫"这个词已经说出口了，不错，就在此刻，瘟疫正折磨、击倒一两个牺牲品。可是，这有什么，说停就停了。眼下应当做的，就是应该承认的事实便明确承认，果断驱逐不必要的疑虑，采取切合实际的措施。接下来，鼠疫就会停止流行，因为鼠疫不能单凭想象或者假想存在。如果鼠疫停止流行了，这种可能性最大，那么就万事大吉。万一情况恶化，那也能够掌握，看看有没有办法先控制住，然后再战而胜之。

　　里厄大夫打开窗户，突然涌入市井的喧嚣。从邻近的车间传来锯床的声响，无休止地重复短促而尖利的声音。里厄抖了抖精神。确实性就在那里，在每天的劳作中。其余的一切都系于游丝，系于微不足道的举动，不可在这里面恋栈。做好本职工作才是关键。

　　里厄大夫正这样浮想联翩，忽听有客人来访。来访者约瑟夫·格朗，这名市政府职员虽然工作庞杂，仍然定期被委派到统计处协管户籍。统计死亡人口，自然也就成了他的分内之事。他生性乐于助人，答应把统计结果抄一份，亲自送到里厄家中。

　　大夫瞧见格朗同他的邻居科塔尔走进来。这名职员手上挥动着一张纸。

　　"数字增加了，大夫，"格朗宣称，"四十八小时里，死了十一人。"

　　里厄跟科塔尔打了招呼，问他感觉如何。格朗解释说，科塔尔执意要向大夫表示谢意，同时也深表歉意，给大夫添了这么多麻烦。不过，里厄在注意看统计表了。

　　"好吧，"里厄说道，"也许应该下个决心，叫出这种疾病的名称了。迄今为止，我们总是原地踏步。我要去化验室，你们跟我一起走吧。"

　　"对呀，对呀，"格朗跟在大夫身后，边下楼边说道，"是什么东西，就该叫什么名称。那么，这种病的名称是什么呢？"

　　"我还不能告诉您，况且，您知道了也没好处。"

　　"您瞧，"职员微笑道，"说出来还真不那么容易。"

　　一行三人朝阅兵场走去。科塔尔一直默默无语。街上的行人多起

来。我们这地方，黄昏来去匆匆，在落下的夜幕前步步退后，晚星初现，跃上还相当明亮的天际。片刻之后，街道上路灯点亮，映衬出一片幽暗的天空，而谈话的声音也似乎提高了声调。

"请原谅，"到了阅兵场的街口，格朗便说道，"我得去乘有轨电车了。晚上的时间，对我是神圣的。正如我家乡那里常说的："今天的事绝不要推到明天……'"

里厄已经注意到格朗，这个出生在蒙特利马尔的人，有一种喜欢引用家乡俗谚的癖好，随后再续上毫无出处的陈词滥调，就像什么"梦幻的时刻"，"仙境一般的照明"。

"嗯！真的，"科塔尔也说道，"晚饭后，就休想把他从家里拉出来。"

里厄问格朗是否为市政府工作。格朗回答说不是，他是为自己干活。

"哦！"里厄又随口问了一句，"有进展吗？"

"已经干了好几年，当然有进展，尽管从另一个意义上讲，进展不算很大。"

"简单说吧，究竟是什么事？"里厄停下脚步问道。

格朗嘴里呜噜呜噜说着，同时正了正他两只大耳朵上的圆帽。里厄十分模糊地听出来，事关个性发展的问题。不待里厄反应过来，职员已经离开他们，重又上行，沿着榕树下的马恩林荫大道小碎步快速走了。他们二人走到化验室门口，科塔尔对大夫说他很想去见他，当面向他讨教。里厄正搜索衣兜找那张统计表，就约他去诊所，随即又改变主意，说他明天要去他们的街区，傍晚可以过去看他。

同科塔尔分手时，大夫发觉他心里还想着格朗，想象格朗遭遇鼠疫，当然不是眼下这场肯定不会太严重的鼠疫，而是历史上规模最大的一次鼠疫。"他这种类型的人，哪怕遭逢那种大瘟疫，也能幸免于难。"记得他读过的书上有记载，鼠疫往往绕过体质弱的人，摧毁身体强壮者。大夫再往下想，就觉得这个职员的样子有点儿神秘兮兮的。

初看起来，格朗的行为举止，跟市政府小职员的确毫无二致。细高个头儿，总挑选过分肥大的衣服，穿在身上晃里晃荡，幻想他这样会穿得长久些。如果说他那下排牙齿大多还幸存的话，上排牙齿却已掉得精光。他微笑时，主要是上嘴唇翻起来，嘴里从而出现黑洞。他这样一副尊容，再加上修道院修士的走路姿态，善于溜墙根，悄悄进门，还一股酒窖味和烟味，浑身上下委委琐琐，一看便知，想象不出他会在别的什么职位，只能坐在办公桌前，专心核对城里浴室的税收，或者为年轻的文秘搜集资料，以便起草报告规定清除生活垃圾的新收费标准。即使在毫无偏见的人看来，他天生就是这块料，只配临时在市政府干些辅助工作，在平庸而又不可或缺的岗位上，每天挣六十二法郎三十生丁。

　　他在就业登记表上，"专长"一栏里也确实这样填写的。二十二年前，他获得了学士学位，没有经费深造，便接受了这个工作，据他说，上司给了他希望，很快就能"正式任职"，只需考核一段时间，看看他处理本城行政管理中各种棘手问题的能力。后来，又有人向他保证，他肯定能升为文秘，过上富裕生活。当然，约瑟夫·格朗工作的动力并不是雄心大志，他用苦笑来保证这是实情。不过，靠正当的方式来保证自己的物质生活，又有可能做自己喜爱的事情而问心无愧，这种前景足令他心仪神往。如果说当初，他接受了推荐给他的这份工作，那也是有拿得出手的理由，可以说是忠于一种理想。

　　这种临时的状态已持续多年，生活费用涨得厉害，而格朗的工资，虽经过几次普调，仍然还很微薄。他向里厄抱怨过，但似乎没人予以理会。这里正表现出格朗的独特之处，至少显示他的一个特征。其实，他本可以提出主张，即使不要求他没有把握的权利，至少要求兑现向他做出过的保证。可是，首先，当初聘用他的办公室主任早已作古，再说，他这个职员眼下也想不起来，当时对他的许诺确切的说法。最后，也是最主要的一点，就是约瑟夫·格朗找不到合适的话来表达。

　　正是这一特点，把我们这位同胞描绘得活灵活现，里厄也注意到了这一点。也正是碍于措辞，他才一直酝酿而写不出申诉书，也没有顺应情况走走门路。按照他的说法，他尤其觉得不能使用"权利"二字，这是他硬气不起来的，也不能使用"许诺"二字，这可能意味他是要讨债，从而带有胆大妄为的色彩，同他卑微的职位不相称。另一方面，他又不肯使用"照顾"、"请求"、"感激"一类的字眼，认为这有失他个人的尊严。我们这位同胞找不到恰当的词语，就这样继续履行他这默默无闻的职务，直到有了一把年纪了。况且，同样按照他对里厄大夫所讲的，他在实际当中发觉，他的物质生活有了保证，不管怎样，只要量入为出就能凑合过去。因此，他承认市长爱讲的一句话很正确：本城那位当市长的大企业家高调宣称，归根结底（他特别强调这个词，因其负载着这种论断的全部分量），从未见过饿死一个人。不管怎么说，约瑟夫·格朗所过的近乎苦行僧式的生活，归根结底，也确实让他彻底摆脱了这类忧虑。他得以继续斟酌他的词语。

在一定意义上，他的生活完全可以称为楷模。无论在本城还是其他地方，像他这样总有勇气保持美好情感的人，真可谓凤毛麟角。他流露出来的少许内在的东西，就的确表明如今大家不敢承认的善意和忠诚。他承认爱自己的侄儿和姐姐，丝毫也不脸红，姐姐是他在世的唯一亲人，每两年他要回法国探望一次。他承认一想起年幼时丧失的双亲，就伤感不已。他也不讳言尤其喜爱所住街区的一口钟，每天傍晚五点钟就回荡着悠扬的钟声。然而，要想表达如此简单的激情，随便一个词，他都得绞尽脑汁考虑。这种表达的障碍，最终成为他的最大心病。"噢！大夫，"他说道，"我多么希望学会表达啊。"每次遇见里厄，他都要这样重复一遍。

这天傍晚，大夫目送这个职员离去时，突然明白了格朗想要表达的意思：他必是在写一本书，或者类似的东西。里厄终于来到了化验室，至此这个念头才让他放下心来。他知道这种感觉颇为荒谬，但他就是无法相信，在一座连普通公务员都有可称道的癖好的城市，鼠疫不可能真的蔓延开来。准确来说，他还想象不出在鼠疫猖獗的地方，这些癖好能占据什么位置，因此他判断，鼠疫在我们的同胞之间，没有流行的前景。

第二天，里厄力争召开的卫生委员会会议，虽被认为不是时机，省政府还是同意了。

"不错，居民都感到不安，"里夏尔承认，"而且，这样街谈巷议，什么事都夸大了。省长对我说：'你们要开会就赶紧开，但是不要声张。'况且，他确信这不过是一场虚惊。"

贝尔纳·里厄开车捎上卡斯泰尔，一道去省政府。

"您知道吗，省里没有血清了？"卡斯泰尔对里厄说道。

"知道了，我给省药库打过电话。药库主任十分震惊。必须从巴黎调运过来。"

"但愿用不了多长时间。"

"我已经发过去电报了。"里厄回答。

省长很热情，但是有点儿焦躁。

"先生们，我们开会吧，"省长说道，"要不要我概括地谈一谈形势？"

里夏尔认为没有必要，医生们都了解，问题仅仅在于应当采取什么措施。

"问题在于，"老卡斯泰尔突然冒出一句，"要弄清这是不是闹鼠疫。"

两三位医生欢呼响应，其他医生似乎犹豫不决。省长却猛然一抖，下意识地转身望望门口，仿佛要察看一下门是否关严，没有让这句耸人听闻的话传到走廊去。里夏尔则朗声说道，依他之见，切勿惊慌失措：这不过是高烧伴随腹股沟淋巴结肿大的并发症，现在只能讲到这个程度，而无论在科学上还是生活里，任何假设都是很危险的。老卡斯泰尔沉静地咬着发黄的小胡子，抬起明亮的眼睛，看了看里厄，然后，他那和善的目光又移向与会者，指出他非常清楚这是鼠疫，但是要正式确认，势必就得采取无情的措施。他深知正是有这种顾忌，他的同行们才往后退缩。因此，为使他们安心，他情愿接受不是鼠疫的说法。省长坐不住了，声称不管怎么说，这样论事推理总归不是好办法。

"这样论事推理的办法好不好，不是关键，"卡斯泰尔说道，"只要能引人思考。"

里厄一言不发，有人就询问他的见解。他说："这是一种伤寒性高烧，而且还伴随腹股沟淋巴结炎和呕吐。我曾做了腹股沟淋巴肿块切片，送去化验，化验结果辨认出传播鼠疫的粗矮形杆菌。要全面判断，还必须说明，这种杆菌有些变异，不大符合传统的描述。"

里夏尔强调指出，正是这种情况导致犹豫不决，至少还得等待几天前开始的批次化验的统计结果。

"如果有一种细菌，"里厄沉默片刻，又说道，"三天工夫就能使脾脏肿大三倍，使肠系膜神经结肿成橘子那么大，里面充满了糊状物，那就恰恰容不得犹豫了。各个传染源日益扩大。疾病按照这样的速度传播，如果不能被遏止的话，那么用不了两个月，就能夺走全城一半的生命。因此，你们称这为鼠疫或者增长性热症，都无关紧要。关键只有一点，你们必须阻止它屠杀全城半数居民。"

里夏尔认为，无论怎样，都不应该描绘得一团漆黑，况且，病症的传染性还未得到证实，因为那些患者的亲人还很健康。

"可是，还有别的人死了，"里厄指出，"当然了，传染性从来就不是绝对的，不然的话，那就要成几何数无限增长，人口就会以惊人的速度锐减。这不是把什么都描绘得一团漆黑，而是要采取防范措施。"

这时，里夏尔想要总结一下当前形势，提醒大家注意，这场疫病如果不能自动终止，那么为防止蔓延，就必须实施法律规定的严厉措施；为此，也就必须公开承认是闹了鼠疫，而说鼠疫又不能绝对肯定，因此还得认真考虑。

"问题并不在于了解，"里厄仍然坚持，"法律规定的措施是否严厉，而在于确认这些措施是否必要，以防止全城半数居民丧生。余下的事情属于行政范畴，而我们的体制恰恰设置了省长这一职位，以便处理行政问题。"

"当然了，"省长说道，"不过，我需要你们正式确认，这是一场鼠疫。"

"即使我们不确认，"里厄说道，"鼠疫照样存在，可能害死全城半数居民。"

里夏尔有点儿烦躁了，插言道：

"事实上，我们这位同行认定是鼠疫，他对症候群的描述就是明证。"

里厄回应说，他描述的不是症候群，而是他亲眼所见。他亲眼所见，正是腹股沟淋巴结炎，黑斑，进入谵妄状态的高烧，四十八小时之内就毙命。里夏尔先生能否肯定，不采取严厉的预防措施，瘟疫也会停止，他能否为此担负责任？

里夏尔迟疑了，他注视着里厄，说道：

"坦率地告诉我您的想法，您确认这是鼠疫了吗？"

"您这样提问题不恰当。这不是措辞的问题，而是争取时间的问题。"

"您的想法，"省长说道，"会不会是这样，即使没有闹鼠疫，也应该实施鼠疫流行期间所规定的预防措施呢？"

"如果非要我有一个想法，那的确是这样吧。"

医生们商议起来，里夏尔终于说道：

"那好，我们就负起责任，行动起来，就当这种疾病真是鼠疫。"

这种说法赢得了热烈赞许。

"您也是这种看法吧，我亲爱的同行？"里夏尔问里厄。

"怎么个说法无所谓，"里厄回答，"我们就这样说吧：我们绝不能就当全城半数居民不会死于非命，因为这样无作为，那些人就可能遭殃。"

在普遍阴郁的情绪中，里厄离开了。不大工夫，他就行驶到了城郊，闻到油炸食品的香味和尿臊气，只见一个腹股沟血淋淋的女人，朝他转过身来，发出惨死的号叫。

会议后第二天，高烧病症又跨进一步，甚至见报了，但只是轻描淡写，蜻蜓点水似的报导一下。到了第三天，里厄总算见到了省政府的布告。白纸小布告，匆匆张贴在城里最不显眼的角落，从内容上很难看出当局正视这种形势。采取的措施也并不严厉，似乎特别迁就那种渴望——不要引起舆论的忧虑。政府的这项法令开头确也宣告，奥兰地区出现了几例危险的高烧症，眼下尚难确定是否传染。这些病例还不够典型，不能真正引人不安，毫无疑问，居民自会保持冷静。然而，省长也采取了一些防范措施；而这种谨慎的态度，谅能获得全体市民的理解。这些措施旨在阻遏瘟疫的任何威胁，理应得到理解并得以贯彻。因此，省长一刻也不怀疑，全体民众一定会通力合作，支持他的个人努力。

布告接着公示总体的措施，其中包括往阴沟里喷射毒气来科学灭鼠，严密监视饮用水的水源。布告要求居民保持极严格的清洁卫生，还敦请跳蚤携带者到市立各诊所检查身体。此外，每个家庭都有义务申报经医生确诊的病人，并同意将其送进医院特设病房隔离。隔离病房配置齐全，能在最短时间取得最大的疗效。还有几个附加条款，规定对病人的卧室和公共交通车辆进行消毒。余下的内容，仅限于要求患者家属检查一次身体。

里厄大夫猛一转身，离开布告栏，返回他的诊所。约瑟夫·格朗正等着他，一见他回来就又卷起胳臂。

"是的，"里厄说道，"我就知道数字又上升了。"

昨天，城里又有十来个病人殒命。大夫对格朗说，也许傍晚还能见面，因为他要去看看科塔尔。

"您安排得好，"格朗说道，"您去瞧瞧，对他准有好处。我发觉他人变了个样儿。"

"怎么回事儿？"

"他变得有礼貌了。"

"从前他没有礼貌吗？"

格朗迟疑了一下。他不能说科塔尔原先不礼貌，这种说法不够公正。他那个人内向，沉默寡言，样子稍嫌粗野。总待在房间里，到一家小饭馆用餐，外出也相当诡秘，这便是科塔尔的全部生活。他公开的身份，则是葡萄酒和白酒代理商。他时而接待三两位来访者，想必就是他的客户了。晚上，他有时去他家对面的影院看电影。我们这位职员甚至还发现，科塔尔似乎最爱看警匪片。无论在什么场合，这名代理商总是那么多疑，落落寡合。

据格朗讲，这一切都大变了。

"我不知道该怎么说，可是，我有这种印象，您瞧，他力图同别人和好，想跟所有人套近乎。他经常跟我说话，约我一起出门，我不好意思总是拒绝。再说，他也引起我的兴趣，归根结底，我救过他一命。"

从自杀未遂那天起，科塔尔就再也没有接待过任何来访者。在街道上，在商店里，他总找机会，争取每个人的好感，还从未有谁跟食品杂货店老板交谈，像他那样和蔼可亲，而听香烟店老板娘说话，像他那样听得津津有味。

"那个香烟店老板娘，"格朗指出，"有一副蛇蝎心肠。这话我跟科塔尔一讲，他就回应说我错了，那女人还有好的方面，要善于发现才对。"

科塔尔请过格朗两三回，去城里豪华饭店和咖啡馆。其实，他开始成为那些地方的常客。

"那是好去处，"他说道，"而且，旁边都是有身份的人。"

格朗还注意到，餐馆招待员对这位代理商格外殷勤，他发现科塔尔留下过分慷慨的小费，也就明白了其中的缘故。对别人回报给他的热情，科塔尔显然非常敏感。有一天，饭店前堂领班帮他穿上外衣，送他出门时，科塔尔就对格朗说：

"这小伙子不错，他可以证明。"

"证明什么？"

科塔尔迟疑了一下："就是嘛！证明我不是个坏人。"

此外，他的情绪变化无常。有一天，食品杂货店老板显得不那么热情，他回到家中就暴跳如雷。

"这个坏蛋，他得跟其他人一起玩完。"他反复骂道。

"什么其他人？"

"其他所有人。"

在香烟店里，格朗甚至还目睹了一幕匪夷所思的场景。在一场热闹的谈话中间，老板娘谈到前不久逮捕了一个人，在阿尔及尔引起轰动。被捕的是一家商贸公司的年轻职员，他在海滩上杀害了一个阿拉伯人。

"这些败类，如果通通关进牢房，"老板娘说道，"那么好人就能松口气了。"

可是，她不得不打住话头，只因对面的科塔尔突然激动起来，冲出店铺，连句抱歉的话也不讲。格朗和老板娘愣在原地，瞪眼看着他跑掉。

后来，格朗还要里厄注意，科塔尔性格上的其他变化。科塔尔一直持有自由主义观点，他的口头禅便是明证："大鱼总得吃小鱼。"不过，近来一段时间，他就只买奥兰正统派报纸，还在公共场所阅读，不免让人觉得他是有意炫耀。同样，他自杀未遂后卧床，能下地没过几天，就求格朗去邮局，给他的一个远房姐姐汇去一百法郎，每月他都给姐姐汇去这样一笔钱。可是，当格朗正要走时，他又请求道：

"给她汇去两百法郎吧，给她一个惊喜。她认为我从来想不到她，其实我非常爱她。"

最后还有一件事，科塔尔跟格朗有过一次奇特的谈话。格朗每天晚上都忙自己的小营生，科塔尔迷惑不解，就向他提了好多问题，他不得不回答。

"好哇，"科塔尔说道，"您在写书。"

"也可以这么说，不过，这比写书要复杂。"

"嗯！"科塔尔感叹道，"我很想做您那样的事儿。"

格朗一脸惊讶的神色，科塔尔就结结巴巴地说，成为艺术家，大概能解决许多问题。

"为什么呢？"格朗问道。

"就是因为比起别人来，艺术家享有更多的权利，这是人所共知的事。别人能容忍他更多的事情。"

"没别的，"张贴出布告的那天早晨，里厄对格朗说道，"都是老鼠惹的祸，他和许多人一样，被闹得晕头转向，就是这么回事。要不然，他就是害怕发高烧。"

格朗则回答：

"我可不这么看，大夫，您要是想听听我的想法……"

灭鼠车从他们的窗户下面驶过，发出响亮的排气声。里厄住了口，直到能让对方听得见了，他才漫不经心地问格朗的想法。对方神色凝重，注视着里厄，说道——

"这个人做了什么亏心事，不免自责。"

大夫耸了耸肩膀。还是那位警长说得好，还有许多别人的事要办呢。

下午，里厄同卡斯泰尔会晤。血清还没有运到。

"话又说回来，"里厄问道，"血清能顶用吗？这种杆菌很怪异。"

"唉！"卡斯泰尔说道，"我与您的看法不同。这些动物总显得很独特，但实质上是同样的。"

"这不过是您的假设。事实上，对此我们却一无所知。"

"当然了，这是我的假设。而且，这也会成为大家的共识。"

这一整天，里厄大夫都感到，他每次想起鼠疫就有点头晕的现象更加厉害了。到头来，他不得不承认自己是害怕了。他两次走进人满为患的咖啡馆。他也和科塔尔有同感，需要人际间的温暖。里厄觉得这样未免愚蠢，但是这倒帮他想起，他曾答应去看望那位代理商。

傍晚时分，大夫一进门，就看到科塔尔坐在餐桌前面，走进去发现桌上摊开放着一本侦探小说。不过，天色已晚，昏暗中恐难阅读。此前的片刻，科塔尔一定是仍然坐着，在朦胧的暮色中沉思默想。里厄问他身体怎样，科塔尔一边重新坐下，一边咕哝着说他身体不错，如果能肯定没人管他的事儿，他的身体会更好。里厄便向他指出，人不能总这样独处。

"唉！不是那个意思。我是指有些人专爱找你的麻烦。"

里厄没有应声。

"请您注意，不是说我的情况。我正看这部小说。一天早晨，一个不幸的家伙突然被捕。有人关注他的事，他却毫不知情。大家在办公室里议论他，把他的名字登记在卡片上。您认为这公正吗？您认为别人有权这样对待一个人吗？"

"这也要看情况，"里厄回答，"从一方面看，的确，别人永远没有这种权利。不过，这一切都是次要的。人总不能长期关在家里。您必须出去走走。"

科塔尔似乎焦躁起来，说他整天在外面转悠，如有必要，全街区的人都可以为他作证。甚至出了这个街区，他也有不少熟人。

"建筑师里戈先生，您认识吧？他就是我的朋友。"

房间里越来越暗了。城郊的这条街道逐渐热闹起来，外面一阵低沉而轻快的欢呼声，迎接路灯点亮的时刻。里厄走到阳台上，科塔尔也跟了过去。我们这座城市每天晚上都如此。周围各个街区刮起微风，吹来窃窃私语、烤肉的香味，自由的欢乐而芬芳的喧闹，因吵吵嚷嚷的青年拥上街头而渐渐充斥整条街道。夜晚，看不见的轮船高声鸣叫，大海的浪涛和人流的涌动汇成的喧嚣，这是里厄从前熟悉并喜爱的时刻，今天却由于他了解的种种情况，让他感到压抑了。

"您能给我们打开灯吗？"他对科塔尔说。

一旦回到光亮中，这个矮个儿男人就直眨眼睛，注视着里厄：

"请告诉我，大夫，我若是病倒了，您能接收我到您工作的医院吗？"

"有何不可呢？"

于是，科塔尔又问道，是否有过先例，逮捕在诊所或者医院里治病的人呢。里厄回答说，这种情况见过，不过，这完全要看病人的病情了。

"我呢，"科塔尔说道，"我信得过您。"

继而，科塔尔问大夫，能否搭他的车进城。

到了市中心，街上的行人已不如先前那么密集，灯火也渐趋稀少了。还有儿童在自家门口玩耍。大夫应科塔尔的要求，把车停在一群孩子的前面。那些孩子吵吵闹闹，正玩跳房子游戏。其中一个男孩，黑头发梳得平平的，头缝分得很直，只是小脸蛋很脏，他那双明亮的眼睛，吓唬人似的盯着里厄。大夫移开目光。科塔尔站到人行道上，同大夫握手道别，这位代理商嗓音沙哑，说话吃力。有两三次，他回头扫视一眼。

"人人都谈论瘟疫。真闹瘟疫了吗。大夫？"

"人总要议论纷纷，这非常自然。"里厄回答。

"有道理。而且，一旦听说死了十来个人，就会以为到了世界末日了。我们可不要这样。"

马达已经隆隆响起来，里厄一只手握住变速杆。这时，他又瞄了瞄那个神情严肃而平静、一直凝视着他的孩子。突然间，也没个过渡，那孩子咧嘴冲他笑起来。

"那我们要怎么样呢？"大夫问道，同时也冲孩子笑笑。

科塔尔一把抓住车门，用哽咽的声音，气急败坏地嚷道：

"要地震，一次真正的地震！"然后撒腿跑掉。

次日没有发生地震，里厄奔波了一整天，跑遍了全城各个角落，同病人家属会谈，同患者本人讨论。里厄还从未感到职业的担子这么沉重。在这之前，患者非常配合他的治疗，有什么话都跟他讲。现在，大夫第一次觉得他们有所保留，表现出一种恐惧，对他们的病症讳莫如深。这是一场搏斗，眼下他还不习惯。晚上将近十点钟，他的汽车停到老哮喘病患者的楼门前，这是他今天出诊的最后一站。他从座位上起身都特别吃力，不免磨蹭一会儿，望了望昏暗的街道、黑洞洞的天空中时隐时现的星星。

老哮喘病患者半卧在床上，正数着从一只锅放进另一只锅里的鹰嘴豆，看样子呼吸通畅些了。他喜形于色，欢迎大夫来探视。

"怎么着，大夫，闹起霍乱来啦？"

"您从哪儿听说是霍乱？"

"报上刊登的，电台里也广播了。"

"不对，不是霍乱。"

"不管怎么说，"老人非常兴奋，"那些有头有脸的人物，哼，他们说得也太过火了！"

"千万不要这样想。"大夫说道。

他给老人检查了身体，现在，他坐到这间简陋的餐厅的中央。不错，他是害怕了。他知道单在这个城郊街区，就有十来个病人等待他明天上午去诊治，一个个因患腹股沟淋巴结炎而佝偻着身子。在动手术切开淋巴结的患者中，仅有两三例病情好转。可是，大多数病人都得住院，而他深知，医院对穷人意味着什么。"我不愿意让他去给他们当试验品。"一个病人的妻子曾对他这样说。他不去给他们当试验品，那就得死在家中，仅此而已。采取的措施远远不够，这一点十分明显。至于"特设"病房，他也很熟悉：那是两间亭阁，匆忙移走原先的病人，门窗缝隙完全堵死，周围还设置了防疫警戒线。瘟疫流行，如不能自动终止，那么政府所臆想的这些措施也不可能战而胜之。

然而，这天晚上，政府公报仍旧很乐观。第二天，朗斯多克情报所公布，公民对省政府采取的措施反应平静，已有三十余病人登记。卡斯泰尔给里厄来过电话：

"那两幢亭阁里有多少床位？"

"共有八十张。"

"全城的病人，肯定不止三十名吧？"

"有些人害怕，来不及申报的人最多了。"

"丧葬没有人监视吗？"

"没有。我给里夏尔打过电话，提出必须采取全面措施，不要讲空话，必须筑起一道真正的屏障，阻止瘟疫蔓延，否则就什么也别干。"

"他怎么说？"

"他回答我说，他无权决定。依我看，人数还要往上升。"

果不其然，三天时间，两幢亭阁就满员了。里夏尔似乎得知要把一所学校改成附属医院。里厄等待运来疫苗，给患者切开淋巴结排脓。卡斯泰尔重又埋头查阅他那些古书，长时间泡在图书馆里。

"老鼠死于鼠疫或者十分相似的瘟疫，"他下了结论，"老鼠传布了数万只跳蚤，如不及时消灭，跳蚤传播疾病的速度，肯定要以几何级数增长。"

里厄没有应声。

这个时期，天气似乎固定不变了。最近几场大雨积成的水洼，也被太阳吸干了。蔚蓝的天空阳光灿烂，流光溢彩，热气初升中回荡着飞机的轰鸣。在这样的季节，一切都让人心旷神怡。然而，四天当中，高烧症天天飞跃，死亡病人依次为十六例、二十四例、二十八例和三十二例。到了第四天头，当局宣布在一家幼儿园里开设附属医院。此前，我们的同胞总以玩笑话掩饰内心的不安，现在走在街上，就显得更加沮丧，更加沉默寡言了。

里厄决定打电话给省长——

"措施还不够啊。"

"我有统计数据，"省长说道，"这些数据确实令人担忧。"

"何止令人担忧，而且非常明显了。"

"我即将请求总督府发布命令。"

里厄当着卡斯泰尔的面挂了电话：

"发布命令！那还得有想象力啊！"

"血清怎么样？"

"这周能运到。"

省政府通过里夏尔请里厄写了一份报告，呈送给殖民地首府，恳请发布命令。里厄在报告中描述了临床状况，并提供了数据。同一天，统计有四十个死亡病例。省长自称，他要承担起责任，从次日起就强化已经制定的措施。强制性申报与隔离措施继续有效。病人的住所必须封闭起来并进行消毒，病人亲属必须接受检疫隔离，而埋葬死者的事宜则由市里组织，具体规定另行公布。过了一天，血清由飞机空运而至，可以满足眼下治疗的需要，如果瘟疫蔓延就不够用了。里厄得到电报答复：应急血清库存告罄，现已重新开始生产。

就在这段时间，春天从四周郊区抵达城里市场。成千上万朵玫瑰花，凋谢在沿人行道摆摊的卖花人篮子里，甜丝丝的花香在全城飘浮。表面上毫无变化。有轨电车一如往常，高峰时刻挤得满满的，其余时间空空荡荡，又十分肮脏。塔鲁观察那个小老头儿，而那个小老头儿还是瞄准小猫吐痰。格朗每天晚上回家，干他那神秘的营生。科塔尔四处转悠，而预审法官奥通先生，仍然率领全家人散步。那位老哮喘病患者还继续倒腾他的鹰嘴豆；时而能遇见那位记者朗贝尔，还是一副沉静而对事物感兴趣的样子。夜晚，街上熙熙攘攘，还是同样的人群，电影院门前照样排起长队。况且，瘟疫仿佛减退了，一连数日，每天统计只有十来个死亡病例。接着，数字又像箭似的，骤然上升。死亡人数重又达到了三十来例的那天，贝尔纳·里厄看着官方电文，省长递给他电文时还说了一句："他们害怕了。"只见电文上写道："宣布鼠疫流行。全城封闭。"

第
二
部

从这一刻起，才可以说鼠疫成为我们大家的事了。此前，我们的同胞，尽管这些怪异的事件让他们深感意外和不安，每人还坚守日常的职位，各尽所能，继续自己的工作。毫无疑问，这种情况本应该继续下去。然而，门户一旦关闭，大家才发觉所有人，包括叙述者在内，大家都落入同样境地，必须同舟共济。正是这样，譬如说，跟心爱的人离别这样一种个人的情感，从头几周起始，就突然变成了全体民众的情感，并同恐惧的心理一起，变成了这种长期流亡生活的主要痛苦。

的确，全城封闭所造成的最明显的后果之一，就是将一些没有思想准备的人置于突然分离的境况。那些母亲和子女、夫妻和情人，几天之前，还以为是一次暂时分离，他们在火车站月台上拥抱吻别时，也只是叮嘱三两句，确信过几天或者几周就又见面了，沉迷在人的愚蠢的自信中，并没有把这次离别放在心上，满脑子还是日常事务，讵料猛然发现，这一别就遥遥无期，再难重逢，也无法通音信了。因为，在省政府公布法令之前几小时，就已经封城了，自然照顾不了每个人的情况。这场疫病的突然入侵，可以说头一个后果，就是迫使我们的同胞今后所作所为，再也不带个人情感了。法令开始实施那天，头几个小时，省政府就应接不暇，大批申请者，有的打电话，有的找官员，都陈述各自的境况，而那些境况都同样值得关心，也同样不可能予以考虑。实际上，我们需要好几天才能明白过来，我们落到了毫无回旋余地的境地，什么"通融"、"照顾"、"破例"等词语都丧失了意义。

就连写信这样无足轻重的要求也遭拒绝了。一方面，这座城市也确实没有了通常的交通工具，得以同全国其余地方相联系，另一方面，又一道法令颁发了，严禁信件往来，以防瘟疫通过信件传播。开头，有几个人还算幸运，跑到城门口，恳求守门的哨兵帮忙，将信件送出城去。那也只是在瘟疫流行的最初几天，当时哨兵还觉得出于同情心，给人点儿方便是很自然的事。然而，过了一段时间，还是同样那些哨兵，他们确信了事态的严重性，就再也不肯承担这种难以估计后果的责任。起初，还准许打长途电话，结果电话亭给挤爆了，而且长时间占线，一连几天就完全中断电话通讯。继而严格限制，只有在所谓的紧急情况下，即有人死亡、出生和结婚时才能通长话。因此，我们就剩下电报这个唯一通讯手段了。由智慧、感情和肉体紧密相连的一些人，现在无可奈何，只能从由十个词组成的电文的大写字母中，寻觅昔日情投意合的迹象。电文中实际的可用语式很快就搜罗净尽，因而长期的共同生活，或者痛苦的恋情，很快都高度概括，定期以"我好。想你。爱你"等现成用语交流。

　　然而，我们当中有些人，依旧执意写信，为了同外界联系，坚持不懈地想方设法，但是最终总要流于虚幻。我们想象出来的办法，即使有的得手了，也是一去杳无音信，下落不明。一连数周，我们只得重写同样一封信，重抄同样的呼唤，这样做了一段时间之后，最初从我们内心掏出来的有血有肉的肺腑之言，无不丧失其内涵，变成空洞的词语了。就这样，我们机械地抄了又抄这些语句，试图用这些僵死的话语来传递我们艰难生活的信号。到头来，我们便觉得电文格式化的呼唤，要胜过这种执拗而枯燥乏味的独白，这种同墙壁的毫无反应的对话。

　　况且几天下来，任何人也出不了城已成明显的事实，有的人就想询问，在瘟疫前走的人是否获准返城。省政府考虑了数日，答复说可以返城，同时又明确指出，返城的人无论什么理由都不能重新离开：他们可以自由来，却不能自由走了。就是这样，也还是有一些家庭，但为数极少，轻率地对待当前的事态，把谨慎抛到九霄云外，一心想重新见到亲人，就趁机回来了。不过，已成鼠疫囚徒的人很快就明白，他们这样做就是把亲人置于危险境地，只好忍受离别之苦。在瘟疫最猖獗的时候，只有一个事例表明，人的情感超越了对死亡折磨的恐惧。但这一事例并不像有人期待的那样，是两个热恋的情侣，凌驾于痛苦之上，相互投向对方的怀抱，只不过是老大夫卡斯泰尔及其老伴儿，结婚多少年的老夫老妻了。在发生瘟疫的几天前，卡斯泰尔太太去了一座相邻的城市。说起来，这对夫妇甚至算不上世间幸福家庭的典范，叙述者也不无根据地说，时至今日，这对夫妇十有八九不能确信满意他们的结合。这次分离来得突兀，时间又延长了，这倒让他们认识到，他们彼此远离就无法生活，而比起这种猛然憬悟的事实，鼠疫就微不足道了。

这纯粹是例外。在大多数情况下，离别只应跟瘟疫同时结束，这是显而易见的。对我们所有人而言，构成我们生活的情感，我们自以为了如指掌（前文已经说过，奥兰人感情纯朴），现在却换上一副新面貌。有些丈夫和情人，原先完全信赖自己的妻子和女伴，现在却发现自己心生嫉妒。有些男人自以为在爱情上十分轻浮，现在又找回忠贞不贰了。有些做儿子的，生活在母亲身边却视而不见，现在看到母亲的脸上多一条皱纹，便勾引起种种回忆，感到极大不安和悔恨。这种突然的分离无可指责，前景又难以预料，我们不免无所适从，也无所作为，现在只能沉浸在回忆中，整天思念恍若还在眼前的亲人，却已经远在天涯了。事实上，我们要忍受着双重的苦痛，首先是我们内心的痛苦，然后就是在我们的想象中，在外的儿子、妻子或情人的离愁别恨。

如果换成别种环境，我们的同胞就可能找到出路，过一种更加外在的、更活跃的生活。然而，鼠疫一流行，他们就同时空闲下来，只能在死气沉沉的城里打转，日复一日地沉浸在令人沮丧的回忆里，因为他们漫无目的，闲时总是经过同样的街道，而在这么小的城市，这些街道也恰恰是他们昔日跟眼下在外的家人一起走过的地方。

因此，鼠疫给我们的同胞带来的头一种印象，就是流放感。叙述者确信，他在这里可以代表所有人，写下他当时的感受，因为这是他跟许多同胞的共同体验。不错，时刻压在我们心头的这种空虚、真真切切的这种冲动，即非理性地渴望回到过去，或者相反，加快时间的步伐，还有记忆的这些火辣辣的利箭，这些正是流放感。有时我们真要胡思乱想起来，乐得等待亲人回家的门铃声，或者上楼梯的熟悉的脚步响，于是这种时候，我们就情愿忘掉火车停运的事实，设法守在家里，等待旅人通常乘坐夜班快车可能回到我们街区的时刻；自不待言，这类游戏不可能持久。到了一定时候，我们总会清醒过来，发现火车不会开到这里了。我们这才明白，我们的分离注定要旷日持久，应该尽量设法如何打发时间。从这时候起，我们才算回过头来，安于我们这种囚徒般的生活状况，一头扎进我们的过去。我们当中即使有几个人试图生活在未来中，他们也很快就得放弃，至少很快就意识到那样做不可能，他们会体验到想象力最终要给相信未来的人所造成的伤害。

尤其是我们所有同胞很快就舍弃了他们可能养成的习惯，甚至在公共场合，也不再推算他们离别的时间了。这是何故呢？只因最悲观的人确定分别的时间，比如半年。他们事先就尝尽了这六个月的离别之苦，好不容易攒足了勇气，准备好经受这场考验，绝不会软弱，拼尽全身最后的气力，也要顶住这么漫长时日的煎熬；讵料，有时会遇见一位朋友，会在报上看到一则公告，头脑里瞬间产生一点怀疑，或者突然一亮，便让他们萌生这样的念头：归根结底，确定疫病流行不会超过六个月，这并没有什么根据，也许要拖上一年，或者更长时间。

这时，他们的勇气、意志和忍耐力，就会訇然坍塌，他们觉得掉进这深洞，再也不可能爬上去了。结果他们势必强制自己，再也不去考虑他们终将解脱的日期，再也不面向未来，可以说一直低垂着眼睛过日子了。不过，这样谨慎的态度，这种跟痛苦要滑头、高挂免战牌的做法，自然是得不偿失。他们不惜一切代价也要避免这场精神崩溃的同时，实际上也就舍弃了十分常见的时机，不能躲进将来同家人团聚的欢乐景象中而忘掉鼠疫。他们就是这样，跌落在顶峰和深渊之间，上不上下不下，飘浮在那里，哪儿像活着，只是一天天毫无方向地混日子，沉湎于枯燥乏味的回忆，形同漂泊的幽灵，想要汲取点力量，也只能接受扎根在痛苦的土壤里了。

　　因此，他们感受着所有囚徒和所有流放者的极痛深悲，仅仅靠一种毫无用处的记忆活着。就连这个他们不断思念的过去，也只有悔恨的味道了。他们也确实很想往这过去中添加些什么，添加上他们现在期盼的男人或女人当初在一起时，悔不该能做到而未做的一切——同样，无论在什么状况下，甚至在他们的囚徒生活相对好过的时候，他们也总把离家的亲人扯进来，而他们当时的处境总不能让他们满意。我们对现时丧失耐心，又敌视过去，放弃未来，活似受人世间法律或仇恨的制裁，过着铁窗生活的人。最终，想要摆脱这种无法忍受的休闲，唯一的办法，就是在想象的空间，重新开动火车，让顽固保持沉默的门铃每小时都重复鸣响。

　　即使是流放，在大多数情况下，那也是流放自家中。而叙述者体会到的，虽然只是全城居民的流放，他也不应该忘记像记者朗贝尔或其他一些人，他们则相反，离别的痛苦还要变本加厉，只因他们在旅行中意外遭遇鼠疫而滞留在这座城中，既远离难以相见的亲人，又远离自己的家乡。在通常的流放中，他们是最深度的流放，因为，他们固然同所有人一样，为拖长的时间而惶惶不安，但同时还牵挂着空间，他们落难在疫区，要眺望遥远的家乡，就不断撞到相阻隔的一道道高墙。每天无论什么时候，我们看到在尘土飞扬的城中游荡的人，无疑正是他们：那是他们在默默呼唤唯独他们才熟悉的黄昏，以及他们家乡的清晨。于是，燕子的飞翔、暮晚的露水，或者太阳时而遗忘在冷清街道上的几抹光线，诸如此类的难以捉摸的征象、令人困惑不解的信息，都在供养着他们的思乡病。这个总能为人解困的外部世界，他们却闭眼不看，固执地耽于他们那些过分逼真的幻景，竭尽全力追寻一片故土的景象：某种形态的光束、两三座山峦、钟爱的树木和女子的面容，凡此种种所构成的一种环境，在他们看来是任何东西都取代不了的。

　　最后，还要特意谈谈情侣们，这是最有意思的话题，由叙述者来讲讲，也许更为适合。情侣们还得受其他许多忧虑的折磨，必须指出其中一种便是自责。他们落到这种境况，的确能以一种更加强烈的客观态度，审视自己的情感了。在这种境况里，他们还看不出自己的缺点，这种现象恐怕少之又少。他们想要凭想象准确地勾画出暌违的情人的举止行为，却感到难以如愿，从而第一次有了机会发现自己的缺点。他们不由得哀叹，自己竟然对情人的时间安排不甚了了；他们责备自己多么轻率，忽视去了解，佯装相信对一个恋人来说，心上人时间安排并不是所有快乐的源泉。正是从这时候起，他们才能很容易地回顾自己的爱情，并审查其中的不足。在平时，不管有意识还是无意识，我们人人都懂得，没有什么爱情是不可自我超越的，然而，我们却情愿让爱情停留在平庸的状态，还或多或少心安理得。可是，在回忆中，要求就更高了。我们遭受的这场无妄之灾袭击全城，后果十分严重，不仅给我们带来一种不公正的、本可以令我们愤慨的痛苦，而且还怂恿我们自寻烦恼，从而诱使我们甘心接受痛苦。转移人们注意力并把水搅浑，这正是瘟疫肆虐的一种方式。

如此一来，人人都得单独面对苍天，一天一天混日子。这种普遍的消沉，久而久之就可能磨砺人的性格，但是眼下却开始让人变得目光短浅了。譬如说，我们有些同胞就干脆屈从于另一种奴役，甘受晴天和雨天的支配。看那样子，他们似乎第一次直接受到当时天气的影响。金色的阳光寻常的一次光顾，就让他们兴高采烈，可是一碰到下雨天，他们的脸上和思想上也都阴云密布了。几周之前，他们还能避免这种软弱的表现，不至于这样不理智地受制于天气，因为那时候，他们不是单独面对这个世界，而且在一定程度上，和他们一起生活的人置身于他们的天地的前面。反之，从这一刻起，他们显然听任变幻无常的老天的摆布了，也就是说，他们无论伤心痛苦，还是心存希望，都没有来由了。

处于这种极度孤寂的境地，最终谁也不指望邻居来相助，每人都独守自己的忧虑。我们当中如果偶然有人想交交心，或者谈一谈自己的感受，那么对方无论如何回应，大多时候总要伤害他。于是他发觉对方和他所讲的风马牛不相及。他所表达的，确是他多日思虑和苦楚的由衷之言，他想要传递的形象，也是在等待和情欲之火上长时间炖出来的。对方则相反，想象这是一种常见的激情、市场上叫卖的痛苦、系列化的忧伤。对方不管出于善意还是恶意，应答的话总是显得虚假，这样的交谈还是放弃为好。或者，至少那些忍受不了沉默的人应该如此，而其他人，既然找不到真正的心灵语言，他们就不得不退而求其次，采纳市场的语言，说话也模仿那些老生常谈，模仿那种普通关系和社会新闻的风格，差不多就是每天新闻了。在这方面也同样，切肤之痛往往用谈话中的陈词滥调来表达了。唯有付出这种代价，鼠疫的囚徒们才可能博得门房的同情，或者引起他们听众的兴趣。

然而，还有最重要的一点，这些流放者的焦虑不管多么痛苦，空虚的心不管多么沉重，仍可以说在鼠疫流行的初期，他们是幸运者。就在民众开始惊慌失措的时候，这些流放者的心思确实完全转向了他们等待的人。在全城居民遭难之际，他们却受到了爱情的自私心理的保护，即使想到鼠疫，也仅仅限于这场瘟疫有可能把他们的离别变成永诀。这样一来，他们就给瘟疫的核心地点带来一种有益于健康的分心，被人视为冷静应对的态度。他们本已绝望，反倒不会惊慌失措了：他们的不幸也有益处。譬如说，他们当中如有人被疫病夺走性命，那也几乎总是在不知不觉中走完生命的历程。他在心里长时间跟一个幻影交谈，从这种谈话中抽出身来，也没有过渡，就直接投入大地的极厚重的沉寂中。任何感受他都来不及体验了。

这种流放突如其来，正当我们的同胞设法适应时，鼠疫却给城门上了岗哨，迫使驶向奥兰的船只中途改变航向。自从封城以来，没有一辆车驶入城里。而且从那天起，在大家的印象里，汽车都开始兜圈子了。站在地势高的林荫大道上眺望，也觉得港口呈现一种奇特的景象。往常那么繁忙，成为沿海首屈一指的港口，猛然间萧索冷清了。接受隔离检疫的几艘轮船还停泊在那里，但是码头上大吊车已经闲置，翻斗车都侧翻在轻便轨道上，酒桶和麻袋零散地堆着，无处不表明贸易也因鼠疫而瘫痪了。

这些非同寻常的景象即使呈现在面前，我们的同胞似乎也很难理解灾难临头了。固然有分离和恐惧这样共通的感觉，但是，大家还继续把个人的忧虑放在首位。大多数人对打破自己的习惯，或者损害自己的利益的事尤为敏感。他们对此会生气，甚至恼火，可是，这种情绪对抗不了鼠疫。譬如说，他们头一个反应就是谴责当局。报纸刊登了这类批评（"难道不能考虑放宽一点所采取的措施吗？"），省长的答复相当出人意料。此前，无论报社还是朗斯多克情报所，哪家也没有收到过官方关于疾病的统计数据。现在，省长每天都向情报所提供统计数据，由该所每周发布一次。

即使如此，也没有立即引起公众的反应。鼠疫流行第三周，公布死亡人数为三百零二人，确也没有让人产生什么联想。一方面，也许这些人并不全死于鼠疫；另一方面，城里居民谁也不了解平常每周的死亡人数。全城有二十万居民。大家都不清楚这种死亡率是否正常。正是这种精确的数字，从来也没有人关心，尽管数字所表明的意义非常明显。也可以说，公众缺乏的是比较的基点。只有时间一长，目睹死亡人数不断增加，公众舆论才能认识事实。果然，第五周死亡三百二十一人，第六周又升至三百四十五人。至少数字增长颇有说服力，但是增长的幅度还不够大，我们的同胞在不安的情绪当中，仍保持原来的印象，觉得这无疑是个严重事件，但大不了也是暂时现象。

正因为如此，他们照常遛大街，在露天座上泡咖啡馆。总体说来，他们并不是胆小鬼，在谈话中，哀叹的时候少，开玩笑的时候多，装出满不在乎的样子，开朗地接受显然是暂时的不便。总算保住了体面。然而，到了月底，差不多就在那个祈祷周（下文还要谈及），我们城市的面貌则发生了更为重大的变化。首先，车辆交通和食品供应，省长采取了限制措施。食品供应限量，汽油实行配给制。甚至还要求全市节约用电。只有生活必需品，才由陆路和空运运达奥兰。这样，行驶的车辆眼见日益减少，直到可以忽略不计了。豪华商店随时都会关门歇业，而其他商店的橱窗里，也挂出了无货的告示，但是顾客照样在门前排着长队。

就这样，奥兰城换上一副奇特的面貌。步行的人数激增，即使在低谷时间，也有许多人因商店休业或因办事处关门，而无事可干，都拥上大街，挤进咖啡馆。眼下，他们还没有失业，而是休假。譬如说，将近下午三点钟，奥兰天清气朗，给人一种欢庆节日的假象：全城车辆暂停通行，商店关门，以便保证群众的游行队伍畅行无阻，居民拥上街头参加狂欢。

电影院当然不会放过这一全民放假的好时机，生意十分红火。只可惜，影片在全省停止周转。两周之后，各家影院只好交换影片放映。再过一段时间，电影院最终就反复放映同一部影片了。可是门票收入并未减少。

最后再说咖啡馆，多亏这是一座酒业贸易居首位的城市，拥有大批库存货物，咖啡馆可以敞开供应顾客。老实说，大家的酒量大增。一家咖啡馆贴出这样的广告："葡萄美酒能灭菌"。烈性酒能预防传染病的这种思想，大家已经觉得很自然了，公众舆论现在就更加坚信不疑了。每天深夜两点钟，大批大批的醉鬼从咖啡馆里清出来，满街全是，他们在街头传播乐观的言论。

不过，所有这些变化，在一定意义上都异乎寻常，而且形成得那么迅疾，不容易让人视为正常和持久的现象。结果我们还一如既往，将个人的情感置于首位。

关闭城门两天之后，里厄正从医院出来，不期遇见科塔尔。科塔尔扬脸迎上去，一副心满意足的神气。里厄祝贺他好气色。

"是啊，身体完全好了，"矮个儿男人说道，"请您告诉我，大夫，这该死的鼠疫，嗯！这还真开始成气候了。"

大夫承认是这样，对方颇为庆幸地说道："这场鼠疫没什么理由现在就停止。看来全都得乱套了。"

他们俩一道走了一会儿。科塔尔讲述他那街区有家大食品杂货店，囤积了大量食品，准备卖高价，来人接这个老板要送医院时，发现他的床下堆满了罐头食品。"他死在医院里了。鼠疫嘛，可不会付钱。"科塔尔满脑子故事，有真的也有假的，无不涉及鼠疫。例如，据说有一天早晨，在市中心，一个男人显出了感染鼠疫的症状，他犯了病，胡言乱语，一头闯到街上，碰见一个女人便一把搂住，叫嚷说他患上了鼠疫。

"好哇，"科塔尔指出，他那亲热的语调同他讲的事实很不协调，"可以肯定，我们全都得发疯啦！"

当天下午，约瑟夫·格朗也同样，最终向里厄大夫讲了心里话。他看到摆在写字台上的里厄太太的照片，又瞧了瞧大夫。里厄回答说，他妻子去了外地治病。"从一定意义上讲，"格朗说道，"这也是一种运气。"大夫回应说，这当然是一种运气，但愿他妻子能够康复。

"嗯！"格朗说道，"我理解。"

自从里厄认识他以来，这是头一次听到他侃侃而谈。他尽管仍然考虑用词，但几乎总能找到合适的词语，说出来的话好像他早已深思熟虑。

他年纪轻轻，就同一个穷苦邻家的姑娘结了婚。他为了结婚，甚至辍了学，找了一份工作。无论雅娜还是格朗，都从未走出他们的街区。他到家里去看她，而雅娜的父母有点笑话这个沉默寡言而又笨拙的求婚者。雅娜父亲是铁路工人，他休息的时候，总是坐在窗口的一个角落，两只大手掌平放在大腿上，若有所思地观望街上的人来车往。母亲总在忙家务活，雅娜当帮手。雅娜身形那么瘦小，格朗看见她穿行马路时，心里总是惴惴不安。来往车辆在他看来都大得要命。有一天，在一家圣诞节礼品店前，雅娜望着橱窗艳羡不已，身子朝他往后一仰，说道："真好看呀！"格朗握住她的手腕。他们俩就这样定了终身。

这个故事后来的情况，据格朗说就很简单了。跟所有人一样：二人结了婚，还有点相爱。格朗有了工作，工作特别忙，也就把爱情置于脑后。雅娜也得干活，因为办公室主任并没有履行诺言。讲到这里，必须有点想象力，才能明白格朗所讲的意思。工作一累，他回家就随随便便了，越来越沉默寡言，没有支持他年轻的妻子维系他还爱她的念头。一个工作忙碌的男人。家境贫苦，前程逐渐渺茫，坐在晚饭桌边一句话没有，在这样一个小天地里，就没有激情欲火的位置。也许，雅娜内心已经苦不堪言，然而，她还是留下来：人有时会长期忍受痛苦而不觉得。一年一年这样过去。后来，她走了，当然不是独自一人走的。"当初我很爱你，但是现在我累了……我也不是高高兴兴离开，但是，不见得非需要幸福才重新开始。"雅娜给他写了信，内容大致如此。

随后，就轮到约瑟夫·格朗痛苦了。他也本可以重新开始，里厄就向他指出了这一点。可是没办法，他就是不自信。

不过，格朗还一直思念雅娜。他很想做的事，就是给雅娜写一封信，为自己辩解。"然而，下笔很难，"他说道，"我想了很久了。只要还相爱，我们不说话相互也理解。可是，人并不总相爱。到了一定时候，我本应该想出适当的话语留住她，可惜没有做到。"格朗用方格子手帕擤了擤鼻涕，接着又擦了擦胡须。里厄一直注视他。

"请原谅，大夫，"这位老兄说道，"可是，怎么讲呢？……我信得过您，和您在一起，我还能说一说。不过一说话，我就爱激动。"

显而易见，格朗的神思，从这闹鼠疫之地飞出去十万八千里。

傍晚，里厄给妻子发了一份电报，说全城封闭，他身体很好，她应该继续注意疗养，他想念她。

封城三周后，里厄刚走出医院就见到一个等候他的年轻人。

"想必您还能认出我来。"

里厄看他似曾相识，但还有些迟疑。

"在这些事件爆发之前，"对方又说道，"我来拜访过，向您了解阿拉伯人的生活条件。我名叫雷蒙·朗贝尔。"

"嗯！对呀，"里厄说道。"怎么样，现在您可有报道的好题材了。"

对方的情绪却有点烦躁。他说不是为这事来的，这次是想请里厄大夫帮个忙。

"实在抱歉，"他补充道，"我来到这座城市，一个人也不认识，而我们报社在这里的通讯员，可惜又是个笨蛋。"

里厄提议一道去市中心一家诊所一趟，他有些事情要交代。他们下行穿过黑人街区的小街。将近黄昏时分，从前这个时辰，市里那么喧闹，现在却冷清得出奇。军号数声，冲上还布满金色霞光的天空，无非表明军人还有模有样在尽职。街道陡峭，两侧排列着摩尔式房舍的蓝色、赭石色和紫色的墙壁，工人顺坡而下，朗贝尔说话过程中，情绪很激动。他的妻子留在巴黎，老实说，还算不上他妻子，但也是一码事儿。刚一封城，他就给妻子发去了电报。起初他以为，这不过是一个突发事件，只是设法跟她联系。他在奥兰的同行们都告诉他，他们谁都无能为力。邮局一句话就把他打发走，省政府的一名女秘书还对他嗤之以鼻。他排队足足等了两小时，才得以发一份电报，仅仅写上："一切均好，不久见。"

然而，今天早晨一起床，他突然萌生这个念头：说到底，他终究不知道这情况会延续多久，于是决定离开。由于他是被推荐来的（干他这行的有种种便利），因此，他够得上省政府办公室主任，对主任说他和奥兰没有关系，他留在这儿也不是个事儿，他来到此地也纯属偶然，理应准许他离开，哪怕一旦出去，要他接受隔离检疫。主任对他说完全理解，但是谁也不能破例，还得等着瞧，但是总体来说，形势很严峻，现在什么也决定不了。

"可是，不管怎么着，"朗贝尔争辩道，"我不是本城居民，是外乡人啊。"

"当然了，不过，说来说去，我们还得盼望瘟疫不要久拖下去。"

最后，主任还试图劝慰朗贝尔，让他也要注意到，他在奥兰能发现一篇有趣报道的题材，如果全面考虑，任何变故都有好的一面。说到这里，朗贝尔耸了耸肩膀。这时，他们走到了市中心。

"这实在愚蠢，大夫，您能理解。我不是为了写报道才生在世上的。我生在这世上，也许是为了和一个女人一起生活。难道这不合情合理吗？"

里厄则说不管怎样，这听起来倒合乎情理。

在市中心的林荫大道上，已不见往常那样熙熙攘攘的人群。只有寥寥几个行人，匆匆忙忙走向远处的住所。谁的脸上也没有一丝笑容。里厄心想，这是当天朗斯多克情报所发布通告的结果。过了一天一夜，我们的同胞就能重新燃起希望。可是当天，这些数字在头脑里还是太清晰了。

"这是因为，"朗贝尔又突兀地说道，"她和我相识不久，而我们又情投意合。"

里厄没有接话。

"看来我打扰您了，"朗贝尔又说道，"我只是想问问您，能否给我开一份证明，确诊我没有感染上这种可恶的病症。我认为这也许能帮上我的忙。"

里厄点了点头，他接住跌向他两腿间的一个小男孩，轻轻扶他站稳。二人接着往前走，到了阅兵场。一圈儿榕树和棕榈树，垂下的树枝纹丝不动，挂满了灰尘，一片暗灰色；围在中央的一尊共和国雕像，也灰头土脸，脏兮兮的。二人在雕像下站住。里厄一只接着一只跺着脚，要震掉蒙在鞋面上的一层白灰。他瞧了瞧朗贝尔，只见记者戴的毡帽略微滑向脑后，扎着领带的衬衫扣子都解开了，脸上的胡子没有刮干净，一副执拗而赌气的神情。

"您要相信，您的心情我理解，"里厄最后说道，"不过，您讲的理由没有什么说服力。我不能给您开这份证明，因为事实上，我并不知道您是否感染上这种病症，还因为，即使您还没有感染上，我也无法证明您出了我的诊所，直到您走进省政府这段时间，就不会受到感染。况且，即使……"

"况且，即使？"朗贝尔问道。

"况且，即使我给您开了这份证明，您也未必用得上。"

"为什么？"

"就因为在这座城市里，像您这种情况的有数千人，然而，不可能都放他们出城。"

"如果他们本身没有感染上鼠疫呢？"

"这种理由不充分。我知道，这场变故很荒谬，但是涉及我们所有人。那就得既来之，则安之。"

"可我又不是这儿的人！"

"唉，从现在开始，您同大家一样，就是这里的人了。"

对方不免恼火了——

"这是个人道的问题，我敢向您发誓。也许您还体会不了，两个情投意合的人就这样分离意味着什么。"

里厄没有立即应声。继而，他说自认为体会到了。他竭尽全力渴望朗贝尔同他的妻子团圆，渴望天下有情人都能相聚，但是，还有政令和法律，还有鼠疫，他的职责所在。要做他应做的事情。

"不对，"朗贝尔痛楚地说道，"您理解不了。您满口大道理，是在抽象概念中打圈子。"

大夫抬起双眼，望着共和国雕像，说他并不知道自己讲的是不是大道理，但他讲的是明显的事实，这两者不见得非是一码事儿。记者正了正他的领带：

"这么说，我就得另作打算了吧？瞧着吧，"他带着一种挑战的口吻又说道，"我一定得离开这座城市。"

大夫说他仍能理解，但是这就与他无关了。

"哎！这事同您有关系，"朗贝尔突然嚷起来。"我来找您，就因为在这些决策中，您起了很大作用。于是我就想到，您促成的决定，至少您可以破一次例吧。可是您什么也听不进去。您不考虑任何人。您根本就不管相离的人。"

里厄承认，在一定意义上，的确如此，当时他不愿意考虑这些。

"嗯！我明白了，"朗贝尔说道，"您要说公共服务了。然而，公共利益是由个人幸福构成的。"

"好了，"大夫仿佛思想溜了号，回过神儿来说道，"见仁见智，不必判断孰是孰非。真的，您不该发火。假如您能摆脱这种困境，我会由衷地感到高兴。只是有些事情，职责不允许我去做。"

对方不耐烦地点了点头。

"是啊，我不该发火。我这样也耽误了您好多时间。"

里厄请他不要记恨，今后会把活动的情况告诉他。肯定在某一方面，他们能够走到一起。突然间，朗贝尔显得困惑了。

"这一点我相信，"他沉吟一下，又说道，"我相信都是不由自主的，也不管您对我说的这些话。"

他迟疑了一下：

"不过，我不能赞同您的做法。"

他往前额拉了拉毡帽，快步走开了。里厄看着他走进让·塔鲁所住的旅馆。

望了一会儿，大夫摇了摇头。这个记者这么急切地追求幸福，自有他的道理。然而，朗贝尔指责他，有他的道理吗？"您生活在抽象概念中。"在他的医院里，鼠疫的胃口倍增，平均每周要夺走五百人的生命，而他在医院里度过的这些日子，难道真是抽象概念吗？固然，在灾难中，确实有抽象和不现实的成分。可是，当抽象概念开始要你命的时候，势必就得认真对付这种抽象概念了。而里厄仅仅知道，这并不是轻而易举的事。譬如说，他负责这所附属医院（这种医院已有三所），领导起来就不容易。诊室对面的一间屋，他已改成患者接收室。室内挖了一个盛满消毒水的池子，池子正中用砖砌起来一座小平台。患者先抬到平台上，全身迅速脱光，衣服全投进池子里。患者全身洗净擦干，换上医院的粗布衬衫，再送到里厄的诊室治疗，然后才住进病房。一所学校的防雨操场也不得不利用起来，总共能容纳五百张病床，现在几乎全住满了。每天上午，里厄亲自主持接纳病人入院，给病人接种疫苗，切除腹股沟淋巴结肿块，再核实一遍入院病人的统计数字，下午再回来诊治患者。直到晚上，他才能出诊，回到家中已是深夜了。昨天夜里，母亲将儿媳的电报交给里厄时，她发现做大夫的儿子双手发抖。

"是的，"里厄说道，"不过，坚持下去，我就不会这么紧张了。"

里厄身体健壮，能吃苦耐劳。其实，他还没有感到疲倦。不过，有些头痛的事，例如出诊，就变得让他难以忍受了。确诊疫病发烧，就意味着必须尽快移走病人。于是，确实就开始了抽象的难题，因为患者家属知道，只有等痊愈或者死掉，才能再见面了。"行行好吧，大夫！"洛雷太太央求道！她就是塔鲁下榻的那家旅馆清扫女工的母亲。这话是什么意思？他当然有怜悯之心。可是，这样对任何人都没有益处。必须打电话。很快就传来救护车的铃声。起初，邻居们还打开窗户瞧一瞧。后来，他们就急急忙忙关上窗户了。于是，就开始了抗争，哭天抹泪，劝说，总之进入抽象环节。这些人家因高烧和焦虑而成为火药库，上演了一幕幕疯狂的场面。最终病人还是被拉走。里厄这才可以离去。

最初几次，里厄只是打电话通知，不等救护车开到，就奔向别的病人家。可是大夫一走，家人就关上房门，他们宁肯同鼠疫相厮守，也不愿和患病的亲人分离，现已知道分离的结果是什么了。喊叫，勒令，警察介入，接着动用武力，破门掳走病人。在头几周里，里厄只好留下来，一直等到救护车开到。后来，每位医生出诊时，就由一名志愿督察陪同，里厄就得以从一个患者家庭赶到另一个患者家庭。但是，最初那段时间，每天晚上都像今天晚上这样，他走进洛雷太太的家门，只见小套间装饰着扇子和假花。患者的母亲接待他，强颜一笑对他说道：

"但愿不是大家谈论的那种高烧。"

里厄掀起被子和衬衫，默默观察病人腹部和大腿上的红斑。那是肿大的淋巴结。母亲看着两腿之间的情景，不由得惊叫起来。天天晚上如此，母亲面对子女腹部呈现的所有致命的症状，无不失魂落魄，大声呼号；天天晚上如此，多少手臂揪住里厄的胳臂，徒费多少唇舌，接连许诺，接连哭泣；天天晚上如此，救护车的叮当铃声引起歇斯底里的发作，而这种发作跟所有痛苦一样，全都于事无补。天天晚上总这样千篇一律，经过这段长时间的出诊之后，里厄也不抱任何期望了，只能面对长长一系列无休无止更新的相同场景。不错，鼠疫，作为抽象概念，实在单调得很。发生变化的也许只有一件事物，那就是里厄本身。那天傍晚，在共和国雕像脚下，里厄就有了这种感觉，他一直望着朗贝尔走进去的旅馆的正门，心里仅仅意识到艰难的冷漠开始充塞他的头脑。

在这过劳的几周之后，在这全城人拥上街头兜圈子的所有暮晚之后，里厄开始憬悟，他无需再抵御怜悯之心了。当怜悯成为无用之物时，大家就都鄙弃了。大夫在这些疲惫不堪的日子，在这颗慢慢封闭的心灵的感受中，找到了唯一的安慰。他知道自己的任务会因此而轻松些。这就是为什么他很欣慰。母亲等到凌晨两点钟才见他回家，还用茫然的目光注视她，她心里不禁难过，而她叹息的，恰恰是里厄当时可能收到的唯一宽慰。要同抽象概念作斗争，就必须有几分相像的样子。但是，这怎么可能触动朗贝尔呢？对朗贝尔而言，抽象概念就是一切与他的幸福相对立的东西。里厄也知道，从某种意义上讲，这位记者并没有错。但是他同样知道，抽象概念有时比幸福更为强势，在这种时候，也仅仅在这种时候，就一定得予以重视。这正是要在朗贝尔身上所发生的情况，后来朗贝尔也向他交了心，他才得以了解详情。里厄就是这样，在一个新的层面上，关注着每个人的幸福与鼠疫的抽象概念之间沉闷的斗争，而正是这种斗争，在这个漫长的时期，构成了我们城市的全部生活。

不过，这些人视为抽象概念，另一些人则看作真实情况。鼠疫流行的头一个月，到了月底，由于疫情明显反弹，又由于帕纳卢神甫作了一次情绪激昂的讲道，形势的确阴云密布了。帕纳卢神甫，就是救助过刚患病的门房米歇尔老头的那位耶稣会会士，他经常在奥兰地理学会的简报上撰文而闻名，又是学会里碑铭复原工作的权威。他还以现代个人主义为题，作了一系列讲座，因而比一位专家拥有更广泛的听众。他在讲座中，热忱捍卫天主教的一种严格教义：这种教义既远离现代的放纵生活，也远离旧时代流行了几个世纪的愚昧主义。他面对听众的时候，总是无所顾忌，讲出严酷的事实。因此，他也声名远扬。

且说这个月的月底，本市教会当局决定，要以他们特有的方式同鼠疫斗争，组织一周的集体祈祷。这种公众的宗教活动，最后于礼拜天奉行一场隆重的弥撒来收尾，以祈求曾感染上鼠疫的圣徒圣罗克来保佑。帕纳卢神甫应邀在活动期间布道。他对奥古斯丁和非洲教会的研究独具匠心，在修会中占有特殊地位。这半个月以来，帕纳卢神甫不得不撂下自己的研究工作。他天性热情洋溢，毅然决然地接受了这一使命。早在这场布道之前，城里就议论开了，而在这个时期的历史中，他的布道也以其特有的方式，标志了一个重要日期。

　　许多人参加了祈祷周，这并不表明奥兰的居民平时都格外虔诚。譬如说，礼拜天上午，海水浴就同弥撒进行激烈的竞争。这同样也不表明他们受到神明启迪，突然皈依了宗教。须知一方面，既封城又封港，不可能再去海滩游泳了；另一方面，他们的思想，正处于一种极其特殊的状态：他们从内心深处不肯接受这种打击他们的突发事件，但同时又明显感到发生了什么变化。不过，许多人还一直抱有希望，瘟疫会很快停止，他们和家人能幸免于难。因此，他们还感觉不到必须如何如何。在他们看来，鼠疫纯粹是个不速之客，既然来了，总有一天要走的。他们害怕归害怕，但是并不绝望：时候还没有到，他们不该把鼠疫视为他们的生活方式，还没有忘记鼠疫之前他们所能过的日子。总而言之，他们还在期盼。他们对待宗教也像对待其他许多问题一样，鼠疫赋予他们一种特殊的思维方式，既不冷漠，也无激情，可以用"客观"一词来界定。参加祈祷的人，大多数都认可一名信徒在里厄大夫面前讲的话："不管怎么说，这也不可能有什么害处。"这就是个很好的例子。就连塔鲁本人也在笔记中记下，在类似的情况下，中国人就敲锣打鼓送瘟神，然后他也指出，根本就不可能知道事实上，鼓声是否比预防措施更有效。接着，他仅仅补充这样一句：必须弄清楚是否存在瘟神，这个问题才能迎刃而解，而我们在这方面无知，有多少见解也都是无稽之谈。

　　不管怎样，在祈祷周期间，本市大教堂信众几乎总是座无虚席。

起初几天，许多居民还停留在大教堂门廊前的棕榈园和石榴园里，聆听一直涌上街头的祝圣和祈祷的声浪。逐渐有人带了头，外面的听众才决定进去，怯怯的声音掺进了全场应答轮唱的颂歌中。而这个礼拜天，大批民众蜂拥而入，大教堂正殿满了，都排到了门前的台阶和广场上。前一天就开始乌云满天，雨下得很大，站在外面的人都张开了雨伞。帕纳卢神甫登上讲坛的时候，教堂里飘散着焚香和湿衣服的气味。

帕纳卢神甫中等身材，但是很敦实。他两只大手抓住木栏，俯依在讲坛前沿，只能看到他那厚实的黑色形体，顶着满面红光的脸颊，戴着一副钢丝边眼镜。他的嗓音洪亮，充满激情，能传出去很远，一上来就抛出一句激烈的话，铿锵有力地抨击全体听众："弟兄们，你们在受苦受难，弟兄们，你们这是咎由自取。"全场一阵骚动，一直波及广场上的人。

他接下来说的话，从逻辑上看，似乎同他这句悲愤的开场白并无紧密关系。可是他的演说越往下听，我们的同胞才越明白，神甫演说的方法巧妙，仿佛猛然一击，和盘托出他这场讲道的主题。果然，帕纳卢抛出了这句话，紧接着就引述《出埃及记》中有关埃及发生鼠疫的段落，并且说道："这种灾难在历史上头一次出现，就是要打击上帝的敌人。法老违抗天意，于是鼠疫就迫使他屈膝。有史以来，上帝降以灾难，让那些狂妄者和盲目者都匍匐在他的脚下。"

外面的雨更狂了，在急雨噼啪敲窗的声音而突显的绝对肃静中，神甫讲出最后这句话，声音极其响亮，有几名听众略微犹豫一下，便不由自主地滑下坐椅，跪到跪凳上。其他一些人以为应当效仿，结果陆陆续续，不大工夫全场听众都跪下了，寂静中只听见几张椅子的吱嘎声响。这时，帕纳卢神甫又挺起身子，深吸一口气，调门越来越高，继续说道："如果说今天，鼠疫降临你们头上，就是因为反思的时刻到了。义人自不必恐惧，而恶人却理应颤抖。世界好似无比巨大的麦场，灾难如同连枷，无情地击打人类这片麦子。直到麦粒脱离麦秸。麦秸要多于麦粒，被召去的人也要多于上帝的选民，而这场灾难并不是上帝的初衷。这个世界同邪恶妥协时间太久了，这个世界依赖上天的宽容时间也太久了。只要痛悔一下，就可以为所欲为。要表示痛悔，人人都觉得游刃有余。时候一到，肯定就会有悔恨的感觉。不过，在那之前，最简便的做法就是放任自流，余下的事就由仁慈的上帝去处理了。要知道，这种状况不能持续下去了。上帝那张慈悲的面孔，太久太久俯视这座城市的居民，等得厌倦了，他那永恒的希望化为失望，已经移开了目光。我们失去了上帝的光明，就这样长期陷入鼠疫的黑暗啦！"

大堂里有人像急躁的马那样，打了一声鼻息。神甫停顿了一下，放低声调接着说道："《圣徒传》上能看到这样一段话：在亨伯特国王统治伦巴第的时期，意大利遭受鼠疫的大浩劫，幸免于难者少得可怜，仅仅够埋葬死者了。鼠疫肆虐最凶的地方，当属罗马和帕维亚。一个善良的天使显形了，他命令恶神手持狩猎的长矛，去敲击各家各户，每家挨几下敲击，就要抬出多少死人。"帕纳卢说到此处，伸出两只短粗的手臂，指着教堂前广场的方向，仿佛让人透过摇曳的雨幕看什么东西，他用力朗声说道："弟兄们，如今在我们街道上奔跑的，是同样死亡的追猎。你们瞧啊，这个鼠疫的瘟神，他像撒旦那样漂亮，像疫病本身那样闪光，就停在你们的屋顶上方，右手执红色猎矛，抬起有他的头那么高，左手指着你们哪家的房舍。此时此刻，他的手指也许正指向您家的房门，长矛击打着房门的木板；此时此刻，鼠疫瘟神走进您的家，坐到您的房间里，等待您回来。瘟神守在那里，耐心等待，十分专注，就像人世的秩序那样胸有成竹。他那只手要朝你们伸去，世间任何力量，即使人类的科学，你们要记清，即使人类的科学也无济于事，无法使你们免遭打击。你们将在血淋淋的痛苦的打麦场上，被打得血肉横飞，最终连同麦秸一起被抛弃。"

神甫讲到此处，越发展现这场灾难的悲惨景象。他又提起那根在城池上空盘旋的长矛，随意打击，落下又起来时血淋淋的，总之将鲜血和痛苦散布开来，"以便播种，准备收获真理"。

这一和谐复合长句讲完之后，帕纳卢神甫停了一下，他的头发披散在前额上，浑身颤抖，而双手又将这颤动传给讲台。接着，他的声音低沉下来，但以责备的口吻说道："是的，反思的时刻到了。你们原以为，只要礼拜天来拜拜天主就够了，其余的日子就可以任性妄为了。你们还曾想，随便跪拜跪拜，就足以救赎你们罪恶的放肆行为。然而，上帝可不是这样不冷不热的。这种若即若离的关系，不足以赢得上帝的无限慈爱。他希望看到你们的时间更长些，这才是他爱你们的方式，老实说，这也是唯一爱的方式。这就是为什么，上帝等你们不来，实在厌倦了，就让灾难来光顾你们，正如有史以来，灾难光顾了所有罪恶深重的城市那样。现在你们懂得了什么是罪孽，正如古代该隐及其儿子们、大洪水之前的人们、所多玛和蛾摩拉两城的居民、法老和约伯，以及所有受到天谴的人，无不懂得了什么是罪孽。自从封城的那一天起，你们就跟灾难一起关在城墙之内，你们也就跟所有上述那些人一样，换了一副新眼光看待人和事物了。现在，你们终于懂得了，必须归到根本上来。"

这时，一股潮湿的风潜入了大堂，大蜡烛的火焰随风偃卧，发出细微的噼啪声响。蜡烛黑烟、咳嗽和喷嚏的浓烈气味，直朝帕纳卢神甫的面门升腾。神甫讲道巧发奇中，备受听众赞赏，他又以平静的声调说道："你们当中许多人，我也知道，心里正在琢磨我这样讲是何用意。我就是想要你们认识真实情况，要你们尽管听了我讲的这番话，也会感到庆幸。进行劝导，伸出友爱之手，靠这种办法督促你们向善已经过时了。今天，真实情况就是一道命令。而救赎之路，现在就由红色长矛向你们指明，并且推动你们上路。我的弟兄们，上帝的仁慈最终就表现在这方面，即赋予一切事物以两面；善与恶、愤怒与怜悯、鼠疫与救赎。就连危害你们的这场灾难，也是对你们的教育，给你们指明道路。

"很久以前，阿比西尼亚的基督教徒，从鼠疫中看出神谕获得永生的一种有效途径。没有感染上疫病的人务求一死，就用患者的被单裹住全身。当然了，这种狂热的救赎不值得提倡，表明急于求成，令人遗憾，近乎自命不凡了。不应当比上帝还要急切，凡是操之过急的行为，违反上帝一劳永逸建立起来的永恒秩序，就必然走向异端。不过，这种例子至少包含着教训，能让更有远见卓识的人独独看出，任何痛苦的深处都蕴藏着这种美妙的永恒之光。永恒之光照亮通往解脱痛苦的朦胧的道路，显示出坚持不懈变恶为善的天意。今天也是一样，永恒之光通过死亡、惶恐和呼号的途径，引导我们走向本原的沉寂和生命的前提。我的弟兄们，这就是我要带给你们的无限慰藉，而你们从这里带走的，不仅仅是谴责你们的话语，也是安抚你们的忠言。"

大家感到帕纳卢神甫话已讲完。外面雨也停了。阳光和雨意相交织的天空，向广场洒下更为清新的光芒。街道又响起人声话语、车辆滑行的声音，一座苏醒的城市的全部语言。听众都在轻手轻脚地收拾随身带来的物品，发出隐隐的骚动声响。然而，神甫又开口讲话了，他说在阐明鼠疫发自天意，以及这场灾难所包含的惩罚性质之后，作为结束语，如再施展雄辩的口才，去触及如此悲惨的话题，那就太不合时宜了。他认为他所讲的每句话，大家都应该听得明明白白。他只是提醒一点，马赛鼠疫大流行之际，编年史作家马蒂厄·马雷就曾抱怨，自己深陷地狱，那样活着既无救护也无希望。此言差矣！马蒂厄·马雷是个睁眼瞎！与其相反，帕纳卢神甫从未像今天这样，感到赐予所有人的这种天助和基督教的希望。他不顾任何希望而期望，我们的同胞尽管经历了这些凄惨的日子，听到了垂死者的哀号，他们仍然向上天表达唯一的话：基督教徒的笃爱。余下的事，上帝自有安排。

这场布道，对我们的同胞是否产生了效果，这还很难说。预审法官奥通先生就明确对里厄大夫说，他认为帕纳卢神甫的陈述"绝对无懈可击"。然而，并不是人人都持如此明确的看法。只不过，一些人听了这场布道，此前一种模糊的想法就清楚多了：他们因为一种莫名的罪过，被判处了一种难以想象的监禁。于是，一些人就接着过他们的小日子，尽量适应这种幽禁的生活；另一些人则相反，此后他们只有一个念头，设法逃出这座监狱。

一开头，大家都接受了与外界隔绝的措施，无论什么麻烦，只要是暂时性的，仅仅打破他们的某些习惯，他们也都会同样接受。可是，他们猛然意识到，这是一种非法监禁，囚禁在夏日开始毕剥火热的天空之下，他们隐约感到，这种禁锢威胁到了他们整个生活，因此到了傍晚，他们随着凉爽而恢复了精力，往往就会有绝望之举。

首先，不管是不是巧合，反正从这个礼拜天开始，我们的城市产生一种相当普遍、相当深度的恐惧，能让人看出，我们的同胞真的开始意识到自身的处境了。从这个角度看，我们在城里的生活氛围有些改变了。不过，老实说，究竟是氛围还是心理发生了变化，这倒是问题之所在。

讲道后没过几天，里厄前往城郊街区，跟格朗一路议论这件事，夜幕中撞到一个摇摇晃晃却不往前走的男人。恰好这时，越来越迟点亮的路灯突然亮起来。这两位散步者身后亮亮的路灯，霎时间射到那人身上，只见他紧闭双眼，无声地大笑，那张惨白的脸庞大大咧开，流下豆大的汗珠。他们二人闪身走过去。

"是个疯子。"格朗说道。

里厄刚才抓住他的胳臂拉他走过去，就感到这个职员紧张得发抖。

"过不了多久，我们的城墙里就只有疯子了。"里厄说道。

他身心疲惫，觉得嗓子眼儿发干。

"咱们喝点儿什么吧。"

二人走进一家小咖啡馆，只有柜台上方点亮一盏灯，发红的灯光中空气滞重，不知是何原因，顾客们说话都压低了声音。出乎大夫的意料，格朗在柜台上要了一杯烧酒，一饮而尽，并说他是海量。随后，他就想要出去。到了外面，里厄恍惚觉得夜色中充斥着哀吟。在路灯上方，漆黑天空的某处，隐隐有呼啸之声，让他想起那无形的灾难正持续搅动着暑热的空气。

"幸好，幸好。"格朗说道。

里厄心里揣摩他要表达什么意思。

"幸好，"对方又说道，"我有事儿干。"

"是啊，"里厄附和道，"这样才好。"

里厄决意不再听那呼啸之声，问起格朗事儿做得是否满意。

"还行，我认为自己走在正道上。"

"您还得干很久吗？"

格朗显得上来精神头儿，声调里渗出烧酒的热度。

"我也不知道。其实，问题不在那儿，那不是问题，不是。"

在昏暗之中，里厄猜想他一定挥舞着手臂。他似乎准备说什么，话突然来到嘴边，便滔滔不绝地讲起来：

"喏，大夫，我希图的就是，有朝一日，我的手稿能交到出版商手上，而出版商看完了，就站起身来，对他的手下人说：'先生们，脱帽致敬吧！'"

这种表白突如其来，大大出乎里厄的意外。里厄恍若看见他这朋友做出脱帽的动作，手放到头顶，手臂再伸向前方。上空那奇怪的呼啸之声仿佛变本加厉了。

"是的，"格朗说道，"务求完美。"

里厄不大了解文学领域的习俗，但是他却觉得事情不会如此简单，举例来说，出版商在自己的办公室里，恐怕就不会戴着帽子。不过，事实如何，实在很难说，里厄最好不置一词。他又情不自禁，倾听鼠疫的神秘喧声。二人走近了格朗居住的街区，这里地势比较高，微风习习拂面，使他们顿感清爽，也一扫市井的喧闹。这工夫，格朗还不住嘴地讲，而里厄并没有完全听懂这位老兄所讲的内容，只听明白这部作品篇幅已经很多了，作者为求完善，修改润色，冥思苦想，是一个备受煎熬的过程。"多少个夜晚、多少个星期；只为推敲一个词……有时候，就单单一个连词。"说到这里，格朗停住了，他揪住大夫外衣的一颗纽扣，从他牙齿不齐的嘴里，磕磕绊绊挤出这些词语：

"您听明白了，大夫。严格来说，在'但是'和'而且'之间选择，还是相当容易。在'而且'和'接着'之间斟酌，就已经难些了。碰到'接着'和'然后',难度就更大了。但是最难处理的，肯定就是究竟该不该用'而且'。"

"是啊，"里厄说道，"我明白。"

说着，里厄又往前走去，格朗一时不知所措，重又跟了上来。

"请原谅，"格朗嗫嚅道，"真不知道今晚我怎么了。"

里厄轻轻拍了拍他的肩膀，对他说很愿意帮忙，而且对他所写的故事也很感兴趣。格朗这才显得略微放心，走到楼门口，他犹豫了一下，接着邀请大夫上去坐坐。里厄接受了。

他们走进餐厅，格朗请他坐到一张桌子前，只见桌子上堆满了手稿，页面字体很小，密布涂改的道道。

"对，就是这个，"格朗看到里厄询问的目光，便说道，"对了，您要喝点儿什么？我还有些葡萄酒。"

里厄谢绝了。他的目光投在手稿上。

"您别看，"格朗说道，"这是我写的第一句话，可让我吃了苦头，吃尽了苦头。"

格朗自己也同样在注视所有这些稿子，他的手似乎不可抗拒地被一页稿子吸引过去。他拿起那页稿子，凑到没安灯罩的电灯近前，照得透过亮来。稿纸在他的手中颤动。里厄注意到这个职员的额头沁出了微汗。

"您坐下吧，"里厄说道，"念给我听听。"

对方看了看他，带几分感激地微微一笑。

"好吧，"格朗说道，"我觉得自己也有这种愿望。"

他又略微等一等，眼睛一直盯着那页稿纸，然后才坐下来。与此同时，里厄也倾听城中一种隐隐的喧声，那似乎在回应鼠疫的呼啸。此时此刻，他的感官异常灵敏，能捕捉到在他脚下延展的这座城市的动静，城池所形成的封闭世界的动静，及其在夜间压抑的凄惨的哀号。格朗低沉的声音传到耳畔："五月一天明媚的清晨，一位曼妙多姿的女骑士，座下一匹英俊的阿勒桑牝马，奔驰在布洛涅森林公园的花径上。"随即再次静寂了，静寂中又传来受难的城市模糊不清的声响。格朗已经放下那页稿子，目光还逗留在那稿子上。过了半晌，他才抬起眼睛，问道：

"您看怎么样？"

里厄回答说，这个开头引起他的兴趣，想看下文。但是对方却兴奋地说，这种观点不够中肯。他用手掌拍了拍手稿。

"这些不过是大致的轮廓。等我一旦能够完全表达出我所想象的情景，那么，我的句子就会有遛马的那种节奏：一、二、三，一、二、三，余下的写起来就容易多了，尤其是那种幻象，一开始就浮现在眼前，简直可以说：'脱帽致敬！'"

真能达到那种境界，他还有很长的路要走。他绝不会同意将这个句子原样不动就送交印刷所。因为，有时他对这句子虽然还颇为满意，但是心里清楚，这句话同现实还不完全贴切，而且在一定程度上，这种流畅的句式，即使相距甚远，也毕竟连得上陈词滥调。这至少是格朗所讲的意思，而恰巧这时，窗下传来一些人奔跑的声音。里厄站起身来。

"您会看到我修改好的稿子，"格朗说道，随即转向窗口，补充一句："等这一切全结束时。"

这时，又响起急促的脚步声。里厄已经下了楼，来到街上，忽见两个人从他面前匆匆而过。看样子，他们是奔向城门。在暑热和鼠疫的夹击之下，我们有些同胞确实昏了头，想要胡作非为，企图蒙混过关，逃出城去。

还有一些人，如朗贝尔，也试图逃离这种开始惊慌失措的氛围，但是他们更执着，也更灵活，即使不能说更为得计的话。开头那段时间，朗贝尔继续走官方的门路。按照他的说法，他始终认为，只要坚持，没有办不成的事，从某角度来看，遇事能排除万难，这正是他的职业特点。于是，他拜访了大批官员，以及通常公认神通广大的人。但是，在这件事情上，他们那种神通却根本不顶用了。这些人大多是行家，在银行、出口、柑橘或酒类贸易等事务上，都有精准的看法，说得头头是道；他们在诉讼或保险方面所掌握的知识不容置疑，且不说他们还有过硬的文凭、明显的助人的诚意。甚至可以说，他们所有人给人最深的印象，就是助人为乐的诚意。

不过，朗贝尔抓住每一次机会，向他们每个人陈诉自己的理由。他的论据的基调，就是一直强调他是外地人，因而他的情况应给以特殊考虑。这位记者的对话者，通常都乐意接受这一点。但是一般来说，他们也要向他指出，同样情况的人也有相当数量，因此，他的事情并不如他所想象的那样特殊。对此，朗贝尔可以回应说，这丝毫也改变不了他论据的实质，而对方就回答说，这改变了一点什么，给行政当局增添了困难，当局必须反对任何特殊照顾的措施，以免开个受人骂名的先例。按照朗贝尔向里厄大夫推荐的分类法，这样推理的人构成形式主义类。此外，还能碰到能说会道类，他们会安慰申请者，说这种状况绝不会持久，他们还推出一大堆好主意，以搪塞申请者要他们作出决定，安慰朗贝尔时断言这仅仅是个暂时的麻烦。再就是有权有势类，他们请来访者留下概述自己情况的材料，一旦对他的情况作出决定就会通知他。还有浅薄轻言类，他们就向他推销住房债券，或者提供经济型食宿公寓的地址。至于按部就班类，则要求他填写卡片，然后归类存档；忙忙碌碌类只是无奈地举起双臂，嫌麻烦类则转过脸去不予理睬；最后就是墨守成规类，他们人数最多，指点朗贝尔去找另一个办公室，去跑另一个门路。

这位记者到处拜访求助，跑得疲惫不堪，总是坐在仿皮漆布蒙面的长椅上等待，面对宣传免税国库券或参加殖民军队的大幅广告，他也经常出入一个个办公室，那一张张面孔跟拉板文件柜和档案架一样容易猜测，从而认清了一个市政府或省政府究竟是怎么回事。正如朗贝尔带几分辛酸地对里厄说的那样，这也有一样好处：这一阵折腾向他掩盖了真实情况。鼠疫的蔓延，在他的脑子里基本没有概念了。且不说这样一天天过得更快，而全城处于这种境况，可以说每过一天，只要还没死，每个人都接近一点他所受折磨的终点了。里厄不得不承认这一点不错，但是一点事实未免过分推而广之。

朗贝尔偶尔也萌生了希望。他收到了省政府寄来的一张空白调查表，请他据实填写。调查表要了解他的身份、家庭状况、过去和现在的经济来源，以及所谓的"履历"。他得出的印象是，这份调查登记旨在搜集可能被遣返原地的人的情况。从一个办公室搜罗来的含混不清的消息，也证实了这种印象。经过几次目标明确的探访之后，朗贝尔终于摸到了寄出调查表的部门，那部门的人便告诉他，搜集这些资料是"以防万一"。

"以防万一怎样呢？"朗贝尔问道。

于是，对方就向他说明，万一他感染上了鼠疫，丧了性命，他们一方面可以通知他的家庭，另一方面，也要弄清楚医疗费用是由市里财政负担，还是由死者的亲属偿付。显而易见，这表明他还没同盼他回去的女人彻底分离，社会还在关心他们。这当然算不上一种安慰。更值得注意的是，朗贝尔也同样注意到了，在灾难最猖獗的时候，政府的一个办事机构还能以什么方式继续办公，还像往常那样自作主张，最高当局还往往不知道，而这样做的唯一理由是，这个办事机构就是为了办这种事而设立的。

接下来的这个阶段，对朗贝尔来说最好过也最难过。这是一个麻木迟钝的阶段。他已经跑遍了所有办事处，走了所有门路，这方面暂时路路不通。于是，他就闲逛，从这家咖啡馆出来，再进另一家咖啡馆。每天早晨，他坐在露天座上，面对一杯常温啤酒，读一份报纸，希望从报上发现这场疫病即将结束的一些征象，还观看街上来往行人的面孔，但是又把头扭开，憎恶他们那种愁眉苦脸的表情，无数次读过对面各商家招牌、业已停售的名牌开胃酒的广告之后，他便站起身来，沿着市里黄色街道游逛。孤独的散步者，泡咖啡馆，泡完咖啡馆再去饭馆，朗贝尔就这样混到晚上。恰巧一天傍晚，里厄看见这位记者来到一家咖啡馆门前，犹豫要不要进去。他似乎终于下了决心，走到餐厅里端落座。咖啡馆接到当局指令，正是这种时刻尽量晚些亮灯。暮色好似灰暗的水流，漫进了餐厅，而天空的晚霞映射在玻璃窗上，大理石的餐桌面在开始暗下来的厅里隐隐发亮。咖啡馆里空荡荡的，朗贝尔坐在那里，活似一个游魂。见此情景，里厄不禁想道，这正是他失魂落魄的时刻。不过，也是在这种时刻，所有被囚禁在这座城里的人，都同样感到了失落无助，必须有所行动，以求早日解脱。里厄转身走开。

朗贝尔也时而到火车站长时间逗留。站台入口封死了，但是候车大厅还开放，从站前可以进入。有时天气太火热，候车大厅倒很阴凉，就成了一群乞丐落脚的地方。朗贝尔走进去，辨读旧的列车时刻表、禁止吐痰的布告牌，以及列车警方的规定。看罢，他就到一个角落坐下。大厅里昏暗。一个旧铁炉，已经闲置了数月，周围的地面还残留从前浇水的"8"字形水渍。墙壁上张贴的几份广告，宣传到邦多勒和夏纳能过上自由自在的幸福生活。朗贝尔在此接触到了一种在极度贫乏中能找到的可怕自由。在这种时候，他最不忍看到的，至少据他对里厄所讲，就是巴黎的景象。古老建筑的石墙和一处水景、王宫的鸽子、火车北站、先贤祠一带行人稀少的街区，以及他当初深爱而不自知的一座城市其他几个地方，现在总是萦绕在朗贝尔的心头，妨碍他去干任何具体的事情。里厄只是认为，朗贝尔将巴黎的这些景象等同了他爱人的形象。且说那一天，朗贝尔告诉大夫，他喜欢凌晨四点钟醒来，想念自己的城市，大夫听了，不难从自身的体验来解释，他那是思念他留在那里的女人。的确，这正是他在想象中占有她的时刻。凌晨四点，一般什么也不干，就是睡觉，即使那是一个负情的夜晚。不错，凌晨这一时刻就是睡觉，这样可以安心些，只因一颗不安的心最大的欲望，就是时刻占有自己所爱的人，或者又各一方的时候，让她沉入无梦的睡眠中，直到团聚的那天才醒来。

帕纳卢神甫讲道之后不久，天气骤热，时值六月末了。布道的那个礼拜天的标志，就是迟来的一场大雨，而次日，夏季突如其来，弥漫天空和房舍的上方。先是刮起一阵灼热的大风，持续一整天，吹干了墙壁。太阳挂在高空，固定不动了。整个白天，强光和热浪不断倾泻，淹没了全城。除了拱廊街道和住户的房间之外，全城似乎无处不置于极度耀眼的光芒之下。太阳在街道各个角落追逐我们的同胞，他们一停下来，就遭受光鞭的抽打。这初夏的酷热恰逢瘟疫的死亡人数直线上升，每周多达近七百人，一种沮丧的情绪笼罩了全城。在城郊各街区，在平坦的街道和带平台的房舍之间，热闹的场景消退了，而在这个街区，原先大家总在门口活动，现在家家户户都大门紧闭，百叶窗关严，无法断定他们这样做是抵御鼠疫还是太阳。不过，有些住宅里传出了呻吟声。从前出现这种情况，往往能看到一些好事者待在街上窥听。可是，预警惕厉这么长时间之后，人心似乎变硬了，在生活中，走路时，听见旁边有呻吟声，无不当作人类的自然言语。

城门口发生斗殴，宪兵不免动用武器，从而造成动乱的隐忧。在斗殴中肯定有人受伤，传到城里就说死了人，什么事情都由炎热和恐惧夸大了。不管怎样，不满情绪确实在不断增长，行政当局担心事态发展到不可收拾的地步，便认真考虑应采取的措施，以防止处于水深火热的民众起来造反。各家报纸刊登政府重申禁止出城的法令，并威胁违令者要受牢狱之苦。多支巡逻队全城巡视。在晒得滚烫的空荡荡的街上，往往先闻嗒嗒的马蹄声，然后才看见骑警从两边门窗紧闭的房舍之间通过。巡逻队远逝了，满负疑虑的寂静，又重重压到这座受威胁的城市上。时而还能听到短促的枪声，那是特别行动队，遵照最新的法令，捕杀可能传播跳蚤的猫和狗。这种短促的枪声，越发加重了全城警戒的气氛。

我们的同胞身陷这种炎热和寂静之中，一颗心已惊恐万状，看什么事都极其严重了。显示四季变化过程的天空颜色和大地气味，第一次拨动每个人的敏感神经。人人都明白，也不由得胆战心寒，溽暑会助长瘟疫的蔓延，与此同时也都看到，夏季已经牢牢站住了脚。傍晚时分，雨燕在城市上空的鸣叫格外细弱，配不上这个地区天际日益开阔的六月暮晚。运到市场的花卉已不是蓓蕾，全部盛开了，早市一过，人行道上的尘埃中落满了花瓣。大家都清楚地看到，春天衰竭了，也曾风光一时，在万紫千红的花间飞舞，耗尽了精力，现在气息奄奄，受鼠疫和暑热的双重压力缓缓死去。在我们所有同胞的眼里，这夏日的天空，这些蒙上尘土和烦闷而变得灰白的街道，比起全城每天死亡上百人的沉重数字，也具有同样的威胁性。烈日当空，这些适于睡觉和休闲的时刻，不再像从前那样，邀人去水中嬉戏或床笫之欢，恰恰相反，在这封闭而沉寂的城市里却显得空虚了。这些时刻已然丧失了欢乐季节的那种古铜色。鼠疫猖獗时期的太阳，晒褪了一切色彩。驱逐了全部欢乐。

这正是疫病所引起的一种巨变。夏季来临，我们的同胞通常都会兴高采烈。于是，城池朝大海敞开胸怀，将城中的青年倾泻到海滩。今年则相反，毗邻的海洋成为禁区，人体再也无权享受海水浴了。在这种情况下，该怎么办呢？仍然是塔鲁，展开了我们当时生活的最真实的画面。自不待言，他关注着鼠疫总体的进展，准确地记录了由广播电台标出的瘟疫的一个转折点，即广播电台不再公布每周死亡几百人，而是每天死亡的人数：九十二人、一百零七人、一百二十人。"报纸和当局在跟鼠疫斗智，他们自以为这样，就从鼠疫的手中夺取了分数，因为一百三十要大大小于九百一十。"塔鲁也提到瘟疫的催人泪下或惊心动魄的场景。例如在一个百叶窗紧闭的冷清街区，住在他楼上的那个女人突然打开一扇窗户，嗷嗷大叫两声，随后又放下百叶窗，关住房间里的浓重黑暗。此外，他还记录了为防止感染鼠疫，许多人口含薄荷片，以致药店已经脱销了。

塔鲁也继续观察他最关注的人物。据他说，那个捉弄猫的小老头儿，生活也很悲惨。原来，一天早晨，忽听几声枪响，正如塔鲁所记载的那样，这回吐出的是几口铅弹，猫咪大部分打死了，余下的都仓皇逃出这条街。当天，那小老头儿按时走到阳台上，不免露出惊异之色，他俯下身寻觅，目光一直搜索到街道尽头，又耐着性子等了一阵，用手轻轻敲着阳台的铁栏杆。他仍然等着，撕了一些小纸片，返回房间，又出来望望，守了半晌，这才突然消失不见了，怒冲冲地进屋，随手关上了落地窗。接下来几天，同样的场面反复出现，不过可以看出那小老儿脸上，哀伤和惶惶然的神情越来越明显了。一周之后，塔鲁就白白等待，再也不见那个每天按时出现的人了，窗户固执地紧闭着，将一种很好理解的忧伤关在里面。"闹鼠疫期间，禁止朝猫吐痰"，这是塔鲁的笔记所作的结论。

另一方面，塔鲁每天晚上回到旅馆，在过厅里总能遇见那个守夜人。此人脸色阴沉，在过厅里来回踱步，逢人便提醒说，他早就预见到降临的灾难。塔鲁承认听他预言过会有一场灾难，但是也提醒他当时说的是一场地震，这位老守夜人便回答说："哎！真要是地震倒好了！剧烈震动那么一下，就再也没人谈论了……只是清点一下遇难者、幸存者，也就完事大吉了。可是，这种传染病也太歹毒啦！即使身体没有感染上的人，也有了心病。"

旅馆经理这块心病也不轻。开头阶段，由于封城，旅客不能离去，便滞留在旅馆。可是，随着疫病逐渐拖长，许多人就宁愿住到朋友家去了。由于同样原因，原先全部住满的客房，退房之后就都空出来了，也就是说本市不来新旅客了。留在旅馆的客人寥寥无几，塔鲁算是一个，而经理只要有机会就提示塔鲁，如果不是为了照顾最后几位顾客，他早就关门歇业了。他经常问塔鲁，估计这场瘟疫可能闹多长时间。塔鲁回答说："据说，寒冷能阻止这类疾病扩散。"经理一听就慌了神儿："可是，这里的气候，先生，从来就没有真正寒冷过。不管怎么说，我们还得熬好几个月呀。"而且他也确信，还会有很长时间，游客要避而不来本市。这场鼠疫毁了旅游业。

猫头鹰奥通先生短时间没有露面，重又在餐馆里现身，但是身后只跟随两只很乖的小狗。据了解到的情况，他妻子曾回娘家照顾并安葬母亲，现在正接受检疫隔离。

"这种处理我不赞同，"经理对塔鲁说道，"隔离不隔离，她都很可疑，因此，他们全家人都脱不了干系。"

塔鲁请他注意，照此观点，人人都可疑了。然而，对方一口咬定，他对这个问题的看法坚定不移。

"不对，先生，无论您还是我，都没有问题。他们才可疑。"

不过，奥通先生不会因为这点小变故就改弦易辙，这次鼠疫算是白费了工夫。他还是照老样子，走进餐厅，自己落座之后才让孩子坐下，对他们说的话还总是那么讲究，又那么满含敌意。只有小男孩样子变了。他跟姐姐一样，全身黑装，但是躯体有点儿往横里长，仿佛是他父亲缩小的影子。旅馆守夜人不喜欢奥通先生，他就对塔鲁说过：

"哼！那家伙，全身穿戴好了就等死吧。这样也免得再换寿衣了，可以直接进棺材了。"

帕纳卢神甫的讲道，塔鲁也作了笔记，并且附有如下的评论："我理解这种赢得好感的热忱。灾难初起和结束时，有人总要要要嘴皮子。灾难初起的时候，习惯还未丧失，等到灾难结束时，习惯又已经恢复了。只有在灾难最严重的时候，大家才实事求是，也就是说保持沉默了。等着瞧吧。"

塔鲁最后还记载，他同里厄大夫长谈过一次，但只是提及谈话的效果很好，顺便强调里厄老太太那双淡栗色的眼睛，并以此奇怪地断言，如此善意迎人的眼神，总是比鼠疫更有力量，最后还长段长段记录了接受里厄治疗的那位老哮喘患者。

他们那次谈话之后，塔鲁跟大夫去看望了那位病人。那老人搓着手，嘿嘿冷笑着迎接塔鲁。他背靠枕头坐在床上，眼前放着两锅鹰嘴豆："嘿！又来一位，"他看见塔鲁，便说道，"这世界颠倒了，医生比病人还多。怎么样，传染得很快吗？神甫说得对，那是罪有应得。"塔鲁事先也没有打声招呼，次日又去了。

如果相信塔鲁的笔记，这位老哮喘病人当初经商，开个服饰用品商店，干到五十岁那年，认为自己干够了。于是，他躺倒不干，就再也不起来了。其实，他这哮喘病站着更好些。他享有一小笔年金，得以轻轻松松活到七十五岁。他见不得钟表，家里的确连一块也没有。他常说："一块表，又贵，又是个蠢物。"他估摸时间，尤其估摸他唯一看重的吃饭的时刻，全凭着那两只锅子。他早晨醒来，一只锅就装满鹰嘴豆，他一粒一粒将鹰嘴豆捡到另一只锅里，动作既专心又合节拍。他就是这样一锅一锅倒腾豆子，标志一天时间的划分。"每倒腾完十五锅，我就该吃饭了。这非常简单。"

此外，他妻子说的话如果属实，那么他很年轻的时候，就表现出了这种志向的征兆。的确，无论什么，工作、朋友、咖啡、音乐、女人，还是散步，他一概都不感兴趣。他从未出过城，只有一次例外；那天，他为了办家里的事，不得不去阿尔及尔，可是从奥兰上火车，刚开出一站就下车了，实在不敢冒险再往远走了。结果一来返程火车，他就上车回家了。

这位老人见塔鲁对他的蜗居生活显出惊异的神色，他就大致这样解释道：根据宗教的说法，人在前半生走上坡路，后半生走下坡路，而在走下坡路的过程中，人度过的每一天，就不再属于自己了；这些时日随时都可能被剥夺，因此不能用来做任何事情，最好什么也不干才是正理。况且，自相矛盾他也不害怕，因为没过一会儿，他就对塔鲁说，上帝肯定不存在，如果存在的话，那些神甫就没有用了。不过，塔鲁随后听了他的一些想法，也就明白了这种哲学，跟他这教区经常募捐引起他的情绪密不可分。塔鲁描绘这位老人形象的最后一笔，就是一种似乎发自内心的祈愿，老人也多次向他的对话者表示：他希望活到很老再死。

"难道他是个圣徒？"塔鲁暗自思量。接着，他便回答："是的，如果神圣性就是习惯的总和的话。"

与此同时，塔鲁还力图详细地描述疫城的一天情景，从而让人准确了解在这年夏季，我们同胞的营生与生活状况。塔鲁写道："除了醉汉，没有人欢笑了，醉汉又笑得太过分。"接着，他便开始描述：

"清晨，微风习习，吹拂着城中还冷清的街道。这种时刻，介于夜间的死亡和白天的垂危之间，似乎鼠疫也暂时缓一缓劲儿，喘一喘气儿。所有店铺都关着门，有几家店铺门前还挂上"鼠疫期间停止营业"的牌子，表明过一会儿，不会跟其他店铺一起开门了。一些报贩背靠着街角，还睡眼惺忪，没有叫卖新闻，只是把报纸全交给路灯，那种举动无异于梦游者。过一阵，他们就要被始发有轨电车惊醒，便上车散布到全城，高举着印有醒目大字'鼠疫'的各家报纸。'鼠疫秋天还会流行吗？'B教授回答说：'不会。''死亡一百二十四人，这是闹鼠疫第九十四天的统计。'

"纸张供应日渐趋紧，有些期刊不得不削减篇幅，尽管如此，还是有一家新报，《鼠疫信使报》创刊了，其宗旨就是：'以十分严格的客观态度，向我们的同胞报导鼠疫的进展或消退的情况，提供有关鼠疫前景的最具权威的判断；设立多种栏目，以支持所有准备同这场灾难作斗争的知名或不知名人士，振作民众的士气，传达当局的指示，总之，聚拢同心同德者，有效抗击残害我们的病魔。'而事实上，过不了多久，这家报纸就仅限于刊登广告，宣传新制的预防鼠疫的特效药了。

"早晨将近六点钟，在各家商店开门之前一个多小时，所有各家报纸就开始卖给在商店门前排队的人，然后再登上开往城郊街区的拥挤的电车兜售。有轨电车成为城里唯一的交通工具，车的脚踏板上和护栏都挤满了乘客，行驶得非常艰难，然而车上的景象很奇特，所有人都背对背，以免相互传染。车一到站，大批男人和女人便一拥而下，急急忙忙走开，离群独自活动。只因情绪恶劣，吵架频频发生，也变成了一种慢性病。

"首发一批电车经过之后，全城逐渐醒来，最早开门营业的啤酒店，柜台上都摆放一块牌子，注明'咖啡无货'，'自备白糖'等字样。各家商店接连开门，街上热闹起来。与此同时，太阳升起，七月的天空由于溽暑熏蒸而渐呈铅灰色。正是这种时候，那些闲极无聊的人都跑到大街上。大多数人似乎以摆阔为己任，用以预防鼠疫。每天快要到十一点钟，都有青年男女在主要大街上招摇过市，让人感到在大灾大难当中，他们身上滋长起来的那种及时行乐的欲望。如果瘟疫继续蔓延，那么道德观念也随之松弛，古代米兰人在墓前纵欲的场面，又将在我们这里重演。

"正午时分，各家饭馆转瞬间都已客满。没有找到座位的人，很快就三五成群，聚集在各家饭馆门前。溽暑熏蒸，热气太盛，蒙蔽了天空的光亮。烈日烤得街道噼啪作响，等待座位的人就躲在路边大幅遮阳棚下。饭馆人满为患，只因饭馆大大简化了食物定量供应的问题，但是丝毫也不能消除疾病传染的忧虑。顾客不惜花费时间，耐心地擦拭餐具。不久前，有些餐馆还张贴布告：'本店餐具已经开水消毒。'可是，店家逐渐放弃了任何广告，反正顾客好歹都得来用餐，花多少钱都心甘情愿。喝酒就点高档酒，或者号称高档的酒，添加价位最高的菜，开始挥金如土了。据说也有惊慌失措的场面，发生在一家餐馆里：一名顾客突感不适，面失血色，急忙站起身，脚步踉踉跄跄，很快夺门而去。

"将近下午两点钟，全城街巷逐渐空了。这是寂静、灰尘、阳光和鼠疫在街上相会的时刻。热流顺着高大的灰色房舍不断地倾泻。这是漫长囚禁的几小时，一直到火辣辣的暮晚降临在这座人口稠密而喧闹的城市。在暑热的最初几天，也不知道为什么，傍晚时而也冷冷清清。可是现在，稍有点儿凉爽意，即使不是一种希望，也还是带来一点轻松。于是，所有人都出门，来到街上，说说话来消愁解闷，相互斗嘴，或者彼此垂涎，而在这七月晚霞的天空下，到处是情侣和喧哗的城市，又逐渐转入烦躁不安的夜晚。然而，每天晚上，总有一位接受神谕的老人，头戴毡帽，打着大花结领结，奔波在林荫大道上，不停地重复：'上帝伟大，皈依上帝吧'，可是白费唇舌，大家匆匆忙忙，反而投向他们不了解的，或者他们认为比上帝更紧迫的事物。起初，他们以为鼠疫也跟别的疾病一样，宗教还稳坐其位。讵料，他们一旦明白这场灾难很严重，便想起了寻欢作乐。于是，白天满面的愁容，到了尘土飞扬的灼热黄昏，就化为失控的冲动和张狂的放荡，这种狂热席卷了全城市民。

"我也不例外，同他们一样。有什么了不得的！对于像我这样的人，死亡根本不算什么。这次变故给了他们及时行乐的理由。"

塔鲁在笔记中所讲的这次晤谈，还是他主动向里厄提出来的。那天晚上，里厄大夫等待塔鲁的时候，目光恰巧落到他母亲身上，老太太正静坐在餐室角落的椅子上。她操持完家务，就总是这样打发时日，双手并拢，搭在双膝上等待着。里厄甚至不敢确定她那是在等待儿子。不过，他一回到家，母亲脸上的表情就有所变化。她操劳一生刻在脸上的缄默，似乎又全活跃起来。继而，她重又陷入静默状态。那天晚上，她凭窗观望已无行人的街道。夜晚的路灯，有三分之二不开了，相距很远才亮一盏，往城市的夜影中投下微弱的光亮。

　　"在闹鼠疫期间，要一直这样管制街道照明吗？"里厄老太太问道。

　　"很有可能。"

　　"这种状况，但愿不要一直拖到冬天。拖那么久可就太愁人了。"

　　"是啊。"里厄附和一声。

　　他见母亲的目光落到他的前额，心下明白自己这些日子操心和劳累过度，脸又瘦了一圈儿。

　　"今天，情况还不好吧？"里厄老太太又问道。

　　"嗯！还跟往常一样。"

　　还跟往常一样！换言之，从巴黎新运到的血清，效果还不如第一批，统计的死亡人数还在上升。除了鼠疫患者家属，还不可能给其他人打预防针。要普遍打针预防，就必须大批生产血清。腹股沟淋巴肿块，大多不会自行溃破，好像已经到了硬化期，折磨得病人痛苦不堪。前一天，市里就发现两例新型鼠疫原来是腺鼠疫，现在又有了变异的肺鼠疫。当天在一次会议上，疲惫不堪的医生们和不知所措的省长面对面，他们请求并获准采取新的措施，以防止通过口传染的肺鼠疫。还像往常那样，老百姓都一直蒙在鼓里。

　　里厄瞧了瞧母亲。母亲美丽的栗色眼睛勾引起他那么多年的温情。

　　"你害怕了吗？母亲？"

　　"到了我这年纪，就没有什么可怕的了。"

"一天一天的时光这么漫长，我又不能待在你身边。"

"我等着你也一样，反正知道你准回来。你不在身边的时候，我就想起你在干什么。你有她的消息吗？"

"有哇，她最近还打来电话说，一切都好。不过我也知道，她这样说是要让我放宽心。"

这时门铃响了。里厄冲母亲笑了笑，便去开门。楼梯平台上光线昏暗，塔鲁看上去活像一只大灰熊。里厄请客人坐到他的写字台前，他本人则站扶手椅后面。二人之间隔着写字台，上面的台灯是屋里唯一打亮的电灯。

"我知道，"塔鲁开门见山，说道，"我跟您谈话可以直来直去。"

里厄默认了。

"再过半个月或一个月，您在此地就毫无作用了，事态的发展超出您的能力。"

"是这样。"里厄说道。

"卫生防疫工作组织糟透了。你们既缺人手，又赶不及时间。"

里厄再次承认这是事实。

"听说省政府正考虑创建一种民间卫生组织，规定健康的人都要参加一般性的救护工作。"

"您的消息很灵通啊。不过，民众已经大大不满了，省长还在犹豫。"

"为什么不招募志愿者呢？"

"招募过，可是报名的人寥寥无几。"

"通过官方渠道进行，自己都有点儿不大相信。他们缺乏想象，始终不能跟灾难相匹敌。而他们所能想象出来的药方，勉强治治鼻炎吧。我们若是袖手旁观，他们那样干准得完蛋，也连累我们一起玩完。"

"这很可能，"里厄说道。"还应当说，他们也想到了囚犯，派去干所谓的粗活。"

"我更喜欢让自由人去干。"

"跟我的想法一样。不过，说到底，为什么呢？"

"对死刑我深恶痛绝。"

里厄看着塔鲁问道：

"想怎么办？"

"想这么办，我有个计划，组织志愿卫生防疫队。请授权给我担当此任吧，咱们就把行政当局撂到一边。况且，行政当局穷于应付，已经焦头烂额了。差不多到处都有我的朋友，他们可以构成第一批骨干。不用说，我也要加入。"

"当然可以，"里厄说道，"您就料到了，我准会欣然接受。谁都需要帮助，尤其是干这行的。我来负责说明这种想法，让省里接受。再说了，他们也别无选择。不过……"

里厄沉吟了一下。

"不过，这种工作可能有生命危险，这一点您完全清楚。不管怎么说，我必须先提醒您。您认真考虑过了吗？"

塔鲁那双灰色的眼睛注视着里厄。

"您怎么看帕纳卢的讲道呢，大夫？"

问得非常自然，里厄也很自然地回答。

"我久在医院里生活，不可能欣赏集体惩罚的意念。不过，您也知道，基督教徒有时就这么说说，心里从来没有真正这样想。他们内里要比表象优越。"

"可是，您也跟帕纳卢神甫一样认为，鼠疫有其裨益，能让人睁开眼睛，逼人思考！"

大夫不耐烦地摇了摇头。

"如同这世上所有疾病。其实，这世上疾病的实际情况，也同样符合鼠疫。鼠疫有利于一些人的思想升华，但是，看到鼠疫给人带来的灾难和痛苦，除非是疯子、瞎子或者懦夫，才会任其摆布。"

里厄只是稍微提高点声调。塔鲁那边就摆摆手，似乎让他冷静。里厄便微微一笑。

"是啊，"里厄耸了耸肩膀，说道。"不过，您还没有回答我问的话呢。您认真考虑过了吗？"

塔鲁动了动身子，好在扶手椅上坐得舒服些，他的头探到灯光下。

"您相信上帝吗？大夫？"

问题同样提得十分自然。不过这次，里厄犹豫了。

"不相信，可是，这又能说明什么呢？我身处黑夜之中，想尽量看清楚些。好久以前我就不再认为，不相信上帝有什么独特的了。"

"恐怕这就是您跟帕纳卢神甫的区别吧？"

"我并不这么看。帕纳卢是一位学者。他看到死人的场面不多，这就是为什么，他以真理的名义说话。然而，随便一个低级的乡村教士，在他的教区为信徒做过临终圣事，听到一个垂危者的喘息，他就会跟我的想法一样，想要阐明鼠疫的优点之前，先会去照顾深受苦难的人。"

里厄站起身，他的面孔现在处于昏暗中。

"咱们不谈这事了，"他说道，"既然您不愿意回答。"

塔鲁坐在扶手椅上没有动，微笑道：

"我能用一个问题回答您吗？"

大夫也微笑起来：

"您就喜欢故弄玄虚，"他说道。"您就问吧。"

"是这样，"塔鲁说道。"您本人，既然不相信上帝，为什么能表现出如此高的献身精神呢？您回答的话，也许能帮助我回答您的问题。"

大夫没有从暗影里出来，说他已经回答过了，他若是相信有一位万能的上帝，那就不必治病救人，让上帝来救苦救难好了。然而，这世上任何人，也不相信存在这样一位上帝，没有，甚至自以为相信上帝的帕纳卢也不相信，因为任何人都没有完全听天由命，在这方面，至少他，里厄，在同现实世界进行斗争，自认为走在通往真理的路上。

"嗯！"塔鲁说道，"这就是您干这行的理念吧？""差不多吧。"大夫回答，同时又回到灯光之下。塔鲁轻轻吹了声口哨，大夫瞧了他一眼，说道：

"是的，您心里在嘀咕，还真够傲气的。可是，请相信我，我只有必要的骄傲。我不知道前面等待我的是什么，也不知道这一切结束之后还会发生什么情况。眼下，有这么多病人，应该给他们治好病。治好之后呢，他们要思考，我也要思考。但是，最急迫的还是治病，我竭尽全力保护他们，就是这样。"

"保护他们，反对谁呢？"

里厄转身面朝窗户，远远望见天际更为浓暗的长带，推测那必是大海。他仅仅感到疲倦，同时还在抗拒着突然萌生的一种不理智的渴望：同这个独特的、他有亲切感的人进一步交流。

"对此我一无所知，塔鲁，我向您发誓，对此我一无所知。我初入这行的时候，在一定程度上，想法还比较抽象，因为我有这种需要，而这一行也跟其他行业一样，是年轻人愿意谋求的。也许还有个缘故，像我这样工人家庭出身的人，要进入这一行尤其困难。此外，当时眼睁睁看着人死去。您可知道，有些人真不想死啊？您可听见过，一个女人临终时号叫'决不'吗？是的，我听见过。当时我就发觉，这种情况我看不下去。那时我还年轻，不免憎恶这个世界的秩序本身。后来，我就变得谦抑一些了。不过，我还始终看不惯人患病早早死去。此外我就不甚了了。但是，不管怎样……"

里厄住了口，重又坐下。他觉得口干舌燥。

"不管怎样？"塔鲁轻声问道。

"不管怎样……"大夫接着说道，不过还有点犹豫，他注视着塔鲁，"这种事，像您这样一个人可以理解，对不对，可是，世界的秩序既然由死亡来节制，那么人不相信上帝，不抬头仰望上帝沉默的天空，而是竭尽全力同死亡作斗争，这样对上帝也许更好些。"

"不错，"塔鲁表示赞同，"我可以理解。但是，您的胜利永远是暂时的，不过如此。"

里厄的脸色似乎阴沉下来。

"永远是暂时的，这我知道。这不成其为停止斗争的理由。"

"对，这不成其为理由。但是我不免想象，这场鼠疫对您可能意味的是什么。"

"是啊，"里厄接口道，"意味连续不断的失败。"

塔鲁定睛看了大夫片刻，然后站起来，脚步滞重，朝门口走去。里厄随后赶上来，塔鲁似乎看着自己的脚，对他说道：

"这一切，是谁教会您的，大夫？"

回答冲口而出：

"是苦难。"

里厄打开书房的门，来到过道，他对塔鲁说也要下楼，去城郊街区看一名患者。塔鲁提议陪他一同去，大夫接受了。二人在过道口遇见里厄老太太，里厄把塔鲁介绍给母亲：

"是一位朋友。"

"哦！"里厄老太太应声说，"非常高兴认识您。"

等老太太走开，塔鲁又回过身去看她。他们来到楼梯平台上，大夫怎么也打不亮定时廊灯。楼梯一片漆黑。大夫心中暗道，这会不会是一项节电新措施的结果。但是无从知晓。已经有一段时间了，无论住户里还城里，什么都出毛病了。或许只怪那些门房，以及我们全体同胞，什么事上都马马虎虎了。不过，大夫没有时间往深里追究，只因身后又响起塔鲁的声音：

"还有一句话，大夫，哪怕您觉得可笑：您完全正确。"

里厄耸了耸肩膀，在黑暗中只对自己了。

"真的，对此我不甚了了。那么您呢，您了解什么呢？"

"嗯！"对方回答，一点儿也不显得激动，"我要了解的事情不多了。"

大夫停下脚步，而跟在后面的塔鲁收不住脚步，在梯级上滑了一下，急忙抓住里厄的肩膀。

"您认为自己全部了解生活了吗？"里厄问道。

以同样平静的声音，从黑暗中传来回答：

"不错。"

二人来到街上，这才知道时间相当晚了，也许有十一点了。全城一片寂静，只闻轻微的窸窣之声。很远处响起一辆救护车的铃声。工人上了小轿车，里厄发动马达。

"明天，"里厄说道，"您必须到医院打预防针。在进入这段经历之前，最后再确定一下，要知道，您能有三分之一的机会幸免于难。"

"这种估计毫无意义，大夫，这一点您跟我同样清楚。一百年前，一场鼠疫大流行，夺走了波斯一座城市全体居民的性命，唯独一人得以幸免，恰恰是一直忠于职守的那个洗尸体的人。"

"他保住了他那三分之一的机会，不过如此，"里厄说道，声音突然变得低沉了。"说起来，在这方面，咱们还真得从头学起。"

现在，他们驶入城郊，车灯照亮空荡荡的街道。他们停下来，里厄在车的前面问塔鲁是否愿意进去，塔鲁回答愿意。一抹天光映现他们的脸。

"对了，塔鲁，"里厄说道，"您管这种事，出于什么动机？"
"我也不知道。也许是我的道德观吧。"
"什么道德观？"
"理解。"

塔鲁转身朝向那幢房子，里厄看不见他的脸了，一直到他们走进患哮喘病老人的家中。

从第二天起，塔鲁就投入工作，拉起第一支小队，随后，其他许多小队也陆续组建起来。

不过，叙述者谈到这些卫生防疫组织的重要性，无意夸大其词。我们的许多同胞，如今若是处于叙述者的位置，的确会经不住诱惑，难免夸饰这些组织的作用。但是叙述者宁愿相信，过分抬高义举，最终会间接地大力颂扬罪恶。因为，这会让人猜想，义举十分罕见，才显得如此可贵，而邪恶与冷漠则是人的行为更常见的动力。这样一种看法，叙述者不能苟同。世间的罪恶，几乎总是来自愚昧无知，善意如不明智，就可能跟邪恶造成同样的损害。人性中善的成分还是多于恶的成分，但事实上，问题并不在这里。人无知只有程度之分，这就是所谓的美德与恶行了。最可恨的恶行就是愚昧无知的行为，自以为无所不知，因而自赋权力杀人。杀人凶手的心灵是蒙昧的，而没有真知灼见，明察秋毫，也就谈不上真正的善良和崇高的仁爱。

因此，由塔鲁倡导而组建起来的卫生防疫队，应给以充分客观的评价。这也就是为什么，叙述者不会高歌称颂人的意愿和英雄主义，适当地重视英雄主义也就够了。但是，他还要继续以历史学家的笔法，记述当时鼠疫肆虐，给我们所有同胞造成怎样破碎而又苛求的心。

献身于卫生防疫组织的人，他们那样做，其实也算不上丰功伟绩，只因他们知道那是唯一可做的事情，不下决心去做反倒是不可思议的。这些组织促进我们的同胞深入了解鼠疫，并在一定程度上说服他们相信，既然病魔降临，那就责无旁贷，必须与之斗争。鼠疫就这样变成了某些人的职责，正因为如此，也就真正暴露其本相，即成为所有人的事情。

这很好。然而，我们不会因为一位小学教师教学生二加二等于四，就大肆赞扬他。也许可以称赞他选择了这种高尚的职业。这么说吧，塔鲁和其他一些人作出了选择，证明二加二等于四而不是相反，这是值得夸奖的，但是也应当说，这种良好的愿望是他们共有的，那位小学教师，以及心胸跟那位小学教师一样的所有人，莫不如此，数量要比我们想象的多得多，这实在是人类的光荣，至少这是叙述者的信念。况且，叙述者也非常清楚地看到，有人可能向他提出质疑，说是这些人毕竟冒了生命危险。然而，历史总会出现这样的时刻，敢于说出二加二等于四的人被判处死刑。小学教师也完全清楚这一点。问题并不在于了解这样推理会受到奖励还是惩罚，而在于认清二加二是否等于四。至于我们同胞中当时冒了生命危险的那些人，他们要确定自己是否身陷鼠疫的危害之中，自己是否应该与之斗争。

本市许多新派伦理学家，当时竟然说，无论做什么都无济于事，只能跪下求饶。可是，塔鲁和里厄以及他们的朋友，可能作出这样或那样的回答，但是结论始终限于他们所知道的这样一点：必须以这种或那种方式进行斗争，绝不能跪下求饶。问题全在于控制局面，尽量少死人，少造成亲人永别。为此也只有一种办法，就是同鼠疫搏斗。这个真理并不值得赞扬，这只是顺理成章的事。

这就是为什么，老卡斯泰尔满怀信心，就地取材，不遗余力生产血清，正是自然而然的事情。他和里厄都希望，利用在本城传播的鼠疫细菌培养液生产血清，能比从外面调运来的血清疗效更直接，因为本地细菌跟通常确认的鼠疫杆菌略有差异。卡斯泰尔期待他的首批血清很快就能生产出来。

同样，跟英雄毫不沾边的格朗，现在就负责卫生防疫组织的秘书处工作，也是自然而然的事情。塔鲁组建起来的一部分小分队，在人口稠密的街区，已经扎实地开展防疫保健工作。他们力图引入必要的卫生措施，统计有多少顶楼和仓库还没有经过消毒。另一部分小分队则随同医生巡诊，负责运送鼠疫患者，后来，在专职人员短缺的情况下，他们就开车运送病人和尸体。所有这一切，都必须登记，进行统计，格朗就接受干这一工作。

从这个角度看，比起里厄或者塔鲁来，叙述者认为格朗更具有代表性，真正代表了推动卫生防疫工作的这种笃定的美德。他毫不犹豫，当即就接受了，显示他那特有的良好愿望，但求在细小的工作中发挥作用。他年纪也太大，干不了别的活儿了。从十八点到二十点的时间，他可以奉献出来。里厄向他表示衷心感谢，他不免惊诧，说道："这又不是最难做的事。既然闹了鼠疫，就必须自卫，这是明摆着的事。嘿！无论什么事儿，若是都这么简单该有多好！"还是不忘他的口头禅。晚上，格朗登记完卡片之后，有时里厄就跟他聊聊。最后，他们还把塔鲁拉进来，格朗显然谈兴越来越浓，对两个伙伴讲了心里话。而这两位也饶有兴趣，关注格朗在鼠疫期间坚持做的这种耐心的工作。他们俩也同样，最终也从中找到了一种精神的放松。

"那位女骑士怎么样啦？"塔鲁时常这样问格朗。格朗也是一成不变地回答："她骑马小跑，她骑马小跑。"同时艰难地微笑着。一天晚上，格朗说他最终放弃了"曼妙多姿"这个修饰词，今后要用"身材修长"来形容他的女骑士。"这样更具体。"他还补充道。还有一次，他把修改好的开篇第一句话念给两位听众："五月一天明媚的清晨，一位身材修长的女骑士，座下一匹英俊的阿勒桑牝马，奔驰在布洛涅森林公园的花径上。"

"看上去，她这样更好些吧，"格朗说道，"我更喜爱：'五月一天清晨'，如果写成'时值五月份'，小跑就显得有点儿拖沓了。"

接着，"英俊的"这个修饰语，也让他颇犯踌躇。据他说，这没有什么表现力，他要思索出一个字眼，把他想象中的非常神气的牝马，一下子就生龙活现出来。"肥壮"一词不贴切，这倒写实，但是略带贬义。有一阵，他想用"光彩夺目"，但是又不大合节奏。一天晚上，他得意扬扬地宣布找到了："一匹黑色阿勒桑牝马。"黑色含蓄地表示"俊雅"，这当然还是他的看法。

"这可不行。"里厄说道。

"怎么不行呢？"

"阿勒桑指的不是马的品种，而是毛色。"

"什么颜色？"

"哎，一种颜色，反正不是黑色。"

格朗显得很伤心。

"谢谢，"他说道，"幸好有您在身边。您也看到了，这有多难啊。"

"'华贵'这个词，您觉得如何？"塔鲁说道。

格朗看着塔鲁，想了想，说道：

"可以，可以呀！"

于是，他的脸上又逐渐绽开笑容。

又过了几天，他承认"花径"的"花"字把他难住了。他只熟悉奥兰和蒙特利马尔，不知道布洛涅森林中路径开花是怎样情景，有时他就请教这两位朋友。如果较真的话，那些路径给里厄或塔鲁的印象，从来就没有开满鲜花。可是，这位职员坚信不疑，倒让他们俩动摇了。见他们模棱两可，格朗不免诧异。"只有艺术家懂得观赏。"有一次，里厄大夫发现他异常兴奋。他用"开满鲜花的小径"替代了"花径"。他连连搓着双手。"那些鲜花，终于看得见，闻得到香味了。脱帽致敬吧，先生们！"他得意扬扬地朗诵这个句子："五月一天明媚的清晨，一位身材修长的女骑士，座下一匹华贵的阿勒桑牝马，奔驰在布洛涅森林公园开满鲜花的小径上。"然而，这样高声一朗诵，句子末尾表示属格的三个"de"字，就突显出不和谐了，格朗也不免结巴起来。他神情沮丧，干脆坐下了。继而，他请求大夫准许他先走。他需要再考虑考虑。

后来获悉，正是在这个时期，格朗在办公室工作显得有点儿心不在焉，恰逢市政府工作人员减少，又要应对繁重事务的时候，他这种表现实在令人遗憾。他不专心影响了工作，办公室主任严厉责备了他，并且提醒说，他领薪水就应该完成工作，而他恰恰没有完成。"您在工作之余，"主任说道，"好像参加了卫生防疫组织的志愿服务。这与我无关。但是，您的本职工作，就关系到我了。在这种危难的时刻，您要发挥作用的首要方式，就是做好本职工作。否则的话，其他什么都谈不上。"

"他说得对。"格朗对里厄说道。

"是啊，他说得对。"大夫附和道。

"可是，我总走神儿，不知道如何改好这句话的末尾，摆脱这种状态。"

他曾考虑删去"布洛涅"，认为删掉了，大家也都能明白所指。但是那样一来，句子中原本与小径相连的词，就同"鲜花"更紧密了。他也曾琢磨这样写是否可行："开满鲜花的森林公园小径。"然而，将"森林公园"置于中间，隔开修饰语和名词，在他看来未免生硬，有肉里扎根刺儿的感觉。有些晚上，他那样子确实显得比里厄还要疲倦。

是的，他疲惫不堪，全副精力耗在推敲词语上了。但是他也毫不松懈，继续卫生防疫组织所需的累计和统计工作。每天晚上，他都把卡片填完整理好，并相应画出曲线，花这种慢工夫，尽量准确地标示出事态的变化。他也时常去某家医院，找到里厄，在办公室或者医务室要一张桌子，坐下来摊开材料，就跟他在市政府办公一模一样，只是医院里弥漫着消毒水和疾病本身的气味，空气浊重，他得摇晃纸张才能挥干墨迹。这期间，他诚心诚意克制自己，不再想他的女骑士，只做好他手头的事情。

不错，如果人真的非要为自己树立起榜样和楷模，即所谓的英雄，如果在这个故事中非得有个英雄不可，那么叙述者恰恰要推荐这个微不足道、不显山露水的英雄：他只有那么一点善良之心，还有一种看似可笑的理想。这就将赋予真理其原本的面目，确认二加二就是等于四，并且归还英雄主义其应有的次要地位，紧随幸福的豪放欲求之后，从来就没有超越过。同样，这也将赋予这部纪事体小说应有的特点，即叙述过程怀着真情实感，也就是说，不以一场演出的那种恶劣手法，既不恶意地大张挞伐，也不极尽夸饰之能事。

这至少是里厄大夫看报或听广播时的想法。外界通过空运和陆路，送来了救援物资，与此同时，也通过报纸和广播，给这座疫城送来呼吁和鼓励：每天晚上，电波或报纸负载着大量同情或赞赏的评论，纷纷涌入这座孤城。那种史诗般的，或者学校颁奖演说词式的腔调，每次都让里厄大夫不胜其烦。他当然知道，这种关怀不是虚情假意。但是这种关怀只能用约定俗成的语言来表达，使用通常描述人与人休戚与共关系的套话。可是，这种语言用以说明格朗每天努力做的小事就不适合，譬如说，讲不明白在鼠疫肆虐中，格朗的所作所为意味着什么。

到午夜时分，空荡荡的城市一片死寂，里厄大夫已过分压缩睡眠时间，他临上床有时还打开收音机。于是，陌生而友爱的各种声音，穿越数千公里的距离，从天涯海角传来，相当笨拙地试图表示他们道义上的声援，这一点也确实做到了，但同时也表明他们完全无能为力，任何人都不可能分担自己看不到的痛苦："奥兰！奥兰！"越过重洋的呼唤也是枉然，里厄日夜惕厉也是枉然，不久又要振振有词，高谈阔论，越发加深格朗与演说者这两个陌路人之间的本质隔阂。"奥兰！是啊，奥兰！不然，"大夫想道，"相爱或者共生死，别无出路。他们远在天涯。"

值此灾难正聚集全部力量，准备猛扑并彻底摧毁这座城市之际，在鼠疫达到高峰之前，还需要讲述一下像朗贝尔这样最后一些人，为找回自己的幸福，为在这场自身保卫战中能从鼠疫的魔爪下安然脱身，他们长时间作了怎样绝望而又单调的努力。他们正是以这种方式抵御威胁他们的奴役。尽管从表面上看来，这种拒绝方式并不比别种方法有效，但是叙述者却认为，这种方式自有其意义，

即使在其自负和矛盾中也证实了在危难时刻，我们每人心中的那份自豪感。

朗贝尔在抗争，以阻止鼠疫将他吞没。他确认不可能通过合法途径出城之后，就曾对里厄说过，他决心另辟蹊径。这位记者首先向咖啡馆伙计探路子。咖啡馆伙计消息总是非常灵通。不过，他询问了几个，主要了解到这种行为要受到非常严厉的刑事处罚。有一回，他甚至被视为外逃的煽动者。直到他在里厄家中遇见了科塔尔，事情才有一点进展。那天，朗贝尔又同里厄谈论他跑行政部门徒劳的尝试。几天之后，科塔尔在街上遇见朗贝尔，对待这位记者的态度十分爽快，现在他同谁交往都是这种态度。

"还是一无所获？"科塔尔问道。

"是啊，一无所获。"

"那些行政部门指望不上，那就不是为了理解人而设立的。"

"不错。现在我正另找路子呢。很难啊。"

"嗯！"科塔尔接口道："我明白。"

他认识一个团伙，见朗贝尔有些诧异，就解释说他早就出入奥兰各家咖啡馆，交了些朋友，了解到有一个组织就经营这类业务。其实，科塔尔已经入不敷出，就参与了配给物品的走私活动，贩卖价格不断上涨的走私香烟和劣质烧酒，渐渐发了一笔小财。

"您有把握吗？"朗贝尔问道。

"有哇，既然有人向我提议了。"

"那您怎么没有趁机出城呢？"

"不要疑神疑鬼，"科塔尔一副直率的样子，说道，"我没有趁机出城，是因为本人还不想走。我自有我的道理。"

他沉吟一下，又说道：

"您就不问问我是什么道理吗？"

"想必这与我无关。"朗贝尔说道。

"从某种意义上讲，确实与您无关。但是，从另一种意义上……总之，唯一明显的事实，就是自从我们这里闹起鼠疫，我感觉好受多了。"

朗贝尔听了他这番话，便问道：

"怎么跟那个组织联系呢？"

"哦！"科塔尔应声说道，"这可不容易，您跟我走吧。"

这时正是下午四点钟。天气闷热，城市慢慢变成烤炉。各家商铺全放下了遮阳帘，街道上也不见行人了。科塔尔和朗贝尔专挑带拱廊的街道行走，许久谁也没有讲一句话。这正是鼠疫匿影藏形的时刻。这种寂静、色彩和活动的消亡，既可以是夏天的特征，也可以是瘟疫的征象。空气这么滞重，不知是满负荷威胁，还是弥漫着灰尘和灼热。必须观察和思索，才能跟鼠疫联系起来。因为，鼠疫只能通过负面的征兆呈现出来。譬如说，跟鼠疫气味相投的科塔尔，就向朗贝尔指出，城里的狗已经绝迹了，而在正常的情况下，狗找不到阴凉的地方，就侧卧在长廊口喘息。

二人走上棕榈大街，穿过阅兵场，再下坡走向海军街区。左侧一家墙壁涂成绿色的咖啡馆，门前斜撑着黄色帆布遮阳帘。科塔尔和朗贝尔走进去，擦了擦额头上的汗水，走到绿色铅皮面桌前，捡两张公园租用的那种折椅坐下来。餐厅里一个顾客也没有。苍蝇嗡嗡地飞来飞去。有点儿倾斜的柜台上，放着一只黄色鸟笼，笼里一只鹦鹉栖在架子上，全身羽毛耷拉着，一副垂头丧气的样子。挂在墙上的几幅旧画表现战争场面，上面满是污垢和厚厚的蜘蛛网。所有铅皮桌面上，包括朗贝尔面前的那张，都有正在阴干的鸡粪，弄不清是从哪儿来的，直到传来一阵响动，从幽暗的角落忽然跳出一只神气的大公鸡，才算真相大白。

这工夫，气温似乎还在上升。科塔尔脱掉外衣，敲了敲铅皮餐桌。从里面出来一个矮小的男子，仿佛全身都裹在长长的蓝围裙里，他从远处一瞧见科塔尔就立即打声招呼，趋步走上前，飞起一脚踢开那只公鸡，在咯咯咯鸡叫声中问两位先生点什么。科塔尔要了白葡萄酒，然后就打听一个叫加西亚的人。据那矮子说，已有好几天没见他来咖啡馆了。

"您看他今天晚上会来吗？"

"哎！"对方回答，"我又不是他肚子里的虫儿。对了，您了解他常来的时间吧？"

"了解，不过，也不是特别重要的事，只是想给他介绍个朋友。"

这伙计在围裙上擦了擦那只湿手。

"嘿！先生也做买卖？"

"对呀。"科塔尔回答。

矮人用鼻子吸了一口气：

"那好吧，请今天晚上再过来吧。我派孩子去找他。"二人离开时，朗贝尔问科塔尔做什么买卖。

"当然是走私啦。他们通过各个城门，将走私物品偷运进来，再高价卖出去。"

"哦，"朗贝尔说道。"他们有同伙吧？"

"这还用说。"

到了晚上，遮阳帘已经卷上去了，鹦鹉在笼子里学舌。铅皮餐桌围坐着只穿衬衣的男人。其中一人，一见科塔尔进来便站起身，他草帽扣在脑后，白衬衣敞着怀，露出焦土色的胸膛，黝黑的脸膛，五官倒还端正，那双黑眼睛很小，一口牙齿雪白，手上戴着两三枚戒指，看样子有三十来岁。

"你们好，"那人说道，"咱们到柜台上喝几杯。"

他们默默喝过了三巡。于是，加西亚提议：

"咱们出去走走吧？"

他们出了门，下坡走向码头，加西亚问他们找他有什么事。科塔尔回答说，想把朗贝尔介绍给他，确切地说并不是为了做生意，只是为了他所说的"出门"。加西亚抽着烟，径直往前走。他提了一些问题，提到朗贝尔时就称"他"，仿佛没有发觉这个人就在眼前。

"出门干什么？"加西亚问道。

"他妻子在法国本土。"

"嗯！"

沉吟片刻，又问道：

"他是干哪行的？"

"记者。"

"干这行的人话很多。"

朗贝尔沉默不语。

"他是朋友。"科塔尔说道。

三人默默往前走。到了码头，入口处设置了大栅栏，禁止入内。他们便朝一家小酒馆走去，那里卖油炸沙丁鱼，香味一直飘进他们的鼻孔。

"不管怎样，"加西亚下了结论，"这事不由我来干，是拉乌尔经手管。我得找到他才成。找他可不容易。"

"哦！"科塔尔赶忙问道，"他躲起来啦？"

加西亚没有回答。快走到小酒馆了，他停下脚步，转身第一次面对朗贝尔。

"后天十一点，在海关营房的拐角，在城里的制高点。"

他表示要走了，但是又转身，对两人说道：

"要收费用。"

这是要敲定。

"那当然了。"朗贝尔同意。

过了一会儿，记者向科塔尔致谢。

"哎！不必谢，"朗贝尔爽快地回答，"很高兴能为您效劳。再说了，您是记者，早晚您会还上我这份情的。"

两天之后，朗贝尔和科塔尔前往城中的高地，沿上坡路穿过一条条没有树荫的大街。海关营房有一部分已改成诊疗所，大门前聚集了一群人，有的是希望探视病人而不可能获准，有的则是来打听瞬息万变的消息。不管怎样，既有人群聚拢，就必然人来人往，加西亚自然考虑了这一点，才约定在此处跟朗贝尔见面。

"真是怪事儿，"科塔尔说道，"就这么执意要走。大体上说，这里发生的事儿相当有趣。"

"对我则不然。"朗贝尔回应道。

"嗯！当然了，是冒些风险。不过，在闹鼠疫之前，要穿过车辆特别多的十字路口，毕竟也同样危险。"

这时候，里厄的汽车在他们身旁停下。塔鲁开车，里厄好像半睡着了。

里厄醒来，介绍他们彼此认识。

"我们俩认识，"塔鲁说道，"都住在同一家旅馆。"

里厄请朗贝尔上车，捎他回城。

"不用，我们这里有约会。"

里厄注视朗贝尔。

"没错。"记者又说道。

"啊！"科塔尔惊问道，"大夫也知道啦？"

"预审法官来了。"塔鲁看着朗贝尔，发出警告。

科塔尔大惊失色。果然是奥通先生，他沿着斜坡街道下来，步伐沉重，走向他们这几个人，到了他们跟前时摘下帽子。

"您好，法官先生！"塔鲁先打招呼。

法官回礼，也向车里的人问好，又瞧了瞧站在后面的科塔尔和朗贝尔，一脸严肃地向这二人点头致意。塔鲁就向他介绍记者和拿年金的人。法官仰首望了望天，叹息一声，说这真是一个伤心惨目的时期。

"塔鲁先生，有人对我说，您担当起预防措施的实施工作。对此我不大苟同。大夫，您认为这场疫疾会蔓延开吗？"

里厄回答说但愿不会蔓延，法官附和道，总得抱有希望。上天的意图神秘莫测，塔鲁又问他，这场灾难是否给他带来额外的工作。

"正相反，我们所说的普通法案件减少了。现在我要预审的案子，全是严重违犯新法规。而旧法律，还从来没有像今天这样得到遵守。"

"这就表明，"塔鲁说道，"比较而言，旧法律似乎更好些，必然会这样。"

法官神态变了，不再凝望天空而遐想，现在目光冷峻，审视起塔鲁。

"那又怎么样呢？起作用的不是法律，而是判决。对此谁也无能为力。"

等法官一走，科塔尔便说道：

"这家伙，可是头号敌人。"

汽车启动了。

不大工夫，朗贝尔和科塔尔就看见加西亚到了。他走过来，没有同他们打招呼，说了一句："还得等等"，就算问好了。

他们周围的一群人，大多是妇女，都在一片沉默中等待。几乎每个妇女都挎着一个篮子，空抱着希望能转交给患病的亲人，甚至妄想那些亲人能享用这些食品。大门口设了武装岗哨，不时有一声怪叫，从营房发出，穿过院子传到大门口。于是，人群中一张张焦虑的脸转向那诊疗所。

这三人正在观看这种场景，忽听背后一声"你们好"，语调清晰而低沉，引得他们转过身去。天气这么热，拉乌尔穿戴还是非常整齐，身穿深色双排扣西服，头戴卷边呢帽。他身材高大，强壮，脸色相当苍白，灰色的眼睛，嘴唇紧紧抿着。他说话又快又明确。

"咱们下坡往城里走，"拉乌尔说道。"加西亚，你就自便吧。"

加西亚点着一支香烟，看着他们走远。朗贝尔和科塔尔跟上居中的拉乌尔的步伐，三人走得很快。

"加西亚向我说明了，"拉乌尔说道。"这事办得到。您总归要花上一万法郎。"

朗贝尔回答说他可以接受。

"明天，请跟我用午餐吧，到海军的西班牙餐馆。"

朗贝尔说一言为定，拉乌尔同他握手，第一次冲他微笑。拉乌尔走后，科塔尔说抱歉，第二天他没空，况且，朗贝尔也用不着他陪同了。

第二天，我们这位记者走进西班牙餐馆，所经之处，人人都扭头看他。这是一间阴暗的地下室，上面一条黄色小街被太阳晒枯干了。顾客多为西班牙长相的男人。拉乌尔坐在餐厅里端的一张餐桌，向记者打了个手势，朗贝尔立即朝他走去，那些顾客脸上好奇的表情就随即消失，又都埋头用餐了。拉乌尔的同桌有一个瘦高个男人，满脸胡楂儿，头发稀疏，长一副马面，而肩膀奇宽，衬衣袖子卷起来，露出两条布满黑毛的又细又长的胳臂。给他介绍朗贝尔时，他点了三下头。拉乌尔提到他时，没有道出他的名字，只说"我们的朋友"。

"我们的朋友认为可能帮上您的忙。他会让您……"

拉乌尔住了口，只因女招待过来，问朗贝尔点什么菜。

"他会让您跟我们的两个朋友接上头，那两个朋友再介绍您认识我们买通的城门哨兵。这还不算完，必须由哨兵本人判断有利的时机。最简易的办法，就是您到一个哨兵家住几个晚上，那住宅离城门很近。不过，先得由我们的朋友介绍您同他们接洽。等一切安排妥当之后，也由他来跟您结算费用。"

这位马面朋友再一次点点头，同时不断地咀嚼他切碎的西红柿拌甜椒沙拉。继而，他开了口，略带西班牙口音，约朗贝尔在第三天早上八点钟，到大教堂门廊下见面。

"还得等两天。"朗贝尔指出。

"这事就是不容易办啊，"拉乌尔说道。"必须联系上那些人。"

马面又点了点头，朗贝尔颇不情愿地同意了。午餐余下的时间，就试着寻找个话题。朗贝尔一发现马面是足球运动员，谈话就变得极为容易了。朗贝尔本人也经常踢球。于是，他们聊起法国甲级联赛、英国职业球队的价值和 W 战术。午饭结束时，马面完全活跃起来，他用"你"

来称呼朗贝尔，力图要朗贝尔相信，一支球队的最佳位置莫过于前卫。他说道："你也清楚，前卫，就是助攻进球的角色。助攻进球，这才叫踢球。"朗贝尔一直踢中锋，还是同意他的观点。他们的讨论，却被收音机的广播节目打断了。先是播放几支低沉的抒情乐曲，接着广播宣布，昨天鼠疫死亡人数为一百三十七人。顾客中谁也没有反应。马面人耸了耸肩膀，站起身来。拉乌尔和朗贝尔也随之起身。

临走时，前卫用力地跟朗贝尔握手。

"我叫贡萨雷斯。"他说道。

朗贝尔觉得，这两天时间无比漫长。他到家拜访里厄，对他详细讲述了自己活动的情况。然后，他陪大夫出诊，到了疑似患者的家门口，就同大夫分手了。走廊就响起奔跑和说话的声音：有人跑去告诉患者家人大夫到了。

"但愿塔鲁不会迟到。"里厄喃喃说了一句。

他一脸倦容。

"瘟疫传染得太快了吧？"朗贝尔问道。

里厄回答说不是这个原因，统计的曲线甚至上升有所减缓。只不过，抗击鼠疫的手段还不够多。

"我们物资匮乏，"他说道，"世界上所有军队，一般都用人力弥补物力不足。然而，我们也同样缺乏人力。"

"外地不是支援来医生和防疫人员嘛。"

"不错，"里厄回答，"来了十位医生，一百来个医护人员。表面上看，人数很多，但是，照眼下的疫情，也只能勉强应付局面。如果瘟疫再蔓延，人手就不够了。"

里厄侧耳细听居民楼里边的声响，接着对朗贝尔微笑道：

"对了，您应当抓紧，一举成功。"

朗贝尔的脸上掠过一片阴影。

"您也知道，"他声音低沉，说道，"并不是这种局面促使我走的。"

里厄回答说他知道，但是，朗贝尔还是说下去：

"我自认为不是懦夫，至少大部分时间如此。我也有过机会证明了这一点。只是有些念头，现在无法忍受了。"

大夫直视朗贝尔，说道：

"您一定能跟她重逢。"

"也许吧，但是，我忍受不了这种念头，想到这会持续下去，而这期间她会变老。人一到三十就开始衰老，什么都得抓紧。不知道您是否能理解。"

里厄喃喃说他觉得理解得了，这时，塔鲁兴冲冲赶到。

"我刚才请帕纳卢加入我们的行列。"

"什么反应？"大夫问道。

"他考虑了一下，就说可以。"

"我很高兴，"大夫说道，"我很高兴了解到，他讲道好，做得更好。"

"人人都如此，"塔鲁说道，"只要给他们机会。"

塔鲁微微一笑，朝里厄眨了眨眼睛。

"我这一生要做的事儿，就是给别人提供机会。"

"请原谅，"朗贝尔说道，"我得走了。"

约定是在这星期四，朗贝尔差五分八点钟，来到大教堂的门廊下。空气还相当清爽。天空还形成了几小朵圆团的白云，过一会儿，就要被上升的热流一下子吞噬。晒干的草坪上倒还散发着微潮的气息。太阳升到东边房舍的后面，仅仅晒热了广场上全身镀金的贞德雕像的头盔。一座自鸣钟响了八下。朗贝尔在空荡荡的门廊下踱了几步。教堂里隐约传出歌唱的圣诗，混杂着老酒窖和焚香的香气。唱圣诗戛然而止。十来个黑色的矮小身形出了教堂，并始小跑回市里去了。朗贝尔开始不耐烦了。又有一些黑色的身形登上大台阶，朝门廊走来。朗贝尔点着一支香烟，随即又想到这里也许不准吸烟。

八点一刻了，大教堂里弹起管风琴，乐声低回。朗贝尔走进幽暗的侧殿，过一会儿他才看清，刚才从他面前走过的那些黑影，现在正聚集在正殿的一个角落，对着一座临时搭起的祭台，台上新安放一尊圣罗克雕像，也是本市一家雕刻工作室赶制出来的。那些黑影跪在雕像前，仿佛蜷缩成一团，在灰暗中依稀可见，好似一个个凝固的影子，略比他们在其间飘浮的烟雾颜色深一点。管风琴弹奏的变奏曲，在他们上方回环流转。

朗贝尔走出教堂，瞧见贡萨雷斯已经走下大台阶，朝市里走去。

"我还以为你走了，"他对记者说，"这很正常。"

他解释说，他在附近还有一个约会，约在八点差十分，他白等了二十分钟，未见他几个朋友来。

"肯定有什么事绊住了。干我们这种营生的，不是总那么顺手。"

他提议次日同一时间，到烈士纪念碑前见面。朗贝尔叹了口气，将呢帽往脑后一摊。

"这没什么，"贡萨雷斯笑嘻嘻地总结说，"你想想看，在球场上要经过多少配合，要推进，传球，才能破一次门。"

"当然了，"朗贝尔还是有话，"可是，一场球只踢一个半小时。"

奥兰的烈士纪念碑矗立在唯一能望见大海的地点：那是一条散步的大道，与俯瞰港口的悬崖平行，而且相距不远。第二天，朗贝尔先到约会地点，仔细阅读阵亡将士名单。过了几分钟，两个男子走到近前，若不经意地看了他一眼，然后走开，俯到散步大道一侧的栏杆上，仿佛全神贯注，观赏空空如也的码头。他们俩身体一般高，都穿着同样短袖海魂衫和蓝色长裤。记者走开一点，坐到一张椅子上，可以从容打量他们。他这才看清楚，他们肯定超不过二十岁。这时候，他看见贡萨雷斯一边朝他走来，一边还表示歉意。

"那就是我们的朋友。"贡萨雷斯说道。他把记者带到两个青年面前，介绍给他一个叫马塞尔，一个叫路易。正面看上去，他们俩长得很像，朗贝尔认为他们是哥儿俩。

"行了，"贡萨雷斯说道，"现在，大家都认识了。想法儿把事儿办好吧。"

马塞尔或者路易便说道，两天之后，轮到他们上岗，值勤一周，一定得找个最合适的日子。他们有四个人把守西城门，另外那两个是职业军人。不考虑把他们拉进来，他们不可靠，况且，那又要增加费用了。不过，值勤期间，有些夜晚，那两个伙伴要去他们熟悉的一家酒吧的后屋，消磨一部分时间。马塞尔或者路易当即提议，朗贝尔住到他们位于城门附近的家中，等人来接他。这样出城就畅通无阻了。不过，事情必须抓紧，因为近来听说，城外也要加设岗哨了。

朗贝尔同意了，他仅余的香烟又取出几支请人。那二人中还未开口的那个就问贡萨雷斯，费用问题是否解决，能否收些定金。

"不行，"贡萨雷斯说道，"没有这个必要，他是朋友。费用在出发时结清。"

大家商定再见一次面。贡萨雷斯提议第三天，到西班牙餐馆吃晚饭。饭后，可以直接去两名哨兵的家中。

"头一个夜晚，"他对朗贝尔说道，"我同你做伴。"

第二天，朗贝尔上楼回客房时，在旅馆楼梯上迎面遇见塔鲁。

"我去见里厄，"塔鲁对他说，"您愿意一道去吗？"

"我一直拿不准，会不会打扰他。"朗贝尔迟疑一下，回答说。

"我看不会，他常向我提起您。"

记者又想了想，说道：

"听我说，晚饭后，你们若是有点儿时间，晚点儿也无妨，你们俩就来旅馆酒吧。"

"这要看他和疫病的情况了。"塔鲁回答。

不过，到了晚上十一点，里厄和塔鲁果然走进狭小的酒吧。三十来人一个挨一个，都高声说话，他们二人刚从疫城的寂静中来，有点儿晕头转向，不觉停下脚步。看到这里还供应烧酒，他们就明白了为什么这么吵闹。朗贝尔坐在柜台一端的高凳上，向他俩打招呼。他们坐到朗贝尔两侧，塔鲁平静地一把推开身边一个喧哗的家伙。

"你们喝烧酒没事儿吧？"

"没事儿，"塔鲁回答，"正相反。"

里厄闻了闻杯中酒，一股苦涩的草药味。周围这样喧闹，根本没法儿交谈，不过，朗贝尔似乎一门心思在喝酒。大夫还判断不出来他是否醉了。这个狭小的酒吧摆放着两张桌子。一名海军军官占了一张，他左拥右抱两个女人，这时他正给一个红脸胖子讲述开罗流行的那场斑疹伤寒瘟疫。"那些营地，"他说道，"给土著人建造的营地，搭了帐篷安置患者，周围设岗哨，拉起防疫线，如有家人想偷偷往里送土方药，哨兵就会朝人开枪。那种做法很冷酷，但是完全正确。"另一张桌子围坐着几个衣着讲究的青年，他们的谈话难以捕捉，淹没在置于半空的电唱机所放《圣詹姆斯医院》的乐曲节奏中。

"您还满意吧？"里厄提高嗓门问道。

"这事儿快了，"朗贝尔回答。"也许就在这个星期。"

"真遗憾。"塔鲁嚷了一句。

"为什么？"

塔鲁瞧了瞧里厄。

"嗯！"里厄说道，"塔鲁这样讲，是因为他想您在这里，很可能对我们有用处。不过我呢，非常理解您要走的愿望。"

塔鲁也请大家喝一杯。朗贝尔从高凳上下来，第一次直面看着塔鲁。

"我对你们有什么用？"

"有用啊，"塔鲁说着，手不慌不忙伸向酒杯，"就到我们的卫生防疫队里来。"

朗贝尔又恢复他那习惯性的钻牛角尖的神态，重又登上他那高凳。

"这些卫生防疫队，在您看来没用吗？"塔鲁问道，他喝了几杯酒，定睛看着朗贝尔。

"很有用。"记者回答，他也喝了一口酒。

里厄注意到朗贝尔的手在发抖，心想他肯定醉了，对，完全醉了。

第二天，朗贝尔第二次走进西班牙餐馆，从一小伙人中间穿过去：那些人把椅子搬到门口，享受热气开始减退的绿荫下的金色黄昏。他们抽的叶子烟气味呛人。餐厅里几乎空无一人。朗贝尔走向最里面，还是坐到他和贡萨雷斯初次见面的那张桌子。他对女招待说要等人。现在是十九点三十分。外面那些人又陆续回到餐厅落座。开始给各餐桌上菜了，低矮的扁圆拱顶下，一片刀叉撞击声响和低沉的人声话语。已经二十点了，朗贝尔一直在等待。电灯打亮了。又来一些顾客，坐到他这张餐桌了。他点了晚餐的菜肴。二十点三十分，他吃完了饭，仍不见贡萨雷斯的影子，也不见那两个青年来。他一连吸了几支香烟。餐厅里的顾客渐渐走空了。外面，夜幕很快降临。海上吹来的一阵暖风，微微掀动落地窗的帘子。到了二十一点，朗贝尔发现餐厅已空无顾客了，女招待惊讶地看着他。于是，他付了钱，走出餐馆。对面一家咖啡馆还开着门。朗贝尔坐到柜台前，眼睛盯着那家餐馆的门口。到了二十一点三十分，他就走回旅馆，一路上怎么也想不出法子，没有地址，就找不到贡萨雷斯，他不免心慌意乱，不承想又得重新开始找各种门路。

夜色中不时有一辆救护车疾驰而过，正是这种时刻，朗贝尔发觉，正如后来他对里厄大夫所讲的那样，他发觉在这段时间，他全部心思放在找一条通道，以便穿过把他和妻子隔开的城墙，竟然在一定程度上忘记了妻子。但是，也正是在这种时刻，所有出路再次被堵死之后，他在自己的欲念中心又找回了妻子，而且痛苦爆发得如此突然，不由得开始跑向旅馆，要逃避这种五内俱焚的灼痛，殊不知这种灼痛就附在他身上，吞噬着他的太阳穴。

次日一大早，他又去见了里厄，问他如何找到科塔尔。

"我所能做的事，"朗贝尔说道，"只有跟那个团伙重新接上头。"

"明天晚上您来吧，"里厄说道，"塔鲁要我邀请科塔尔，我也不知道是何缘故。他人约十点钟到，您就十点半来吧。"

第二天，科塔尔来到大夫家时，里厄正跟塔鲁讨论在他的诊所里，出现一个意外治愈的病例。

"十人当中的一人。他就是运气好。"塔鲁说道。

"哦！好哇，"科塔尔插言道，"那就是没有感染上鼠疫。"

这两位明确告诉他，治愈的恰恰是这种病症。

"既然治好了，那就不可能是鼠疫。你们跟我同样清楚，鼠疫是不治之症。"

"一般来说是这样，"里厄说道。"可是，稍微不信这个邪，就能获得意外的惊喜。"

科塔尔笑起来。

"看起来不是这样。今天晚上公布的数字，你们听到了吗？"

塔鲁友善地看着这个享有年金的人，说他知道数字，形势很严峻，但是这能证明什么呢？这证明还必须采取更为特殊的措施。

"哎！你们已经采取了。"

"对，但是，人人还必须为自身采取这些措施。"

科塔尔不明白，注视着塔鲁。塔鲁则说，消极无作为的人太多了，而瘟疫是大家的事，人人都应该尽自己的责任。卫生防疫志愿组织，敞开面向所有人。

"这是一种观念，"科塔尔说道，"但是观念什么也不顶。鼠疫太强大了。"

"究竟如何，我们会知道，"塔鲁以耐心的语气说道，"等我们所有办法都试过之后。"

这工夫，里厄一直在写字台上抄写卡片。塔鲁的目光始终盯着在椅子上躁动不安的科塔尔。

"为什么您不来同我们一起干呢，科塔尔先生？"

科塔尔忽地站起身，一脸受触怒的神态，拿起他的圆帽，来了一句：

"我不是干这行的。"

接着，他又操起虚张声势的口气：

"况且，这样闹鼠疫，我的日子过得挺滋润，我看不出自己为什么要掺和进去，出手遏制鼠疫。"

塔鲁拍了拍额头，好像恍然大悟：

"哦！真的，我倒忘记了，没有这场灾难，您就会被捕了。"

科塔尔浑身一激灵，赶紧抓住椅背，就好像会跌倒似的。里厄停下抄写，也注视着科塔尔，一副又严肃又关切的表情。

"这事儿是谁告诉您的？"这位拿年金的人嚷道。

塔鲁显出惊讶的神色，说道：

"就是您本人啊。至少，大夫和我都是这么理解的。"

科塔尔一时盛怒，说话含混不清，无法理解了，塔鲁见状，就补充说道：

"您也不要冲动，无论大夫还是我，都不会去告发您。您那段事与我们无关。再说了，那些警察，我们从来就不喜欢。好了，您还是坐下去吧。"

这位年金享有者瞧了瞧椅子，犹豫了一下，这才又坐下了。过了半晌，他叹了口气。

"这是一段老皇历了，"他承认道，"不知怎么他们又翻出来。我还以为早就忘了呢。不料有个人讲了。他们传唤了我，并且对我说案子调查结束之前，要我随叫随到。当时我就明白，他们最终会逮捕我。"

"事儿还挺严重的？"塔鲁问道。

"这要看您怎么说了。反正不是人命案。"

"会判坐牢还是服苦役？"

科塔尔显得万分懊丧。

"坐牢嘛，那还算我运气……"

然而，片刻之后，他语气激烈，又说道：

"那是个过错，谁都会犯错。可是，一想到要因此被抓走我就受不了，受不了离开我的家，离开我的生活习惯和我熟悉的人。"

"啊！"塔鲁问道，"您想到上吊自杀，就是这个缘故？"

"是啊，当然，干了一件蠢事。"

里厄这才头一次开口，对科塔尔说，自己理解他那种忐忑的心情，但是到时候，也许什么都会解决。

"嗯！我知道，眼下我无需担心什么。"

"看起来，"塔鲁说道，"您不会参加我们的志愿队。"

对方则用手摆弄着帽子，朝塔鲁抬起游移不定的目光。

"不要怨恨我。"

"当然不会。不过，"塔鲁说道，"您至少也不要故意传播细菌哪。"

科塔尔争辩说，他并不希望发生鼠疫，而灾难就这么降临了，如果这暂缓了他那案子，总归不是他的过错。这时朗贝尔来到门口，这位年金享有者正铿锵有力地补充道：

"况且，我也认为，你们会一事无成。"

朗贝尔得知，科塔尔并不晓得贡萨雷斯的住址，不过，总还可以再去那家小咖啡馆。二人约定次日见面。里厄表示渴望了解情况，朗贝尔就请他和塔鲁到客房去找他，周末晚上什么时候去都成。

次日早晨，科塔尔和朗贝尔去了那家小咖啡馆，给加西亚留话晚上见面，如有事不能赴约，就改为第二天。当天晚上，他们俩没有等来加西亚。第二天，加西亚终于来了，他默默地听朗贝尔讲述事情的经过。这些情况他还不了解，但是他知道，有些街区核查户口，实施二十四小时封锁。贡萨雷斯和那两个青年大概未能通过路障。不过，他所能做到的事，就是帮他们重新联系上拉乌尔。自不待言，这事儿两天之内是办不到的。

"看起来，"朗贝尔说道，"一切又得从头开始了。"

到了第三天，在一条街的街角见面，拉乌尔证实了加西亚的推测：地势低的街区实施了封锁。必须重新联系上贡萨雷斯。两天之后，朗贝尔和这位足球运动员一起吃午饭。

"蠢到这份儿上，"贡萨雷斯说道，"早就应该约定一个联系的办法。"

朗贝尔也是这种看法。

"明天早晨，咱们到那两个小伙子家里去，尽量全安排妥当。"

第二天，那两个小伙子不在家，于是留了话，约他们次日中午在中学广场见面。朗贝尔下午回旅馆，他那副表情，让碰见他的塔鲁十分惊诧。

"事儿不顺吗？"塔鲁问他。

"总是得从头开始。"朗贝尔回答。

他重申了原先的邀请：

"你们晚上来吧。"

晚上，两个人走进客房时，朗贝尔正躺在床上。他起身往准备好的杯子里倒酒。里厄接过递给他的那杯酒，问记者进展是否顺利。记者回答说他又重新转了一大圈，回到原点，很快就要最后一次赴约了。他喝了口酒，又加了一句：

"不用说，他们不会去的。"

"也不能把这当成一种规律。"

"你们还不明白。"朗贝尔答道，同时耸了耸肩膀。

"明白什么？"

"鼠疫。"

"啊！"里厄惊叹一声。

"是的，你们还不明白，这就表现在总是周而复始。"

朗贝尔走到房间一个角落，打开一台小型留声机。

"什么唱片？"塔鲁问道，"我听过。"

朗贝尔回答说是《圣詹姆斯医院》。

唱片放到中间，就听见远处传来两下枪声。

"打一条狗或者一个逃逸者。"塔鲁说道。

不大工夫，唱片放完了，而一辆救护车的鸣声越来越清晰，越来越大，从旅馆的窗下呼啸而过，随后鸣声渐小，最终消隐了。

"这张唱片没什么意思，"朗贝尔说道。"而且算起来，今天我听了有十遍了。"

"您就这么爱听吗？"

"不是，我就这么一张。"

过了片刻，朗贝尔又说道：

"我还是要对你们讲，这就表现在总是周而复始。"

他问里厄防疫队组建进展如何。已有五支防疫队投入工作，还希

113

望组建几支。记者坐到床上，仿佛专心检查自己的指甲。里厄在端详他那侧面的身影：躯体蜷缩在床边，显得短粗而健壮。他猛然发现朗贝尔也在注视他。

"要知道，大夫，"朗贝尔说道，"你们的组织，我也想了很多。我没有跟你们一起干，也有我自己的理由。说起别的方面，我认为我还能够奋不顾身，我参加过西班牙内战。"

"站在哪一边？"塔鲁问道。

"站在战败者的一边。但是事后，我也思考了一下。"

"思考什么？"塔鲁问道。

"思考勇气问题。现在我知道，人能有壮举，但若是不能有崇高的情感，我也不感兴趣。"

"我倒觉得，人无所不能。"塔鲁说道。

"不然，人就是不能长期忍受痛苦或者享受幸福。凡是有价值的东西，人都无能为力。"

朗贝尔注视他们，接着又说道：

"喏，塔鲁，您能为爱情而死吗？"

"说不好，但是我觉得，现在不能。"

"果然。您能为一种理念而死，这一眼就看得出来。而我呢，已经厌倦了为理念而死的人。我不相信英雄主义，知道那很容易做到，也了解死了很多人。我所感兴趣的是，人要为自己所爱而活着，而死去。"

里厄专心听完记者的这番话，他目不转睛，看着朗贝尔，语气和蔼地说道：

"人不是一种理念，朗贝尔。"

记者跳下床，激动得满脸通红。

"这是一种理念，而且从背离爱的时候起，就成为一种短视的理念了。恰恰如此，我们再也不能爱了。我们只好认了，大夫。等待我们变得能够爱的时候吧，如果真的不可能爱了，那也不要硬充英雄，我们就等待全体解脱吧。我呢，也就不再往深里想了。"

里厄站起身，脸上突然显露倦怠的神色。

"您说得对，朗贝尔，说得完全有理，而我无论如何，也绝不会让您背离您要做的事情，觉得这是正确的，是好事。然而，我还是应该告诉您：这一切与英雄主义无关，而是诚挚的问题。这种理念也许会惹人发笑，但是同鼠疫作斗争，唯一的方式就是诚挚。"

"诚挚是指什么呢？"朗贝尔问道，表情也忽然变严肃了。

"我不知道诚挚通常指什么。但是就我的情况而言，我知道诚挚就是做好本职工作。"

"哼！"朗贝尔恨恨说道，"我不知道什么是我的本职工作。我选择爱情，也许确实走错了路。"

里厄正面看着他。

"不，"里厄有力地说道："您没有走错路。"

朗贝尔若有所思地注视着他们。

"你们二人，你们做这一切，想必不会有任何损失。如此这般，站到好的一边很容易。"

里厄干了杯中酒。

"好了，"他说道，"我们还要办事儿。"

他走出去了。

塔鲁正要跟出去，好像又改变了主意，转身走向记者，对他说道：

"里厄的妻子远在数百公里之外，正在一家疗养院里疗养，这情况您知道吗？"

朗贝尔不禁吃了一惊，可是塔鲁已经走了。

次日一大早，朗贝尔就给里厄大大打电话：

"我愿意和你们一起干，直到我有了办法出城为止，您肯接受吗？"

电话线另一端一时沉默不语，继而说道：

"接受，朗贝尔。我要谢谢您。"

第
三
部

整整一周时间，鼠疫的囚徒们就这样拼命挣扎。看得出来，其中有些人，如朗贝尔，甚至臆想他们还像自由人一样行动，还可以自主选择。然而，到这一时刻，到了八月中旬，可以说实际上，鼠疫已经席卷了一切。因此，个人命运已不复存在，唯有一段集体的历史，即鼠疫和所有人的共同感受。感受最深的莫过于骨肉分离和放逐感，以及其中包含的恐惧和反抗。因此之故，叙述者认为，值此暑热和疫情达到高峰之际，应当描述一下总体形势，举例说明我们活着的同胞过激的行为，描述一下死者埋葬的情景和情侣分离的苦痛。

　　正是这一年的中期，大风刮起，一连数日扫荡这座疫城。奥兰城居民特别惧怕大风天，因为城池坐落在高地上，毫无天然屏障。狂风可以长驱直入，灌进大街小巷，势不可当。数月之久，没下一滴雨，全城覆盖着一层灰尘的薄壳，被大风掀起来，尘土和纸片随风飞扬，势如浪涛，击打着日渐稀少的散步者的腿脚。只见他们用手帕或手掌捂住口鼻，弓着身子在街上疾行。暮晚时分，大家不再聚在一起，尽可能延长时日，恐怕每一天都可能是末日，现在只能遇见一小股一小股的人，脚步匆匆，赶回家或者走进咖啡馆。因而刮大风那几天，暮色降临得快些，街巷空荡荡的，只有风持续不断地悲鸣。始终看不见的大海波涛汹涌，卷起一股海藻和盐的气味。这座不见人迹的城市，被尘土染成白色，充斥着海水的气味，回响着风的呼啸，当时就像一座苦难的孤岛那样哀吟。

　　此前，鼠疫肆虐，城郊街区的受害者大大多于市中心区，因为城郊人口密集，居住条件差。不料，鼠疫突然发威，逼近商业区，也在市中心立足了。居民指责狂风把传染病细菌运送过来。"大风把事情全扰乱了。"旅馆经理如是说。且不论究竟如何，市中心街区的居民心知肚明，现在轮到他们头上了，无怪乎深夜里，他们越来越频繁地听到，救护车鸣叫着从他们家窗下驶过，那正是鼠疫悲切而轻慢的召唤。

即使在城内，当局也想到将疫情格外严重的街区隔离开来，只准许执行必要公务的人员出入。一直生活在这些街区的人，都不免认为这项措施是故意捉弄他们，不管怎样，相比之下，他们就把其他街区的居民视为自由人了。而其他街区的居民身处艰难时刻，一想到还有比他们更不自由的人，倒觉得有一种安慰了。"总有囚禁得比我们还严的人"，这样一句话概括了当时唯一可能心存的希望。

差不多就在这期间，火灾也频频发生了，尤其靠近西城门的娱乐街区。据了解，那是检疫隔离期满的人纵的火，他们死了亲人，遭到不幸的打击，一时神经错乱，便放火焚毁自己的房子，幻想将鼠疫葬于火海。这种举动极难制止，火灾频仍，又借狂风之势，将整片整片街区时刻置于危险之中。当局对房屋全面消毒，足以排除传染的危险，怎么宣传也无济于事，只好颁布法令，严惩头脑简单的纵火者。让那些不幸的人望而却步的，当然不是会坐牢的想法，而是所有居民都确信坐牢就等于判死刑的考量，这也事出有因：根据统计数字，市监狱里的死亡率极高。居民确信这一点，当然不是毫无依据。由于显而易见的原因，鼠疫似乎特别喜欢袭击习惯过集体生活的人群，如士兵、修道士、囚犯等。有些囚徒虽然单独关押，但监狱毕竟是一个群体。就说本市监狱，狱卒也和囚犯一样，要向疫病进贡，便是一种明证。从鼠疫高瞻的角度来看，监狱所有人，从典狱长一直到命不值一钱的囚犯，无不判了死刑，也许这是破天荒第一次，一种绝对的公正统治了监狱。

当局力图将等级制度引入这片碾平的地界，打算授勋给死在监狱岗位上的看守也是枉费心机。既已颁布了戒严令，从某种角度看，监狱看守可以被视为征召入伍的军人，于是他们死后便被授予了军功章。然而，即若囚犯们没有提出任何异议，军界可不怎么看好，并且理直气壮地指出，这会在公众的头脑里造成令人遗憾的混乱。当局接受了他们的要求，认为最简便的办法，就是给死去的监狱看守追授抗疫奖章。但是，对于头一批人，错已铸成，又不能收回已授予他们的军功章，军界就仍然坚持己见。另一方面，所谓的抗疫奖章，也有其弊病，不能像授军功章那样激励士气，因为在闹瘟疫期间，获得这种奖章不足为奇。结果人人都不满意。

况且，监狱系统的行政管理，不可能像教会的高层，更不能像军事当局那样运行。市内仅有两座修道院，修道士实已分散，临时住进虔诚信徒的家中。同样，每当可能实施，军营便派出小分队，驻扎到学校和公共大楼里。因此，这场疫病看似迫使居民像围城中的人那样万众一心，但同时也摧毁了传统的关系，把个人重又投入孤独的状态。这就造成了全城恐慌。

可以想见，这些情况集中显现，再借助风势，也在一些人的头脑里引起大火。夜间，各个城门重又遭受袭击，而且事件发生多起，但这次肇事者却是几小股武装分子。双方交火，打伤了几个人，有几个人闯出城去。于是，城门加强了守卫，很快就遏制了逃跑的企图。然而，这种企图困在城里，又足以煽起动乱之风，导致几桩暴力事件。有些房舍失了火，或者由于防疫原因而查封，就被人抢劫一空了。其实，这些行为很难讲是有预谋的。在大多情况下，突然有了机会，本来正派的人就顺势做出应受谴责的行为，而且当场就有人效仿。就这样出现一些胆大妄为的人，冲进正在燃烧的房屋，根本不顾因痛苦而傻愣在一边的房主人。许多围观的人一见房主都不管不问，也就跟着冲进去。于是就出现这种场景：在这条昏暗的街道上，只见火光中憧憧黑影四处逃散，而那些黑影又因将熄的火焰的影映，或因肩扛物品或家具而变得奇形怪状。正是这些突发事件迫使当局将瘟疫状态视同戒严，并且实施相应的法令。枪毙了两个盗窃犯，但是此举能否起到杀一儆百的效果值得怀疑，只因瘟疫死了那么多人，枪毙两个也没人注意，无异于沧海一粟。事实上，类似的场景时常重演，也不见当局想要管管的样子。实行宵禁是唯一给人留下深刻印象的措施。夜里十一点开始，全城便化作石头，沉没在一片黑暗中。

在挂着月亮的天穹下，城里排列着一面面灰白色的墙壁、一条条笔直的街道，从未映现过黝黑的树影，从未被游荡者的脚步声或犬吠声打扰过清静。这座寂静的庞大城池，就完全化为死气沉沉的一堆高大的立方体，中间夹杂着一尊尊默默无言的雕像：唯独这些早已被人遗忘的慈善家，或者永远禁锢在青铜躯壳里的古代伟人，还试图通过他们的石雕或铁铸的假面具，向人昭示世人曾经的光彩逐渐褪去的形象。在厚重的天幕下，在毫无生气的十字街头，这些平庸的偶像高高居于宝座上，这些冷漠的凶煞，相当形象地展现了我们进入的僵化不变的统治，起码展现了这个世界的最后秩序，即由鼠疫、石头和黑夜最终窒息一切声音的大墓地。

而且，黑夜也侵占了每个人的内心，这些真实情况，也像转述的关于丧葬的传说，都不能让我们的同胞放心了。因为，丧葬问题必须谈谈，叙述者不揣冒昧，心里明知这可能引起别人对他的指责，而他唯一能为自己辩解的理由，就是丧葬贯穿那个时期的全过程，在一定程度上，他也跟所有同胞一样，被迫关心丧葬问题。不管怎么说，他对葬礼的仪式不感兴趣，恰恰相反，他更喜欢跟活人社会打交道，譬如说海水浴。不过，总体来说，海水浴早已取缔，活人社会终日惶惶不安，恐怕不得不退让给死人社会。这是一目了然的现状。当然了，人总还可以尽量视而不见，蒙上眼睛，拒绝面对，然而，明显的事实自有巨大的威力，最终总要荡涤一切。譬如说，您所爱的人需要埋葬的那天，您有什么办法拒绝去参加葬礼吗？

说起来，我们的葬礼起初的特点，就是草草了事！所有程序都简化了，就一般而言，殡仪馆那一套统统取消。患者死在远离家人的地方，还打破习惯，禁止夜间守灵，因此，晚上死的人独自过夜，白天死的人立时埋葬。当然要通知家属，但是大多数情况下，家属也不能随意走动，因在患者身边生活过而还在检疫隔离。如果家属不曾与死者同住，那么他们就按照指定的时间到达，随棺木一道前往公墓，届时死者的遗体已经擦洗干净入殓了。

我们姑且假定，这道程序就在里厄大夫主持的附属医院进行。学校主楼后身有一条走廊出口，对着那条走廊的一大间屋原本堆放杂物，现在暂放一口口棺木。家属赶到那条走廊，看到只有一口已封盖的棺木。当即进入最重要的程序，由死者家长在文件上签字。随后便把盛有遗体的棺木抬上车，有时还是真正的灵车，有时则是改装的大型救护车。家属便登上一辆还准许运行的出租车，于是，两辆汽车开往墓地，沿着城郊街道疾驶，到达城门口，宪兵拦下车队，在官方颁发的通行证上盖了印章。没有这张通行证，就根本得不到我们同胞所说的最后归宿。宪兵们闪开一条路，两辆车开到方形墓地停下来，只见许多墓穴等待填满。一位神甫迎候，因为取消了教堂里的追思仪式。在祈祷声中抬出棺木，拴上绳索，拖到墓穴边放下去，触到墓穴底部之后，神甫便摇晃着圣水瓶洒下圣水，紧接着，第一铲土就落到棺盖上弹起来。救护车稍微提前开走进行消毒，随着一铲铲土填下去，撞击的声响渐渐低沉，家属也都挤进出租车。一刻钟之后，他们又回到家中。

由此可见，丧葬的全过程，确实以最快的速度完成，又冒最小的风险。毫无疑问，至少在初期，这样做伤害了家人的亲情。然而，在闹瘟疫期间，就不可能考虑这么多了：为了效率，一切都舍弃了。希望体面地安葬亲人，这种意愿比大家想象的还要普遍，如果说那种安葬法起初给民众的精神造成苦恼，那么幸而过了不久，食品供应成为最难解决的问题，居民的注意力便为之转移，忧虑这种更急迫的事了。大家想要吃饭，就得排队，走各种门路，办各种手续，精力全被占用了，也就没有闲工夫去想周围的人如何死法，自己有一天死了怎么办。这样一来，物资匮乏原本是坏事，随后又显出其裨益来。大家都看明白了，如果不是鼠疫这样蔓延，本来什么事都可以心满意足。

就连棺木也越用越少，裹尸布和公墓的穴位也供不应求。必须另想办法。始终从效率出发，最简便之法，似乎就是分批举行葬礼，如有必要，灵车就连续多次往返于医院和墓地之间。例如，里厄主持的医院便是如此，这一阵可供支配的只有五口棺材，一旦盛满遗体，便装上救护车运至墓地。铅灰色的尸体从棺木里移到担架上，停放在临时改为停尸间的库房里。腾出来的棺材喷洒灭菌液消毒之后，再运回医院，接着重新送葬，根据需要，多少次都不在话下。可见，丧葬的组织工作有条不紊，省长表示相当满意。他甚至还对里厄说，看历史记载，从前发生鼠疫，尸体堆在火车里，由黑人运走；比较起来，说到底，这里要好多了。

"是的，"里厄说道，"同样是埋葬，但是我们不同，我们为死者做了卡片。这种进步是不容置疑的。"

尽管行政工作取得了这些成绩，现在这种丧葬程序的特点还是令人不快，省政府迫不得已，就不准亲属参加葬礼了，只能容忍他们来到公墓的门口，但这也不是官方的规定。因为，就连葬礼的最后程序，情况也稍有变化。公墓最里端有一片空地，长满了乳香黄连木，在那里挖了两个大坑：一个男尸坑，另一个是女尸坑。从这个角度看，政府还算尊重社会习俗，只是过了很久之后，为形势所迫，才丢弃这最后一点廉耻，顾不得体面了，无论男女，都胡乱一起掩埋了。所幸这种极端的混乱，仅仅标志这场灾难到了尾声。在我们所关注的那个阶段，男女分葬还存在，省政府也特别坚持这种分葬法。每个大坑的底部，垫了厚厚一层生石灰，总在冒烟沸腾。坑边的生石灰堆成小山，溢出的气泡升到空气中便啪啪爆裂。救护车一趟一趟运送完毕，担架排列起来，让一具具略微弯曲的赤裸尸体滑落到坑里，差不多相互挨着，这时，就给尸体覆盖上生石灰，再填一层泥土，厚度适可而止，还要给后来的宿客留下空间。次日，家属应邀前来在登记簿上签字，这表明人与其他生灵，例如与狗之间，可能存在的差异：人始终可以核查。

所有这些勤务都需要人手，始终处于告急的前夕。这些护士和掘墓人，起初都是政府员工，后来便临时聘用，他们许多人都死于鼠疫。不管采取何等防护措施，总有一天要受到传染。不过，真要仔细想想，最令人惊奇的是，在瘟疫流行期间，自始至终也不缺少干这行的人手。最紧张的阶段，出现在鼠疫达到高峰之前不久，里厄大夫当时的忧虑也不无道理。无论是干部，还是他所说的粗活工，人力都捉襟见肘。然而，正是从那时候起，鼠疫真正席卷全城，猖獗到极点，完全打乱了经济生活，反而带来了解忧的后果，造成了大量失业人员。在大多数情况下，失业者不是聘用干部的来源，但是应招干粗活的则大有人在。的确，也正是从那时候起，显见贫困比恐惧更厉害，尤其是干的活儿越危险报酬越高。各个卫生组织都有一份求职者名单，位置一旦空出来，立即通知名单上靠前的求职者，他们肯定会招之即来，除非在此期间，他们也腾出了在世间的位置。要不要利用有期徒刑或无期徒刑犯人干这种活儿，省长犹豫了很久，现在就能避免采取这种极端措施了，他认为只要有失业者，就可以等等再说了。

　　一直到八月底，我们死难的同胞还能勉勉强强被送到最后的归宿，虽然谈不上体面，至少还算有点章法，当局也就心安理得，总归尽职尽责了。不过，必须稍微提前谈谈后来的局势，才能介绍一下当局不得不采取的极端手段。实际上，从八月份起，鼠疫就保持着高压态势，死难累积的人数，大大超出了我们小小公墓所能接纳的容量。即便拆掉部分围墙，扩出来地段埋葬死者，也还是杯水车薪，必须从速另谋良策。起初决定夜间埋葬，这就一下子省了许多麻烦，不必有所顾忌了。救护车里可以越来越多堆放尸体了。不料还是被一些行人看到了，他们在宵禁之后，不顾任何法令，还迟迟在城郊街区游荡（或者一些去上班的人），有时就遇见一长列白色的救护车疾驶而过，夜晚冷清的街道回响着低调的车铃声。急匆匆地，尸体全被扔进坑里，不待晃动的死者静止下来，一铲铲生石灰便扔下去，砸在他们的脸上：坑越挖越深，泥土掩埋的尸坑已不辨姓名了。

　　然而，时过不久，又不得不另寻出路，扩大地盘。省政府一个决定，就剥夺了墓主的永久居住权，遗骸挖出来送到火葬场。紧接着，死于鼠疫的人也都送去火葬。于是，又得起用东城门外的旧焚尸炉。

守卫的岗哨设置到更远的地方，好在市政府的一位职员提出建议，利用现已弃置的沿海岸悬崖行驶的有轨电车运送尸体，这就大大方便了当局的工作。为此，电车的机身和车身内部进行改装，拆除全部座位，同时轨道改线延长，焚尸炉也就成了终点站。

整个夏末那段时间，秋雨连绵，每天深夜就能看见一辆辆没有乘客的奇特有轨电车，沿着海岸峭壁摇摇晃晃地行驶。居民终于知道了那是怎么回事，尽管有巡逻队禁止闲人走上峭壁的路段，三五成群的人还是溜进俯瞰大海的岩壁之间，往经过的电车上抛鲜花。因此，在夏夜里，还能听见满载鲜花和尸体的电车咕隆咕隆行驶的声响。

每天凌晨前后，至少最初几天，一片令人作呕的浓烟笼罩了东城街区。医生们一致认为，这种烟雾气味固然难闻，但是不会危害任何人。然而，这些街区的居民则坚信，鼠疫能乘烟雾空降袭击他们，当即威胁要迁移；当局只好建造复杂的管道系统排烟，总算让居民平静下来。只是大风天，从城东刮来一股似有若无的气味，还提醒他们身处一种新的生存境况，每天夜晚，鼠疫的烈焰都在吞噬它的作品。

这正是瘟疫的最严重后果，所幸随后疫情没有再加剧，否则可以想见，我们各个行政机构的才干、省政府的措施，甚至焚尸炉的焚化能力，也许都应付不了局面了。里厄知道，已有万不得已的预想方案，如抛尸大海，也不难想象，尸体投下蓝色海面所溅起的巨大浪花。里厄也同样知道，统计数字如果继续上升，再怎么出色的组织也必定一筹莫展，省政府的措施就等于一纸空文，染病的人就会死在尸堆上，腐烂在街头，全城有目共睹，眼看着垂死者在广场上紧紧揪住活人不放，那种举动混杂着合乎情理的仇恨和愚昧透顶的希望。

不管怎样，正是这种明显的事实，或者这种直观的感受，维系我们同胞的流放感和离别感。在这方面，叙述者也完全清楚，这里根本没有任何引人入胜的东西可以报导，该有多么遗憾，譬如类似老故事中的那种鼓舞人心的英雄，或者不同凡响的行为。须知最不引人入胜的事情，莫过于一场灾难了，光是持续较长时间这一点，大灾大难就够单调的了。鼠疫流行的那些可怕的日子，在经历者的记忆中，不像大火那样壮观而又残酷，倒像无休无止的来回践踏，所经之处一切都辗得粉碎。

不，这场鼠疫跟里厄大夫的想象不可同日而语，绝非瘟疫初起时萦绕他头脑的那种激情澎湃的壮观景象。首先，这场鼠疫运行良好，如同一种谨慎而无可挑剔的行政管理。因此，顺便说一句，叙述者的态度倾向于客观，以求杜绝歪曲事实，尤其杜绝昧良心的话。他几乎不肯为求艺术效果而改变什么，仅仅照顾到叙述大体连贯的基本需要。正是这种客观性本身指导他现在要说，那个时期的巨大痛苦，最普遍又最深重的痛苦，如果说是生离死别的话，重新描绘鼠疫的那个阶段，如果说在思想上是责无旁贷的话，那么这种痛苦本身当时就丧失其感人的特点，也同样是千真万确的。

我们的同胞，至少是那些受离别之苦最深的同胞，是否习惯了那种境况呢？断言他们已经习以为常了，恐怕不完全准确；若是说在身心两方面，他们都饱受枯槁之苦，也许更加确切些。鼠疫流行的初期，他们还能清楚地记得失去的亲人，并且时时缅怀。然而，如果说他们能清晰地回忆起心上人的音容笑貌，回忆起始自哪一天，他们开始铭记心上人的幸福时光，那么他们却想象不出就在他们思念的此时此刻，对方远在天涯可能在做什么。总而言之，那一阵子，他们记忆力很好，但是想象力不足。到了鼠疫的第二阶段，他们也同样丧失了记忆力。倒不是说他们忘记了那副面容，而是说那不再是有血有肉的面容——其实这是一码事儿，他们在内心深处已经看不见了。于是，在头几个星期，他们就喜欢抱怨在情事爱意中，他们只能跟影子打交道了，继而又发觉，这些影子也还能变得更加干瘪，乃至连残留在记忆中的那点色彩也化为乌有。这样长久别离到头来，他们再也想象不出他们曾耳鬓厮磨的这种柔情蜜意了，也想象不出怎么可能有个人曾经生活在他们身边，他们随手就能触摸到呢。

从这个角度来看，他们才算步入了鼠疫的法则，而这种法则越是平庸就越有效力。我们中间再也没人满怀豪情壮志了。所有人的感受都十分单调。"这种状况也该结束了。"我们的同胞总这样讲，也是因为在大灾期间，盼望集体受难结束完全是正常的，而实际上这也是人心所想所愿。不过，这种愿望讲出来，已没有了初期那种火辣或尖刻的情绪，只有我们还清楚的那几点可怜巴巴的理由。头几个星期所表现的那种激愤，已被一种沮丧的情绪所取代，而这种沮丧情绪，认作是听天由命恐怕有误，但也不失为一种暂时的默认。

我们的同胞已经随和顺从了，可以说已经适应了，只因不如此也别无他法。自不待言，他们对不幸和痛苦还有自己的态度，但是感觉不到椎心泣血之痛了。况且，就拿里厄大夫来说，他认为这恰恰就是不幸，安于绝望比绝望本身还要糟糕。从前，相分离的人算不上真正的不幸，他们的痛苦中还有一点灵光，而现在这种灵光也已然熄灭了。现在，无论在街头巷尾，在咖啡馆还是朋友家中，看他们那呆呆的、心不在焉的样子，看他们眼中那种百无聊赖的神色，就会明白正是借助于他们，整座城市就堪称一座候车大厅了。至于那些有职业的人，他们做事也按鼠疫调整了步调：谨小慎微而又无声无息，人人都低首下心。相睽违的人，第一次打消了心理障碍，跟人谈谈在异地他乡的亲人，并且使用大众的语言，还以瘟疫的统计数字的角度来审视他们的别离。在此之前，他们避之犹恐不及，绝不肯将自己的痛苦跟不幸混为一谈，可是现在，他们却接受了这种混淆。他们没了记忆，也没了希望，就立足于当下了。其实，在他们眼里，一切都变为当下了。实话实说，鼠疫剥夺了所有人爱的能力，甚至剥夺了友爱的能力。因为，爱要求一点儿未来，而我们只剩下一些当下的瞬间了。

当然，这一切没有什么是绝对的。即便分离者真的都到了这种地步，也还应该补充一句，并不是所有人都同时落到这种境况，因而一旦确定了这种新的姿态，由于灵光闪现，猛然醒悟，这些病态的人又重获一种更为时新、更为痛苦的敏感性。于是，分心消遣的时刻就有必要了，他们在这种时刻，就当鼠疫已经结束，拟定了某种计划。他们一定得有点运气，意外地感到了毫无来由的一种嫉妒的咬噬。另一些人也会找到忽然再生的感觉，一周里有些天脱离麻木不仁的状态，当然是星期天，还有星期六下午，因为亲人在家那时候，这两个日子总是用来做习惯性的活动。再不然，到了暮晚时分，一股忧伤涌上心头，向他们警示，但是并不总能得到证实，他们即将恢复记忆了。对于信徒来说，傍晚正是反省的时刻，而这一时刻，对于囚徒或者流放者特别难熬，只因他们内心空虚，毫无反省的依据。一时间，他们恍若身悬半空，继而，他们又返回麻木状态，禁锢在鼠疫的淫威之中。

大家已然明白，这就等于放弃他们最为个性的方面。鼠疫初起那段时间，他们为一大堆自己十分看重的小事而苦恼不堪，生活中丝毫也不关心他人，一味体验着个人生活；现在则相反，他们的兴趣完全放在别人感兴趣的事情上，头脑里只有公众的想法了，就连他们的爱情，在他们的心目中，也化为极抽象的面貌了。他们自暴自弃，完全听任鼠疫的摆布，有时甚至但求长睡不醒，还不由自主地想道："腹股沟淋巴结炎，赶紧完蛋！"其实，他们已经处于睡眠状态，而整个这段时间，无非就是长眠。全城尽是醒着的睡眠者，他们难得有真正逃脱自己命运的时刻，只是寥寥数次，他们看似愈合的伤口，在夜间突然又开裂了。他们猛地惊醒，漫不经心地摸了摸创伤，恼怒地咬起嘴唇，刹那间重温了猝如新创的伤痛，同时又见到心爱的人惊慌失态的面孔。到了清晨，他们又回到灾难中，亦即复归抱残守缺的状态。

不过，有人会问，这些相暌违的人究竟像什么样子呢？说起来很简单，他们什么也不像。如果爱这么讲也行，他们像所有人，一副完全普通的模样。他们冷漠，躁动不安，跟全城协调一致。他们丧失了批评意识的表象，同时却获取了冷静的表象。譬如说，可以看到他们当中最聪明的人，也佯装跟所有人一样，在报纸上或者无线电广播里寻找理由，相信这场鼠疫很快就会结束，表面上还构思虚无缥缈的希望，或者读到一名记者闲得无聊，打着呵欠随手写的评论，就毫无根据地感到恐惧。除此之外，他们喝啤酒还是护理病人，终日懒洋洋的还是忙得疲惫不堪，整理登记卡片还是放放唱片，他们彼此并没有什么别的差异了。换言之，无论做什么，他们都不再有所选择了。鼠疫已消除了价值判断。这种情况可见之于他们的生活方式：他们不再注重购买的衣服或食品的质量了。大家都全盘接受一切了。

最后，可以这样说，分离的人没有了起初他们赖以自保的这种特权。他们已经丧失了爱情的自私性以及从中获取的益处。至少是现在，形势已明朗：这场灾难殃及所有人。我们所有人，在城门口响起的啪啪枪声中，在印戳一下下敲出我们生死的节奏中，在一场场大火和一张张卡片中，在恐怖和行政手续中，我们都注定死得颜面尽失，但是登记在册，在滚滚的浓烟和救护车悠缓的铃声中，我们都啃着同样流放的面包，都无意识地等待着同样忧心惨切的相聚和安宁。固然，我们的爱始终还在，但是派不上用场，成为负担，死沉死沉地附在我们身上，如同罪恶和刑罚那样的不毛之地，完全化为一种毫无前景的耐性，一种执拗的等待。从这个观点看来，我们有些同胞的态度，能让人联想到本城各处食品店门前所排的长队。同样，安于现状，同样，隐忍不言，既遥无尽头，又不抱幻想。这种感受还必须提升上千倍，才谈得上离别之苦，因为那是另一类饥渴，可以吞噬一切的饥渴。

不管怎样，假如想要准确把握本市相睽离者的精神状态，就必须再度回顾那些恒久不变的金色黄昏：在尘土飞扬中，暮色降临这座无树木的城市，正当男男女女拥上大街小巷。因为，那景象十分奇特：平屋顶晒台仍然沐浴在残照中，但是升上去的不再是往常构成市井语言的汽车和机器的轰鸣，而仅仅是嘈杂的脚步声和低沉的话语，那是在沉重的天空里，成千上万双鞋按照瘟疫呼啸的节奏痛苦地移动，总之是无休无止的踏步，汇成令人窒息的声响，渐渐充斥全城，而且夜复一夜，赋予盲目的执着最忠实、最沉郁的声音，于是在我们心中，这种执着替代了爱情。

第
四
部

在九月和十月期间，鼠疫牢牢控制着这座委顿的城市。既然处于原地踏步的状态，那么全城数十万人，还是一周又一周没完没了地原地踏步。雾气、炎热和雨水，相继统御着天空。南来的椋鸟和斑鸠，一群群悄无声息地飞越高空，绕开这座城市，仿佛惧怕帕纳卢神甫所讲的连枷，这种安在房顶呼呼作响的古怪木制工具。十月初，骤雨阵阵袭来，荡涤了街道。在这段时间，没有发生任何重大事件，依旧是大规模的原地踏步。

里厄和他的朋友们这时才发现，他们疲惫到何等程度。实际上，卫生防疫队人员再也消化不了这种疲劳了。里厄大夫觉察出这一点，还是观察到他的朋友们和他本身，滋长了一种不寻常的冷漠态度。譬如说，他们这些人一直特别关注疫情的所有消息，现在却根本不闻不问了。朗贝尔已临时受命，领导不久前设在他下榻旅馆中的检疫隔离室，有多少人接受观察，他全了若指掌。他也熟识紧急撤离办法的每个细小环节，是他为突然显出疫病征兆的人而制定的。检疫隔离者注射血清后的反应数据，无不铭刻在他的头脑里。然而，他却不能说出每周有多少人死于鼠疫，也确实不知道疫情进退的情况。而他不顾这一切，仍然抱着即将出城的希望。

至于其他人员，他们日夜忙碌，既不看报，也不听广播。如果向他们宣布某一成果，他们也佯装很感兴趣，但是实际上听不听都无所谓，那种漠然的态度，令人联想起大战时期的战士，他们修筑工事累得精疲力竭，但求能支撑下去，每天尽到本分，不再期望什么决战、什么停战的那一天。

格朗还继续进行疫情所必要的统计，当然不可能指明全面的结果。比较起来，塔鲁、朗贝尔和里厄，显然都能吃苦耐劳，格朗则相反，身体向来不好，而他却几样工作一身担，既在市政府做助理工作，又兼任里厄的秘书，夜晚还要加班干自己的活儿。因此可以看到，疲于奔命是他的常态，完全由两三个固定的念头支撑着，其中一个就是鼠疫过后，打算休个长假，起码一星期，那样他就可以扎扎实实，"兢兢业业"，干他正在干的事儿了。有时他也会忽然动了情，于是主动跟里厄谈起雅娜，心里琢磨此时此刻，她可能在什么地方，她若是看报，是否会想到他呢。而里厄从来没有跟他谈过自己的妻子，有一天却出乎意料，以十分平常的口气说起来。妻子打来一封封电报，总让他放心，他拿不准是否真如此，便决定打电报给那家疗养院的主任医师，询问他妻子的治疗情况。他收到回电获悉，女患者病情加重，但是疗养院保证尽一切努力，遏止病情恶化。而这条消息，他一直埋在心里，这次不知道为什么，也许是身心疲惫的缘故，要不怎么向格朗吐露心事呢。这名职员向他说起雅娜，然后就询问他妻子的情况，里厄也如实回答。格朗接着便说："您也知道，这种病现在完全可以治愈。"里厄表示同意，只是想说，开始觉得分离时间不免长了，他若是在身边，也许能帮助妻子战胜疾病，而如今她一定感到十分孤单。随后他就住了口，格朗再问他什么，他回答就含糊其辞了。

　　其他人也处于同样状态。塔鲁倒是更有耐力，不过，他的笔记还是表明，他那好奇心深度虽说未尝稍减，却丧失其广度了。的确如此，这个阶段自始至终，看样子他只对科塔尔感兴趣了。他下榻的旅馆改为检疫隔离所之后，最终他就住进里厄家中。晚上，格朗或者里厄大夫说起统计结果，他不大注意听，马上转移话题，扯到他通常关注的奥兰人生活细节上去。

　　至于卡斯泰尔，他来向里厄大夫宣布制成了血清的那天，二人就决定首先在奥通先生的小儿子身上试验，里厄刚巧接收这孩子住院，认为病情恐怕无药可医了；当时，里厄就向这位老朋友通报最新统计数据，不料却发现对方躺在他的扶手椅上，已经沉沉睡过去了。这张脸平时总那么温和而略带嘲讽，显出一副永远年轻的样子，现在突然放松了，只见一条流涎连接起微张的两片嘴唇，让人看出他的衰老之态，里厄不禁感到喉咙一阵发紧。

正是在感情如此脆弱之际，里厄才可能判断出自己的疲劳程度。他的敏感性失控了。大多数时间，他的敏感受到约束，显得冷酷无情，因而逐渐衰微，将他抛给他再也掌握不住的冲动。他唯一的护身法，就是躲避在这种冷面硬心肠后面，收紧自身所形成的纠结。他很清楚，正因为有这种好方法，他才得以干下去。此外，他并没有多少幻想，而劳累又夺走了他尚存的幻想，只因他心里明白，值此他看不见尽头的时期，他的角色不再是治病救人，而是作出诊断。发现病情，看到征兆，描述并记录下来，然后判为绝症，这便是他的任务。一些患者的妻子抓住他的手腕，哀号道：“大夫，救他一命吧！”然而，他职责所在，不是为了救命，而是命令隔离。他当即在人脸上看到的仇恨，又能解决什么问题呢？“您的心肠太狠了。”有一天别人对他这样说。其实不然，他心肠很好。正因为有这样一副心肠，他才每天能坚持二十小时工作，眼看着生于世上的人一个个死去。正因为有这样一副心肠，他才能周而复始，每天从头做起。从此往后，他的好心肠刚刚够他维持工作。这样一副心肠，怎么还有余力救人一命呢？

不，他整天整天分发给人的，并不是救护，而是情报。自不待言，这称不上男子汉的职业。不过，说到底，这群人已经丧魂失魄，数量锐减，还容得谁有这份闲暇去从事男子汉的职业呢？感到疲劳还算是幸运。假如里厄真的精神头儿更足些，那么，到处弥漫的死亡气息，很可能要使他黯然神伤。人总是据实看待事物，也就是根据公正的原则，又丑恶又可笑的公正原则。而其他人，那些患了绝症的人，他们也都明显感觉到了。在闹鼠疫之前，大家接待他，如同接待救命恩人。他给打一针，再给三片药，就把人给治好了，病人家属紧紧搂住他的胳膊，沿走廊给他带路。这恭敬有加，但是也危险。现在则相反，他去患者家，要带着几名士兵，敲门必须用枪托，人家才肯开门。他们恨不得拖着他，拖着全人类，跟他们一起同归于尽。唉！千真万确，人脱离不开人，他跟这些不幸的人同样陷入绝境，他离开他们时内心增长的这种怜悯的颤动，其实他本人也理应得到。

至少在这漫长的几周时间，里厄大夫的种种思绪，同他处于分离者状态的念头纠缠在一起。他看出这些念头在他朋友们的脸上也反映出来了。不过，疲惫逐渐侵袭所有继续跟瘟疫进行这场斗争的人，最危险的后果并不在于漠视外界发生的事件以及别人情绪的变化，而在于自己疏忽松懈，放任自流了。只因当时他们表现出一种倾向，避免任何并非绝对必要、在他们看来力不能及的举动。这些人就是这样越来越忽略他们自己制定的卫生规则，忘记他们必须对自身多次消毒的某些规定，有时甚至没有采取预防传染的措施，就跑去看肺鼠疫患者，因为他们总是在最后一刻接到通知，要尽快赶往受到疫病感染的家庭，而他们出发前，再回到某个医疗点实施必要的消毒，想想就力不能支了。这才是真正的危险所在，须知正是跟鼠疫进行的这场斗争，才把他们置于最容易受感染的境地。总之，他们是在跟运气打赌，而运气不由任何人支配。

然而，在这座城内却有那么一个人，看样子既不疲惫不堪，也不灰心丧气，始终是一副心满意足的活形象。此人正是科塔尔。他继续我行我素，同时也跟别人保持关系。不过，他早有选择，经常去看塔鲁，只要塔鲁的工作安排得开，一方面因为塔鲁了解他的底细，另一方面也是因为塔鲁善于待人接物，对这个矮小的吃年金的人始终那么亲热。塔鲁虽然工作繁忙，却总是那么和气迎人，关心体贴，这真是一个长年累月的奇迹。即使是有些夜晚，他累得身体要散了架，但第二天起来，他重又精力旺盛了。"跟他这个人在一起嘛，"科塔尔就对朗贝尔说过，"就能聊得起来，只因他是个男子汉，说什么都能够理解。"

因此，在这个时期，塔鲁的纪事就逐渐集中到科塔尔这个人物身上了。塔鲁要根据科塔尔向他吐露的，或者按照他的理解，概述科塔尔的反应和想法。这一概述题为《科塔尔和鼠疫的关系》，在这本笔记中占了好几页，叙述者认为有必要在此作一简介。对这个矮小的吃年金的人，塔鲁总的看法可以概括为一句话："这个人物在成长。"而且看起来，他在好心情中成长。他对事态的这种变化谈不上不满。他在塔鲁面前，有几次用这样生动的话，坦露他内心深处的想法："当然了，这种境况不见得好。但是至少，每个人都不能置身事外。"

"那是自然，"塔鲁附记道，"他跟其他人一样面临威胁，但问题恰恰是，他跟其他人处境一样。此外，可以肯定，他并不真的认为自己能感染上鼠疫。他似乎就依赖这种念头生活：一个人身患重病，或者有一种深度忧虑，也就同时免除了其他所有疾病或忧虑，这种想法还真不那么愚蠢。他就对我说过：'您注意到了吗，人不会兼得多种疾病。假如说，您患了重病或者不治之症，患了严重的癌症，或者名副其实的肺结核，就绝不会再感染上鼠疫或者斑疹伤寒，那是不可能的。还有一种情况，就更不可能了，因为，您从未见过一名癌症患者死于车祸。'这种想法不管对错，总归能让科塔尔保持好心情。只有一件事他不希望发生，那就是同其他人分开。他宁肯同大家困在一起，也不愿意独自去坐牢。现在闹了鼠疫，就谈不上暗中调查，立档案，填卡片，秘密审讯并立即逮捕了。严格说来，这里没有了警察，也没有了新旧罪案和罪犯，只有坐以待毙的患者，等待着极其专断的特赦，其中就有那些警察。"因此，始终按照塔鲁的解释，科塔尔在看待我们的同胞所表现出来的惊慌与忧虑时，完全有理由带着那种既宽容又理解的得意神情，那种神态可以用一句话来表达："尽管说下去，在你们之前我经历过。"

"归根结底，不同其他人分开的唯一办法，就是问心无愧，我怎么对他讲也是枉然。他恶狠狠地注视我，说道：'算了，照这样的话，谁跟谁也永远不会在一起。'接着又说道：'不信您就试试看，我先把话给您撂在这儿。能把人拢在一起的唯一办法，还得是给他们降下瘟疫。您好好看看自己的周围吧。'老实说，我完全理解他要讲的意思，理解如今的生活在他看来该有多么舒服。他怎么会看不出来所经之处，人人都是他从前那样的反应呢？譬如说，每人都力图让所有人跟自己在一起；给一个迷路者指路，有时表现得很热心，有时又显得很不耐烦；大家都急忙赶往豪华饭店，置身其间并久久逗留而感到心满意足；乱哄哄的人群，每天都拥到电影院门前排队，剧院和舞厅也都人满为患，总之，人群如汹涌的潮水，冲进了所有的公共场所；一方面规避任何接触，另一方面又渴求人的热情，把一些人推向另一些人，臂肘挨向臂肘，男性挨向女性。这一切，显然早在他们之前，科塔尔都体验过了。除开女人，只怪他那副尊容……我猜想他感到自己要去嫖妓时，临阵就会打退堂鼓，以免给人留下坏印象，以后可能坏他的事。

"总之，鼠疫成就他的好事。鼠疫碰到一个孤独而又不甘寂寞的人，就结成了同谋关系。显而易见，他是个同谋，一个欣喜若狂的同谋者。他是所见一切的共犯。诸如这些惊魂的迷信，无缘无故的恐惧、毫无来由的恼怒；他们想尽量少谈鼠疫，却又不住嘴谈论的怪癖；他们得知这种病症初起的征兆是头疼，稍感头疼便惊慌失措，面失血色；最后还有，他们情绪极不稳定，神经脆弱，动辄发怒，将别人的疏忽视为冒犯，为短裤上失落一颗纽扣而伤心不已。"

晚上，塔鲁时常和科塔尔出去。后来，他在笔记中讲述，他们如何扎进暮色或夜色笼罩的黑压压一片的人群中，如何肩并肩投入一片黑白相间的群体，隔很远才有一盏路灯投下罕见的亮光，而他们陪伴大群人走向欢乐的场所，抱团取暖来抵御鼠疫的寒冷。几个月之前，科塔尔到公共场所要寻求的，他梦寐以求而又得不到满足的奢侈豪华的生活，也就是荒淫无度的生活，现在成了全体市民的追求。于是物价飞涨，不可扼制，有人挥金如土，前所未见；正当大多数人缺少生活必需品的时候，奢侈品却从来没有像现在这样大量消费。应无所事事者，即失业者的需求，可以看到各种赌博娱乐业成倍增长。塔鲁和科塔尔有时尾随一对情侣好半天，知道那些情侣从前极力掩饰他们的关系，现在却紧紧偎依在一起，固执地在街上游荡，穿越全城，根本不理睬周围的人，正是热恋中有点儿专注，旁若无人的情态。科塔尔未免动了情，感叹道："嘿！好快活的青年！"他说话声音提高了，在集体的狂热中也心花怒放了，豪爽丢下的小费在周围当啷作响，而偷情野合就在他们眼前进行。

然而，塔鲁却认为，科塔尔的这种态度没有夹杂着什么恶意。他这句"我在他们之前就经历过了"，主要表明不幸而非得意。"我相信，"塔鲁说道，"他开始喜爱上这些囚禁在天空和城墙之间的人了。譬如说，如果办得到，他会主动给他们解释，其实这并不那么可怕。他就言之凿凿地对我说过：'您能听到他们讲，这场鼠疫过后，我要干这事儿，这场鼠疫过后，我要干那事儿……他们非但不过安稳日子，反而毒化了自己的生活。他们甚至连自己的利益都闹不清楚。就拿我为例，我怎么能说：我被捕之后，要干这事儿呢？被捕是个开端，而不是终结。至于鼠疫嘛……您想听听我的看法吗？他们那么不幸，是因为不能顺其自然。我这可不是随便乱讲。'

"的确，他不是随便乱讲，"塔鲁补充写道，"他准确地判断了奥兰居民的矛盾心理，说他们深深感到需要那种把他们拉近的热情，但同时又因为互不信任而疏远，不能真正地热诚相处。人人都清楚，不可能信赖邻居，邻人可能在您不知不觉中，把鼠疫传染给您，趁您松懈就让您感染上这种疾病。谁有过科塔尔那种经历，见过自己想结交的那些人当中可能有告密者，就能理解他这种感受。有些人很值得同情，他们生活中抱着这样的念头，鼠疫随时可能一把抓住他们的肩膀，而正当他们庆幸自己安然无恙的时候，也许鼠疫就准备行动了。就算有这种可能性，在恐怖的气氛中，科塔尔仍然自得其乐。只因早在他们之前，所有这些感受他都领教过，我认为面对这种前途未卜的折磨，他跟其他人的感受不可能完全相同。总之，他同我们这些还没有死于鼠疫的人在一起，就清楚地感到每日每时，他的自由和生活都处于毁灭的前夕。不过，他本人既然在恐怖中生活过，那么其他人也尝尝这种滋味，他认为是很正常的事。再确切点说，如果不是他独自一人承受，恐怖也就不显得那么沉重了。他错就错在这一点上，也比别人更难理解。不过，归根结底，也正是在这方面，他比其他一些人更值得我们去理解。"

塔鲁笔记的这段记述结尾讲的一件事，表明科塔尔和鼠疫患者具有一种相同的独特心理。这段叙事大体上再现了这个时期的艰难氛围，因此，叙述者要予以足够的重视。

市歌剧院演出《俄耳甫斯和欧律狄刻》，科塔尔邀请塔鲁，二人一同去观赏。该剧团于发生鼠疫的春天来本市演出，不料困在城中，不得已同市歌剧院商定，每周重演一场。就这样，几个月以来，每到星期五，市歌剧院就回响起俄耳甫斯的咏叹调，以及欧律狄刻无力的呼唤。然而，这出歌剧继续受观众的热捧，票房收入居高不下。科塔尔和塔鲁坐在最贵的包厢里，俯瞰着爆满的正厅，全是我们同胞中最优雅的人士。刚走进剧场的人，显然极力要引人瞩目，在乐师们轻轻调音的时候，一个个身影出现在幕布前耀眼的灯火下，从一排座走向另一排座，姿态优美地躬身问候，在高雅交谈的低沉的嗡嗡声中，他们又找回几小时前在黑暗街道上还缺乏的自信。漂亮的衣着驱逐了鼠疫。

在第一幕，俄耳甫斯的咏叹如行云流水，引得几位穿长裙的女士优雅地评论他的不幸遭遇，接着小咏叹调又唱出爱情的主题。全场观众的反应热情而有分寸。观众几乎没有注意到，俄耳甫斯在第二幕的唱段中，引进了原作没有的颤音，哀婉的音调稍显过分，用眼泪恳请冥王的怜悯。他不由自主，做出一些不连贯的动作，连最老到的观众也认为是别出心裁，给歌唱演员增添了表现力。

直到第三幕，俄耳甫斯和欧律狄刻二重唱重头戏（也正是欧律狄刻又脱离她心爱的人而返回阴间之时），几分出乎意料的情绪才传遍全场。男歌唱演员似乎专等观众的这种反应，再确切点儿说，他似乎认为观众席上发出的骚动证实了自己的感受，便选择这一时刻，以颇为滑稽可笑的动作朝台前脚灯走去，不顾古装扮相，张开双臂并又开双腿，在羊圈的布景中间瘫倒地上；这种布景始终显得不合情节，而此刻在观众看来，第一次变得完全南辕北辙了。因为，与此同时，乐队演奏戛然而止，正厅的观众纷纷站起身，开始缓慢地离开剧院，起初还都默默无言，好似做完礼拜走出教堂，或者吊唁之后离开灵堂，女士们整理好衣裙，低着头往外走，男士们则拉着女伴的臂肘引路，以免绊到可折叠的加座。不过，人群移动逐渐加快，窃窃私语就变成了赞叹，大家拥向出口，争先恐后，最终挤作一团，叫嚷起来。科塔尔和塔鲁这时才起身，独自面对他们现实生活的一幅场景：鼠疫以演员四仰八叉倒在地上的丑陋形象出现在舞台上，而大厅里以遗忘的扇子、红色坐椅套耷拉下来的花边所显现的全部奢华，顿时变得虚设无用了。

九月份头几天，朗贝尔在里厄身边工作很认真，仅仅请了一天假：那天他要到男子中学校门前，同贡萨雷斯和那两个青年见面。

那天中午，贡萨雷斯和记者站在约会地点，看见两个小青年笑呵呵走来了。他们说上一次没有找到时机，不过这种情况应在预料之中。不管怎样，反正这周不行，不是他们值勤，还是耐心等到下星期。到那时还得重新安排。朗贝尔说，就是这话。贡萨雷斯提议下周一见面。不过，下次见面，就要安排朗贝尔住进马塞尔或者路易的家中。"你和我，我们约个时间见面，如果我没有去，你就直接去他们那里。有人会告诉你地址。"可是，马塞尔或路易当即说，最简单的办法，就是立刻带这位朋友去家里。他若是不挑剔的话，家里有足够四个人吃的东西。这样一来，他也就知道怎么走了。贡萨雷斯说这个主意非常好，于是他们就下坡走向港口。

马塞尔和路易住在海军街区的边缘，靠近通向悬崖大道的城门。那是一幢西班牙式的小房子，墙体很厚，外窗板上了油漆，几个昏暗的房间光秃秃的。兄弟俩的母亲，一位西班牙老太太，带着微笑的脸堆满皱纹，她端上米米饭。贡萨雷斯不免惊讶，城里已经买不到大米了。马塞尔说道："守着城门，总有办法弄到。"朗贝尔又吃又喝，贡萨雷斯说他真够朋友，而记者心里却在想他还要等上一周的时间。

实际上，他还得等两个星期，因为守城门站岗改为每两周轮换了，以便减少守城小队。这半个月，朗贝尔不间断地、不遗余力地工作，可以说一门心思，从清晨一直干到深夜。到了深夜，他一上床便沉沉睡去。原先闲得要死，现在累得要命，这样骤然变化，躺到床上一点儿劲儿也没了，便进入几乎无梦的黑甜乡。他很少提起即将逃离之举。只有一件事值得一提：过了一周，他向里厄大夫透露，前一天夜里，他第一次喝醉了。他从酒吧出来，突然感觉腹股沟肿胀，双臂绕腋窝转动也有点儿困难，心想必是传染上了鼠疫。当时他唯一可能作出的反应，后来他也跟里厄同样认为不够理智的反应，就是跑向本城的制高点，从那里一个小场地，虽然照样望不到大海，却能多看到点儿天空，他从城墙的上方，大声呼唤他的妻子。他回到住处，察看自己的身体，却没有发现一点儿感染的症状。这场虚惊，他实在难以启齿。里厄则说他非常理解人会有这种反应。他说道："不管怎样，人有时就可能产生这种愿望。"

"今天上午，奥通先生还向我提起您，"里厄在朗贝尔正要走时，突然又说道。"他问我是否认识您。他还对我说：'您劝劝他，不要跟那些走私团伙来往。他开始引起别人注意了。'"

"您讲这话是什么意思？"

"这话是说您必须抓紧。"

"谢谢。"朗贝尔说着，紧紧握住大夫的手。

走到门口，他又猛地转过身来。里厄注意到，自闹鼠疫以来，朗贝尔第一次面露微笑。

"您干吗不阻止我走呢？您有这种手段。"

里厄习惯性地摇了摇头，说这是朗贝尔自己的事，朗贝尔早已选定的幸福，而他里厄，没有什么理由去反对。在这件事情上，他感到自己没能力判断怎么样好，或者怎么样不好。

"在这种情况下，干吗又对我说赶快行动呢？

"也许我也有这种愿望，为了幸福做点儿什么吧。"

第二天，他们俩一起工作，什么都不再谈了。到了下一周，朗贝尔终于住进了那幢西班牙式小房子。主人在公用房间给他搭了一张床。两个青年不回家吃饭，又嘱咐他尽量少出门，因此，大部分时间他独自一人待着，或者跟老太太说说话。老太太身体干瘦，但是闲不住，她穿一身黑衣裙，棕褐色的脸上布满皱纹，一头白发十分洁净。她终日沉默寡言，看着朗贝尔时只是用眼睛微笑。

她偶尔也问起来，朗贝尔就不怕把鼠疫传染给他妻子吗？朗贝尔认为，这是一件碰运气的事儿，但是传染的危险总归不大，如果留在这城里，他们就很可能永远分离了。

"她人好吗？"老太太微笑着问道。

"非常好。"

"漂亮吗？"

"我看漂亮。"

"嗯！"老太太说道，"为的就是这个。"

朗贝尔寻思起来。当然为的是这个，但是又不可能仅仅为的这个。

"您不相信仁慈的上帝吗？"老太太问道，她本人每天早晨都去做弥撒。

朗贝尔承认不相信，老太太还说为的就是这个。

"一定得跟她团聚，您这样做得对。不然的话，您还会剩下什么呢？"

余下的时间，朗贝尔就沿着房间墙壁转悠，粗糙的灰泥墙光秃秃的，只能抚摩钉在上面的一把把扇子，再不就数数台毯垂下来的流苏有多少羊毛球。到了晚上，两个青年回家。他们的话不多，只讲现在还不是时候。吃罢晚饭，马塞尔弹起吉他，他们还喝一种茴香酒。朗贝尔一副若有所思的神情。

星期三，马塞尔回来说道："就定在明天午夜。你准备好了。"同他们一起值班的两个人，一个感染上了鼠疫，另一个是同寝室的室友，也正在接受隔离观察。因此，这两三天，也只有马塞尔和路易两个人当班。这天夜里，他们去安排好这次行动最后一些细节。第二天，就有可能出城了。朗贝尔表示感谢。老太太问他："您满意了吧？"他说满意了，而心里却另有所思。

次日，天气闷热潮湿，让人喘不上来气。疫情大为不妙。西班牙老太太还照样那么安详。"这人世在造孽，"她说道，"必有天灾人祸！"朗贝尔也跟马塞尔和路易一样打着赤膊。然而，不管做什么，汗水总顺着他的两肩之间和胸膛往下流淌。百叶窗关着，屋里半明半暗，他们的上身呈现为棕色；仿佛涂了一层油漆。朗贝尔一言不发，总在转悠。到了下午四点钟，突然间，他穿好衣服，说是出去一趟。

"注意，"马塞尔说道，"确定在午夜。什么都准备妥当了。"

朗贝尔先去里厄大夫家。里厄的母亲告诉朗贝尔，他去上城医院便能找见里厄。还是原来那群人，在医院的门岗前转来转去。"你们走开吧。"一名金鱼眼睛的中士对他们说道。那些人走开，但是又绕回来。"你们等也是白等。"中士又说道，他的军装已浸透了汗水。那些人也是这种看法，但是仍然守在那里，根本不顾能热死人的天气。朗贝尔出示了通行证，中士向他指明塔鲁的办公室。办公室的房门对着院子。朗贝尔迎面撞见从办公室出来的帕纳卢神甫。

白色小屋挺脏，散发着药味和潮湿被褥的气味，塔鲁坐在黑色木制办公桌后面，衬衫袖子卷着，他正用手帕擦拭臂肘上的汗水。

"还在这儿呢？"塔鲁问道。

"对，我想跟里厄谈谈。"

"他在大厅里呢。不去麻烦他就能解决问题，那就更好了。"

"为什么？"

"他太累了。我能办的事，就不找他了。"

朗贝尔瞧了瞧塔鲁，人又瘦了一圈儿。塔鲁也疲惫不堪，两眼发花，面容憔悴，那副健壮的肩膀也蜷缩成球状。有人敲门，一名男护士走进来，戴着白色大口罩。他将一沓病历卡放到塔鲁的办公桌上，只是说了"六个"，隔着口罩声音显得沉闷，说罢便离去了。塔鲁注视着记者，又将病历卡展成扇形给他看。

"病历卡挺精美，嗯？其实不然。这是昨夜死的人。"他皱起眉头，重又叠好病历卡。

"我们只剩下一件事好干了，那就是做报表。"

塔鲁站起来，身子靠在办公桌上。

"您就要走了吧？"

"今晚，午夜时分。"

塔鲁说这消息他听了很高兴，让朗贝尔多多保重。"您这可是由衷之言？"

塔鲁耸了耸肩：

"人到了我这年纪，势必讲真话。讲假话太累了。"

"塔鲁，"记者说道，"我想见见大夫。请原谅。"

"我知道。他比我有人情味。走吧。"

"并不是这个原因。"朗贝尔为难地说道。他欲言又止。塔鲁瞧了他一眼，突然又冲他微微一笑。

他们沿着一条狭窄的走廊，穿过漆成浅绿色、映现水族缸般光线的墙壁，快要走到两道玻璃门时，只见门里有几个动作奇特的人影。塔鲁将朗贝尔让进一间满墙都是壁橱的小厅。他打开一个壁橱的门，从消毒器里取出两只脱脂纱布口罩，一只给朗贝尔，一只自己戴上。记者问戴上口罩顶不顶事儿，塔鲁回答说不顶事儿，但是能让人放心。

他们推开玻璃门，走进一间大厅，虽然天气炎热，窗户却仍旧紧闭。墙壁上方安有几台换气扇，螺旋形风叶嗡嗡作响，搅动着两排灰色病床上方浑浊而灼热的空气。低沉或尖厉的呻吟，从各个方位升起，汇成一种单调的怨声。几个身穿白大褂的男子，在安有铁栅栏的高窗射进来的耀眼阳光下，慢腾腾地走来走去。这大厅里酷热难耐，朗贝尔一走进来就不自在，他好不容易认出里厄，只见大夫俯向一个呻吟的形体，由两名站在床两侧的女护士协助按住病人叉开的双腿，正给患者切开腹股沟。里厄直起身子，一松手，让手术器械掉进助手递过来的盘子里，他伫立着半晌未动，注视着这个正接受包扎的患者。

"有什么新情况？"他问走到近前的塔鲁。

"帕纳卢同意了，愿意接替朗贝尔在检疫隔离所的工作。他已经做了很多事。还有，朗贝尔走后，第三调查队需要重新组织。"

里厄点头表示同意。

"卡斯泰尔完成了头一批疫苗，他提议进行试验。"

"嗯！"里厄说道，"真不错。"

"最后，朗贝尔来了。"

里厄转身，口罩上面的眼睛眯缝起来，看见了记者。

"您到这儿来干什么？"里厄问道，"您应当去别的地方。"

塔鲁说定在今天晚上，午夜上路；朗贝尔随即补充一句："原则上。"

他们当中哪个每次说话，纱布口罩就鼓起来，对着嘴的部位也随之潮湿了。因此，这种谈话颇显得虚幻，仿佛雕像在对话。

"我要同您谈谈。"朗贝尔说道。

"您若是愿意的话，我们就一道出去。您到塔鲁的办公室里等我。"

片刻之后，朗贝尔和里厄坐到车后座上，塔鲁开大夫的车。

"没油了，"塔鲁启动车时说道，"明天就得步行了。"

"大夫，"朗贝尔说道，"我不走了，愿意留下来和你们一起干。"

塔鲁不露声色，还继续开车。里厄似乎还不能从疲惫的状态中挣扎出来。

"那她呢？"他瓮声瓮气地问道。

朗贝尔说他又进一步考虑了，还保持原来的看法；但是，他如果走了，就会感到愧疚。这也会妨碍他去爱留在那里的心上人。不过，里厄这时挺起了身子，声音坚定地说道，这样看问题很愚蠢，去追求幸福并不可耻。

"对，"朗贝尔说道，"不过，独自享受幸福，就可能问心有愧。"

此前，塔鲁一直缄默，这时他也没有回头看他们，但是开了口，指出如果朗贝尔愿意跟大家共患难，那他恐怕就再也没有时间眷顾幸福了。取舍之间，必须作出选择。

"问题不在这儿，"朗贝尔说道。"我一直认为，在这座城市里，我是个局外人，跟你们没有任何关系。可是现在，我目睹了，就知道不管我愿意不愿意，我属于这里了。这场疫灾关系到我们所有人。"

没有人应声，朗贝尔显得有点儿不耐烦了。

"况且，你们心里都明明白白！要不然，你们在这所医院里干什么？你们呢，都作出选择，舍弃幸福了吗？"

无论塔鲁还是里厄，谁都照样不应声。冷场持续很久，一直到汽车驶近大夫的家。朗贝尔再次提出他那最后的问题，而且又加重了语气。只有里厄转过脸面对着他，吃力地挺起身子。

"请原谅，朗贝尔，"里厄说道，"不过，我也说不清楚。既然您有这种愿望，那就留下来，同我们一起干。"

汽车猛然往旁边一闪，里厄就不讲话了。继而，他凝望前方，又说道：

"在这人世上，什么都不值得人离开自己所爱。然而，我也离开了，却弄不清到底为什么。"

他身子一放松，又倒在靠垫上。

"这是个事实，仅此而已，"他倦怠地说道，"这种事，我们就记录下来，承担其后果吧。"

"什么后果？"朗贝尔问道。

"哎！"里厄回答，"人不能同时治病又知道结果。既然如此，我们就尽快治病救人。这是当务之急。"

午夜时分，塔鲁和里厄还给朗贝尔画地图，标明他负责调查的那个街区。这时，塔鲁看了看表，抬起头，正巧遇到朗贝尔的目光。

"您给他们打过招呼了吗？"

记者移开目光，吃力地说道：

"我来看你们之前，已给他们寄去一封简信。"

卡斯泰尔研制的血清，到十月末才投入试验。实际上，这是里厄最后的希望了。试验一旦再次失败，大夫就确信这座城市要受病魔任意摆布了，瘟疫或者再猖獗数月之久，或者莫名其妙地自行停止。

就在卡斯泰尔来看里厄的前一天，奥通先生的儿子病倒了，全家人不得不接受检疫隔离。孩子的母亲刚隔离完不久，现在又得隔离起来。这位法官遵纪守法，一见儿子身上发现症状，立即派人请来里厄大夫。里厄赶到时，父母正站在孩子的床边。他们的女儿已经送走了。孩子正进入衰竭时期，任由大夫检查，也没有呻吟一声。大夫抬起头来，遇到法官的目光，看到法官身后孩子母亲那张苍白的脸：她嘴上捂着手帕，瞪大眼睛注视着大夫的一举一动。

"就是了，对不对？"法官声音冷冷地问道。

"对。"里厄回答，又瞥了一眼孩子。

孩子的母亲眼睛睁圆了，但是她始终不讲话。法官也沉默不语，继而，他放低了声调，说道：

"那好，大夫，我们就应当照章办事。"

里厄避而不看一直用手帕捂着嘴的孩子的母亲。

"办起来很快，"里厄颇为犹豫，说道，"只要我能打个电话。"

奥通先生说立刻带他去。然而，大夫转过身，对法官的妻子说道：

"实在遗憾。您应当准备些衣物。您了解该怎么办。"

奥通太太仿佛愣在那里，直直地看着地面。

"是的，"她点点头说道，"我这就去准备一下。"

里厄辞别之前，不由自主地问奥通夫妇，是否有什么要求。法官的妻子还是默默地看着他。不过，法官这次却避开目光。

"没有，"他说着，咽了一口吐沫，"但请您救我孩子一命。"

检疫隔离的措施，开头不过是一种形式，但是经过里厄和朗贝尔的组织，就规定得非常严格了，尤其是要求同一家庭的成员彼此始终隔离。家庭某个成员，如果不知不觉中染上了瘟疫，那就不能留给疫病大量传播的机会。里厄解释这些理由，法官也认为这理所当然。不过，他妻子和他对视的那种眼神，让大夫感到这次又要分离，他们心慌意乱到何等程度。奥通太太及其小女儿，可以安排到朗贝尔管理的改成检疫隔离所的旅馆。但是没有预审法官的床位了，他只能住进市体育场隔离营，那是省政府用路政管理处提供的帐篷，正在搭建的隔离营。里厄对此表示歉意，而奥通先生倒是说，规则对所有人都一样，服从才是正理。

至于患儿，他被送到附属医院，住进了由教室改成的病房，里面安放了十张病床。观察了二十个小时之后，里厄认为这孩子没救了。小小的躯体任由传染病毒吞噬，丝毫也没有反应了。腹股沟刚刚长了几个小肿块，十分疼痛，孩子瘦弱的四肢受阻而难以活动了。在他的身上，病魔不战自胜。有鉴于此，里厄就想到卡斯泰尔研制的血清，可以在这孩子身上试验。就在当天晚上，晚饭之后，他们实施了长时间接种疫苗，而没有引起孩子一点儿反应。次日天刚亮，所有人都来到患儿跟前，以便判断这次具有决定性的疫苗试验的效果。

孩子已经脱离了麻木状态，躯体在被子里抽搐辗转。里厄大夫、卡斯泰尔和塔鲁，从凌晨四点起，就一直守在患儿床前，一步步跟踪观察病情的发展或者停顿。塔鲁在床头，他那大块头的躯体有点儿弯曲。里厄站在床尾，卡斯泰尔坐在他旁边，正看一本旧书，显得十分平静。在这间从前的小学教室里，晨曦渐渐扩展，其他人也陆续到来。帕纳卢头一个进病房，站到病床的另一边，背靠墙上，同塔鲁面对面。他脸上赫然可见一副痛苦的表情，这些日子拼老命，辛劳在他充血的额头刻下道道皱纹。约瑟夫·格朗也到了。已经七点钟了，这名职员跑得气喘吁吁，连声表示歉意。他只能稍留片刻，也许现在已经有了些确切的情况。里厄没有说话，指给他看那孩子。患儿双眼紧闭，脸已经失态，用尽余力紧咬牙关。小身子纹丝不动，只是头在没有枕套的枕头上左右转动。终于天色大亮，教室里端仍在原地的黑板上，还能辨认出从前写的方程式的字迹。朗贝尔来了，他身子靠在邻床的床脚上面，掏出一包香烟。可是，他瞥了一眼患儿，又将那包香烟塞进兜里。

卡斯泰尔依然坐在那儿，他从眼镜上方注视着里厄。

"您有孩子父亲的消息吗？"

"没有，"里厄回答，"他父亲在隔离营。"

患儿在床上呻吟，大夫用力握住病床的横档，两眼紧盯着患儿，只见孩子的躯体突然僵直了，牙关重又咬紧，腰部略微塌陷，四肢缓缓又开。赤裸的小身子盖着军用毛毯，这时散发出一股羊毛和汗酸的气味。孩子的躯体又逐渐松弛，四肢也重又收拢，蜷缩到床铺中央，眼睛始终闭着，也不发声音，呼吸似乎更加急促了。里厄同塔鲁的目光不期而遇，塔鲁随即移开视线。

他们已经见过一些孩子夭折；只因几个月以来，鼠疫肆虐，根本不选择打击对象。不过，他们还从来没有像现在这样，从凌晨起，就一分钟一分钟观察孩子经受的病痛。自不待言，让这些无辜的孩子所遭受的痛苦，在他们眼里始终是活生生的现实，也就是说令人愤慨的事。不过，在此之前，至少在一定程度上，他们所感到的愤慨有点儿抽象，因为他们还从来没有这么长时间，直面观察一个无辜孩子垂危的过程。

恰好这时，孩子仿佛胃部被咬噬，身子重又蜷缩起来，同时发出微弱的呻吟。身子蜷缩了好一阵子，不时因打寒战和痉挛而抖动，他那副细弱的骨骼，就好像被鼠疫的狂风吹弯了，在高烧的热风不停劲吹中咯咯作响。狂风过后，他的身子稍微放松了，高烧似乎退去，把他抛在潮湿而毒化的海滩上，气喘吁吁，歇息的样子已与死亡相似。热浪第三次袭来，把患儿的身子稍微掀起来一下，他全身重又蜷缩成一团，怕被火焰烧灼，恐惧地退缩到床铺的紧里边，同时拼命地摇晃脑袋，完全掀掉了毯子。大滴大滴的泪水，从他红肿的眼皮下涌出，开始在铅灰色的脸上流淌，孩子染上鼠疫四十八小时，胳臂腿上的肉就全化了，这次发病之后，他已经精疲力竭，瘫在凌乱的床上，那姿势粗略像钉在十字架上受难的耶稣。

塔鲁俯下身去，用粗重的手掌擦拭孩子脸上的泪水和汗水。卡斯泰尔合上书本有一阵工夫了，他一直注视着患儿。他开口　句话讲到半截，不得不咳嗽两声才讲完，因而声音突然洪亮起来：

"没有过早晨病情缓解的情况，对不对，里厄？"

里厄说没有过，但是这孩子超出了正常，挺的时间长多了。帕纳卢靠在墙上，身子有点儿往下沉，他瓮声瓮气地说道：

"如果孩子迟早也是个死，那么挺时间长更遭罪。"

里厄猛地转向帕纳卢，张口要说话，但是又咽下去，显然他克制自己，又收回目光，移到孩子身上了。

阳光充满了病房。在另外五张病床上，一些形体在蠕动，呻吟，但是都很有节制，仿佛商量好了似的。唯独一人叫喊，在房间的另一端，他隔一阵就轻轻号叫几声，似乎在表示惊讶，而不是疼痛。即使是病人，好像也不如起初那样畏惧了。现在他们对待病症的态度，有了默许的成分了。只有这孩子还在全力挣扎。里厄不时给孩子把把脉，其实多此一举，他主要还是想摆脱自身这种无能为力的静止状态，闭起眼睛，感受这种脉动跟自身血液的翻腾相交织。于是，他跟这个受病痛折磨的孩子相混相通了，试图以他尚未耗损的全部力量支持这孩子。可是他们两颗心的跳动，有一分钟会合，随后又不一致了，孩子脱离他的掌控，他的努力落了空。他只好放下孩子纤细的手腕，回到自己的位置。

阳光沿着粉刷的白墙照进来，由粉红色变成黄色。玻璃窗外面，火热的上午开始噼啪作响了。格朗走时说他还要回来，几乎没人听见，人人都在等待。患儿一直闭着眼睛，似乎安稳了一点儿。他的双手弯成爪子状，轻轻地划着床铺的两侧。他的手又抬上来，搔着挨近膝盖的毯子，接着，孩子又突然蜷曲双腿，大腿收拢到贴近肚子，然后就不动弹了。这时，他第一次睁开眼睛，瞧着站在他面前的里厄。现在他的脸如泥塑一般，凹陷处的嘴巴张开，几乎同时发出一声拖长的号叫，这唯一的叫声随着呼吸而略微变化，猛然充斥病房，成为一种单调的、不协调的抗议，听来不似人声，却仿佛同时发自所有世人之口。里厄咬紧了牙关，而塔鲁则转过身去。朗贝尔凑到床边，而坐在床边的卡斯泰尔又把摊在双膝上的书本合上。帕纳卢注视孩子的嘴，只见嘴里因疾病而脏兮兮的，积满了世世代代的这种呼号。神甫不由得双膝跪下，声音有几分哽咽，但很清晰地说道："上帝啊，救救这孩子吧。"他这句祷告，在持续不断的无名的怨声衬托下，谁听了都觉得极其自然。

这工夫，孩子还继续叫喊，周围的病人也都骚动起来。在病房另一头不断哀吟的那个人，也加快了抱怨的节奏，最后同样变成真正的呼号了，汇入其他病人越来越高的呻吟。整个病房哭泣声如潮涌动，盖过了帕纳卢的祷告声。里厄紧紧抓住床架的横档，闭起双目，一时感到极度疲惫和厌恶。

里厄睁开眼睛时，瞧见塔鲁站在身边。

"我得走开了，"里厄说道，"实在受不了。"

然而，猛然间，其他患者都住了声。大夫这时才听出来，孩子的叫声也已微弱，而且还在减弱，终于止息了。可是，孩子周围哀怨声又起，不过很低沉，犹如刚结束的这场搏斗遥远的回音。这场搏斗的确结束了。卡斯泰尔已经走到病床另一头，说了一句"全完了"。孩子的嘴张着，但是无声无息了，躺在凌乱被子的凹陷处，身子突然就缩小了，脸上还残留着泪珠。

帕纳卢走到床前，做了祈福的手势。然后，他搂起教袍，走中间通道出去。

"难道还得从头做起吗？"塔鲁问卡斯泰尔。

老大夫晃了晃脑袋。

"也许吧，"他强颜一笑，说道，"不管怎样，他挺的时间够长的。"

这时，里厄已经要离开病房，他脚步飞快，情绪又那么冲动，在超过帕纳卢的当儿，被神甫一把拉住。

"别这样，大夫。"神甫对他说道。

里厄正冲动不已，猛然转身，粗暴地抛给神甫一句：

"哼！至少，这孩子是无辜的，这您完全清楚！"

他随即转过身去，抢在帕纳卢之前走出病房，来到小学校院子的里端，在蒙尘的小树中间，拣了一条长凳坐下，擦拭一下已经流到眼角的汗水。他还想喊几嗓子，以便震开压在他心头的死结。热气从榕树的枝叶之间沉降。早晨的碧空很快就蒙上一层淡白色的烟雾，这使得空气更加闷热了。里厄坐在长凳上缓劲儿。他望着树枝、天空，呼吸又渐渐平稳下来，也慢慢吸纳了疲劳。

"跟我说话，为什么这么大火气呢？"他身后有人说道，"这景象惨不忍睹，对我也一样。"

里厄朝帕纳卢转过身去。

"不错，"里厄说道，"请您原谅。真的，疲劳也是一种疯狂的形态。在这座城市里，有些时候，除了反抗，我没有别的感觉了。"

"我理解，"帕纳卢低声说道，"这种情况超出了我们的容忍度，是会让人愤然而起。不过，也许我们就应该热爱我们不能理解的东西。"

里厄腾地一下子站起身，定睛看着帕纳卢，眼神里汇聚了他所能调动的全部力量和愤慨，随后又摇了摇头。

"不，神甫，"他说道，"对于爱，我另有看法。我誓死也不会爱这个让孩子受折磨的世界。"

帕纳卢的脸上掠过一丝震惊的神色。

"哎，大夫，"神甫怅然地说道，"我刚刚理解了所谓的宽容。"

这时，里厄由着身体，重又坐到长凳上。他从卷土重来的疲惫的深处，语气更为和缓地回答道：

"这正是我所缺乏的，我也知道。然而，我并不想跟您讨论这个问题。我们一起工作，正是这件超越渎神和祈祷的事把我们聚在一起。唯独这一点才重要。"

帕纳卢坐到里厄的身边，他那样子有点激动。

"是的，"神甫说道，"是的，您也一样，是为拯救人而工作。"

里厄挤出个微笑。

"拯救人，这话对我未免过誉。我没有做那样的大事，只是关心人的健康，首先是人的健康。"

帕纳卢有些迟疑。

"大夫。"神甫开了口。

但是他欲言又止，他的额头也开始汗如雨下。他喃喃说了一声"再见"，站起身来时两眼发亮。他刚要离去，若有所思的里厄也站起来，走上前一步。

"再次请您原谅，"里厄说道，"这样发火不会再有了。"

帕纳卢伸出手，感伤地说道：

"然而，我并没有说服您！"

"这又有什么关系呢？"里厄说道，"我所憎恨的，是死亡和病痛，这您完全清楚。不管您意下如何，我们走到一起，就是为了忍受死亡和病痛，并且与之斗争。"

里厄握住帕纳卢的手。

"您瞧，"里厄说道，并且避开神甫的目光，"现在，就连上帝也不可能将我们分开。"

自从参加了卫生防疫组织，帕纳卢就没有离开过医院和鼠疫传播的地方。在救护人员中，他置身于自认为合适的位置，也就是说第一线，死亡的场面自然见过不少。他虽说注射过疫苗，有了免疫力，却未能免除他对死的忧虑。不过，表面上，他总能保持镇定的神态。可是自从那天，他长时间观看一个孩子死亡的过程，似乎就变样了。越来越紧张的神色，明显写在他的脸上了。且说那天，他对里厄笑道，此刻他正写一篇小论文，题为《神甫能否看医生》，大夫便感到，事情似乎远比帕纳卢所说的更为严重。大夫表示愿闻这篇论文的详情。帕纳卢便告诉大夫，他在男教徒的弥撒上要有一场布道，届时他至少会阐述他的一些观点。

"我希望您能到场，大夫，讲道的主题会引起您的兴趣。"

神甫第二次讲道，正赶上大风天。老实说，没法儿跟第一次讲道相比，这次全场听众坐席稀稀拉拉了。原因很简单，在我们的同胞看来，这种场面已无吸引人的新意了。在全城经历艰难的时期，"新意"这个字眼早已失去意义。此外，大多数人，即使没有完全弃绝他们的宗教义务，或者，即使没有参加礼拜的同时又过着极不道德的私生活，他们也会用一些毫无理智的迷信来取代正常的宗教活动。他们宁愿佩戴护身圣牌或者圣罗克护身符，也不肯去做弥撒了。

举例便可说明，我们的同胞开始滥用预言了。的确，在春季那会儿，大家就期待鼠疫会随时结束，既然大家都确信疫情不会持续下去，谁也想不到去问问别人，瘟疫究竟能流行多长时间。然而，随着时间一天天流逝，有人开始担心，这场灾难真的没有头儿了，于是瘟疫停止流行，一下子就成了众望所归了。占星术士或天主教圣徒的各种预言，就这样一手传一手。本城印刷所老板也很快就看出，公众对预言的这种执迷有利可图，于是排印成册，大量发行。他们又发现公众的好奇心难以餍足，便组织人力到市里各家图书馆查阅野史，尽量搜集所有见证资料，汇编起来在全市发行。如果史书上的预言还嫌不足，还可以向一些记者定制：这些记者至少在这方面，表现出来的专业水准不亚于那些世代的楷模。

这些预言有些甚至在各家报纸上连载，而大家阅读的浓厚兴趣，丝毫不逊于灾难前看连载的言情小说。有些预言还依据稀奇古怪的计算，即在计算中纳入闹鼠疫年份的千位数、死亡的人数，以及瘟疫持续的月份数。另一些预言则比较历次鼠疫大流行，找出其中类似的方面（即预言中所谓的常数），再运用同样古怪的计算，便声称得出认识当前灾难的数据。不过，最受公众赞赏的预言，无疑是效仿《启示录》的语体写成的，宣告即将发生一系列事件，每一个都可能成为考验这座城市的大事件，其复杂性可以作出多种多样的阐释。就这样，诺斯特拉达穆斯和女圣徒奥狄尔便成为天天咨询的预言家，而且总能获得相应的回答。况且，所有预言有共同之处，最终总能给人以宽慰。唯独鼠疫例外。

可见，在我们同胞的心目中，这种迷信替代了宗教信仰，因此，帕纳卢讲道的教堂，上座率只达到四分之三。讲道是在晚上，里厄到达时，风一阵阵从入口两扇自动关闭的门缝隙间钻进教堂，在听众之间自由穿行。里厄走进这清冷而寂静的教堂，在一色男信徒的座位中间坐下，看到神甫正登上讲坛。帕纳卢开始讲道，比起头一次来，他这次语气更加温和，也更为审慎，而且，听众也多次注意到，他在演讲中有几分迟疑。还有个情况很怪，他不再讲"你们"，而是说"我们"如何如何。

不过，他的声音渐渐有了底气。他开始提醒说，鼠疫在我们中间流行了数月，多少次看到它坐到我们餐桌旁，或者坐到我们所爱的人床头，看到它在我们身边走动，在工作地点等待我们到来，因此，现在我们更了解鼠疫了，现在也许我们更能接受它不间断对我们讲的事，而在初期惊愕之余，我们不可能很好地听取。帕纳卢神甫在同一地点布道已经讲过的话，仍然是对的，至少他深信不疑。然而，这种情况我们每人都碰到过，他也痛悔得捶胸顿足，当时他布道所考虑并讲出来的话，也许还缺乏慈悲心怀。不过，有一点始终是对的，就是说任何事情，总有可取的方面。最严酷的考验，对于基督教徒仍有裨益。而基督教徒遇事所应当寻求的。恰恰是事情的益处，这种益处由什么构成，怎样才能够找到。

这工夫，里厄周围的人两臂搭在扶手上，似乎舒舒服服坐在长椅上，尽量保持最惬意的姿势。教堂入口的一扇软垫隔音门在轻轻地来回摆动。有人离座去把门扶住。里厄因这种骚动而分心，几乎没有听见帕纳卢接着讲道说些什么。神甫所讲的大致内容是，不必试图解释鼠疫这种现象，而应尽量学会可能学会的东西。里厄听得很模糊，以为神甫主张什么都无需解释。等到帕纳卢用力强调，在天主看来，有些事情可以解释，另一些事情不能解释，这时里厄的注意力才开始集中。世间当然有善恶，一般来说，也很容易解释善恶的区别。然而，深入恶的内部，就开始碰到难题了。譬如说，世间存在看似有必要的恶，也有看似没必要的恶。有堕入地狱的唐璜，也有一个孩子的夭折。要知道，如果说唐璜这个浪荡的恶少天打雷劈，是罪有应得的话，那么这孩子遭受这么大罪，就无法理解了。事实上，在这人世间，最重要的事情，莫过于一个孩子遭罪，以及这种痛苦所带来的恐惧，并且务必找出这其中的缘由。在人生的其他方面，上帝向我们提供了一切便利，因而到此为止，宗教也就乏善可陈。在这里则相反，天主将我们逼到墙根儿。我们全落入鼠疫的围墙里，我们必须在这种死亡的阴影中，找出有益于我们的方面。帕纳卢神甫甚至不肯随便利用廉价的优势，一举而跨越围墙。他本可以轻而易举地说一句，等待这孩子的永福，足可以补偿他们遭受的痛苦。而其实，他对此却一无所知。归根结底，谁又能断言，永恒的福乐便可补偿人所遭受的片刻痛苦呢？那肯定不会是个基督徒，只因我主耶稣四肢和心灵都尝到过痛苦。神甫不会那么做，依然停留在墙脚，直面对着一个孩子的痛苦，坚守这种十字架便是象征的极痛深悲。他可以无所畏惧地对那天听他讲道的人说："我的弟兄们，时刻到了。不是相信一切，就是否定一切。可是在你们中间，谁又敢否定一切呢？"

里厄刚想到神甫接近了异端邪说，但是不容他细想，帕纳卢已经接着有力地断定，这种命令，这种纯粹的要求，正是基督徒的特惠。这也是基督徒的美德。神甫心知他要讲的美德中有过火的成分，许多习惯了更为宽容和传统的道德的人，听了会反感。不过鼠疫时期的宗教，不可能等同于平时的宗教，如果说天主可能容许，甚至渴望人的灵魂在幸福的时期安详而怡然自得，那么他也希望在极端的不幸中，人的灵魂就应该有极端的表现。今天，天主将他的造物置于不幸的境地，这是赐予他们的恩惠，促使他们重新找回并担当起这种至高无上的德行，即全相信或全否定。

上世纪有一位世俗作家，断言并不存在炼狱，便声称揭示了教会的秘密。言下之意，他认为不存在半路，只有天堂和地狱，人根据生前所作的选择，死后不是升天堂而得永福，就是下地狱而受永罚。但是，按照帕纳卢的观点，这是一种异端邪说，只能出自一个不信教的人的头脑。因为，炼狱就是存在。当然，有些时期，不能过分指望这种炼狱，有些时期，根本谈不上轻罪。任何罪孽都死有余辜，任何冷漠的态度都是犯罪。那就是全认可，或者全否定。

帕纳卢停顿了，这时，里厄才更清楚地听到风从门下钻进来的哀鸣：外面的风似乎刮得更加猛烈了。与此同时，神甫又讲道，他所说的全盘接受的品德，不能从通常赋予该词的狭义来理解，既不是一般意义的逆来顺受，也不是勉为其难的逊顺，而是屈辱，是受辱者心甘情愿的一种屈辱。不言而喻，一个孩子遭受的痛苦，是对人的思想和心灵的侮辱。这就是为什么必须投身进去。这就是为什么，而帕纳卢明确告诉听众，他要说的意思不容易说，必须情愿接受屈辱，因为这是上帝的意愿。只有这样，基督徒才会不惜一切；所有出路都关闭了，才会把根本的选择贯彻到底。一个基督徒会选择相信一切，以免走到否定一切的死路。正如那些善良的妇女，这时候在各教堂得知，腹股沟淋巴结形成肿块，正是人体排泄传染毒素的自然通道，她们就说："天主啊，请让我身上腹股沟淋巴结也长出肿块吧"，基督教徒也同样会把自身交给天主，即使还不理解我主的意愿。我们不能说："那个我理解，但是这个不可接受"，必须跳进摆在我们面前的这种不可接受的腹心，恰恰就是为了我们作出选择。孩子的痛苦正是我们的苦涩面包，但是如无这种面包，我们的灵魂没有精神食粮，就会饿死。

帕纳卢神甫讲到这里顿了顿，停顿时通常会伴随场内隐隐的嘈杂声，而这次嘈杂声刚起，讲道者就出人意料，马上接下去，其声铿锵有力，佯装设身处地，替听众发问，究竟应该如何作为。他早就料到，大家要说出听天由命这个可怕的字眼。那好吧，面对这个字眼他并不退避，只要允许他加上"积极的"这个形容词。当然了，还得强调一遍，切勿模仿他曾提过的阿比西尼亚的那些基督徒。更不要想去附和那些患上鼠疫的波斯人，他们将带有病毒的破衣烂衫抛向由基督教徒组成的卫生防疫队，并且高声祈求上天将鼠疫传染给这些离经叛道者，惩罚他们企图制服天主赐予的灾难。然而反过来，也不应该效仿开罗的那些修道士；他们在上世纪瘟疫流行期间，举行送圣体仪式时用镊子夹圣体饼，只为避免接触信徒们可能潜伏病毒的又湿又热的嘴。波斯的鼠疫患者和开罗的修道士，同样都有罪孽。因为，对于前者，一个孩子的痛苦无关痛痒，而对于后者则相反，人对痛苦的畏惧侵蚀了方方面面。这两种情况，问题都被掩盖了。对天主的声音，他们全置若罔闻。还有其他事例，帕纳卢也要列举。据马赛大鼠疫纪事作者的记述，赎俘会修道院八十一名修道士，仅有四人幸免于难，而四人中又有三人潜逃。纪事作者们是这样讲的，再多说什么就超越他们的职业了。然而，帕纳卢神甫读到这些记载，全部思绪就自动集中到那名唯一留下的修道士身上，尽管他也看到了那七十七具尸体，尤其看到了那三名教友逃逸的例子。讲到这里，神甫用拳头捶着讲道台的边缘，高声说道："我的弟兄们，一定要做留下来的那一个！"

这倒不是说拒绝防范措施，防范措施正是一种明智的秩序，由一个社会引进一场大灾难的混乱中。绝不要听那些道学家的胡言乱语，说什么必须跪下来求饶，放弃一切。我们只应当开始往前走，在黑暗中摸索着前进，尽量做好事。不过，除此之外，就必须坚持下去，完全听从上帝的安排，哪怕孩子死了，也不要去寻求个人的帮助。

帕纳卢神甫讲到这里，又举出马赛鼠疫流行期间，贝尔森斯主教的崇高形象。他回叙说，在瘟疫行将结束时，主教已经做了一切该做的事，认为一筹莫展了，于是备足食粮，闭门不出，还让人在住宅四周筑起围墙。当地居民本来把他视为偶像，由于痛苦到极限而产生的逆反心理，他们对主教的行为痛恨到极点，就用尸体将他的房子包围起来，想要让他染上瘟疫，甚至还把尸体抛入墙内，以便更加确保他难逃厄运。主教就是这样，在最后关头意志薄弱，自以为在死亡的世界能独善其身，不料尸体却从天而降，砸到他的头上。我们同样如此，就应该确信在鼠疫的肆虐中没有安全岛。不，没有中间路线。必须接受令人愤慨的现实，因为我们必须作出选择：要么恨天主，要么爱天主。又有谁敢选择恨天主呢？

"我的弟兄们，"帕纳卢最后说，同时宣布他得出的结论，"爱天主，是一种艰难的爱。这种爱的必要条件，就是完全忘我，鄙视自身。但是，唯独这种爱，才能消除孩子们的痛苦和死亡；不管怎样，也唯独这种爱，能让死亡显示其必要性，因为死亡无法理解，我们就只能求之了。这就是难以领会的一课，我愿意和你们共勉。这就是信念，在世人眼里很残酷，在上帝眼里却有决定意义，因此必须拉近距离。这种可怕的形象，我们一定要与之比肩。登上这个顶峰，一切都将相混同，不分高下了，真理就将从这表面上不公正之中涌现出来。也正是如此，在法国南方的许多教堂里，一些鼠疫受难者在祭坛的石板下安眠了多少世纪，神甫们在他们的坟墓上方讲道，所宣扬的精神，正是从这种也有孩子份额的骨灰中激发出来的。"

里厄走出教堂时，一阵狂风从半开的门扇灌进教堂，径直扑向教徒们的脸。一股雨水的气味和潮湿的人行道的清香，随风进入教堂，让教徒们出去之前就领略城市的模样。一位年迈的教士和一个年轻助祭，这时在里厄大夫前面走出门，好不容易才按住帽子。尽管手忙脚乱，年迈的教士还照样不停地评论这场讲道。他赞赏帕纳卢的口才，但是颇担心神甫阐明思想的大胆论断。他认为这场讲道，重在表现忧虑而不是力量，可是一位教士，到了帕纳卢这种年纪，就没有权力心感忧虑了。年轻的助祭顶风低着头，明确说他总跟这位神甫打交道，了解他的思想演变，他的论文还要大胆得多，恐怕难获教会批准印行。

"他到底要阐述什么思想呢？"老教士问道。

他们已经走到教堂门前的广场，大风在周围呼啸，打断了年轻助祭的话。等到能开口了，他仅仅说道：

"一位教士如看医生，这中间就矛盾了。"

塔鲁听了里厄转述帕纳卢的讲话，就说他认识一位教士，在战争中丧失了信仰，只因他发现了一张打瞎了双眼的青年的脸。

"帕纳卢说得对，"塔鲁说道，"无辜的人打瞎了双眼，一个基督徒目睹了，就应该放弃信仰，或者接受也把自己的眼睛弄瞎。帕纳卢不肯放弃信仰，他一定能坚持到底。这就是他想要表达的意思。"

塔鲁的这种看法，能否稍微澄清后来发生的种种事件，以及在这些事件中，帕纳卢在他身边的人眼里种种不解的表现呢？下文大家自会判断。

讲道之后没过几天，帕纳卢果然忙着搬家了。当时，城里疫情发展引起了搬家潮。塔鲁就不得不撤离旅馆，住进里厄的家中；同样，神甫也只好放弃修会分配给他的那套房间，搬进一位老太太的家里：

房东老太太总去教堂，尚未感染上鼠疫。在搬家的过程中，神甫越发感到疲惫和焦虑，无意中丧失了房东老太太对他的敬重。老太太曾热烈赞扬圣女奥狄尔预言的功德，而神甫听着，却稍微流露出了不大耐烦的神情，想必是他太疲倦的缘故。后来他再怎么努力也无济于事，就连至少争取老太太一种善意的中立态度也不可得。他已经造成了坏印象。因此，每天晚上，在返回他那布满针钩花边饰物的房间之前，他就不得不观赏房东坐在客厅里给他看的后背，同时让他带走的记忆，就是身也不回对他冷淡说的一句"晚安，神甫"。正是这样的一个夜晚，他上床睡觉时头疼得很，感到孕育好几天的热烧，这时开始泛滥，热浪冲击他的手腕和太阳穴。

随后发生的情况，只有通过房东老太太事后的讲述才知道。她习惯早起，第二天早晨，起来了一段时间，奇怪没有看见神甫走出房间，犹豫再三才决定去敲敲房门。她瞧见神甫一夜未眠，仍然躺在床上。神甫感到气闷而难受，显得异于往常，脸色涨红。拿老太太本人的话说，她彬彬有礼地向神甫提议请个医生来，然而，她的提议遭到粗暴的拒绝，她认为那种态度实在令人遗憾。她只好退出房间。过了一会儿神父按了铃，请房东过来一趟。他对刚才的火气道了歉。并且向房东声明，他不可能染上鼠疫，身上没有出现鼠疫的任何症状，只是一时疲劳过度的反应。老太太郑重地回答说，她提议并不是出于这种担心，她没有考虑自身的安全，那是掌握在上帝的手里，她只是想到神甫的健康状况，并且自认为对此负有部分责任。但是，由于神甫没有再说什么，房东老太太所讲，如果属实的话，她当场又向神甫提议请他的医生来。神甫再次拒绝了，还解释了几句，而老太太却认为说得非常含混。她只是觉得听懂了，可听懂的意思，在她看来又恰恰无法理解；神甫拒绝医生诊视，是因为这不符合他的原则。于是，她得出结论，高烧把她的房客脑袋烧糊涂了，无奈之下，她只能给神甫端去药茶。

老太太一心决定，要一丝不苟地履行这种情况给她造成的义务，每隔两小时去看看病人。最令她诧异的是，一整天神甫都一直处于烦躁的状态。他掀掉被单，随后重又拉上盖住，不断抬手抚摩汗潮的脑门儿，还时常坐起来，想咳嗽又咳不出痰来，喉咙嘶哑而带痰声，仿佛要强行清嗓子。当时真像有一团棉絮堵住嗓子眼儿，又无法掏出来。一阵一阵这样折腾之后，他就仰身倒在床上，所有迹象都表明他已筋疲力尽。最后，他又半抬起身子，片刻之间凝视前方，目光那么专注，比先前躁动时更为凶猛。可是，要不要叫医生，老太太还犹豫，唯恐惹病人不快。虽说看似很严重，也许这仅仅是突发高烧。

不过，到了下午，老太太试图对神甫说这事儿，只得到几句含混不清的回答。她又重提请医生的建议。神甫一听便坐起来，他有点喘不上来气，回答得却十分清晰，他不愿意请医生。当时，房东老太太就决定等到次日早晨，如果神甫的病情还不见好转，她就打电话，朗斯多克情报所提供的电话号码，每天要在广播里反复播送十来遍。她始终担当自己的责任，打算夜间还去看看房客，守护在床前。可是，晚上给他端去新煮的药茶之后，她本人也想躺一会儿，不料直到次日天蒙蒙亮才醒来，赶紧跑到病人房间。

神甫躺在床上，一动也不动。昨天满脸涨红，现在却面无血色，因脸庞依然丰满，那种苍白就尤为骇人了。神甫正凝视着床铺上方的一盏玻璃彩珠吊灯。他的头立刻转向进屋的老太太。据房东说，他折腾了一整夜，毫无气力作出反应了。老太太问他身体如何，注意到他回答的声音淡定得出奇，他说情况不妙，但不需要请医生，只要把他送进医院，照章办事就可以了。老太太一听慌了神儿，急忙跑去打电话。

里厄中午时分赶到，听了房东的讲述，他仅仅回答说，帕纳卢做得对，但是恐怕太迟了。神甫以同样淡定的态度接待里厄。大夫检查了一下，不免感到意外，在他身上没有发现淋巴腺鼠疫或者肺鼠疫的任何主要症状，只检查出肺部肿胀，并有压抑痛感。但是不管怎样，他的脉搏十分微弱，总的体征临近病危，生存的希望不大了。

"您根本没有这种疾病的主要症状，"大夫对帕纳卢说道。"但实际上，还有疑问，我还得把您隔离起来。"

神甫微微一笑，样子很怪异，似乎表示礼貌，但是没有说话。里厄出去打电话，返回房间，就看着神甫。

"我就守在您身边。"他语气温和，对神甫说道。

这时，神甫又恢复点儿精神，眼睛转向大夫，眼神里重又含有几分热情。接着，他艰难地开口说话，没法儿判断他是不是带着伤感讲这句话：

"谢谢，"他说道，"不过，出家人没有朋友，他们把一切都交给了上帝。"

他要人把放在床头的耶稣受难十字架递给他，拿到之后，便转过身来，盯着看十字架了。

帕纳卢住进医院，再也没有开口讲话。他听任摆布，如同一个物件，接受强加给他的各种治疗，只是握住十字架再也不放手了。然而，神甫的病例一直确诊不了。在里厄的思想里始终存疑。是鼠疫，又不是鼠疫。而且，近来一段时间，鼠疫似乎乐得给医生的诊断制造混乱。不过，在帕纳卢的病历中，随后的情况将表明，这种难以确诊并不重要。

体温上升，咳嗽的声音越来越嘶哑，一整天折磨着病人。到了晚上，神甫终于咳出堵着嗓子眼儿的那团棉絮。那团棉絮呈红色。帕纳卢在高烧的嘈杂闹声中，始终保持淡定的眼神。第二天早晨，发现他死了，半个身子悬在床外，眼睛没有任何表情。他的病历卡上记录为："疑似鼠疫。"

那年的万圣节非比寻常。当然了，气候还是随着时令，突然变天了，迟滞的炎热一下子让位给凉爽的天气。跟往年一样，现在刮起冷风，而且持续不断。大片大片乌云，从天际一边奔向另一边，阴影遮住房舍，单等乌云飞过，十一月天空的金色冷光重又投到这些房顶。头一批雨衣已经上市。不过，大家注意到，光亮的胶布雨衣数量奇多。其实，报纸早就报导过，据说两百年前，法国南方鼠疫大流行期间，医生们穿上油布衣服以防传染。各家商店趁机倾销库存的过时服装，人人争购，希望穿上这种防护服。

不过，时序嬗变的这些征象，不能令人忘记公墓冷冷清清的景象。往年这个日子，有轨电车里充满菊花的没有香气的味道，妇女则成群结队，前往亲人安息的墓地，给他们的坟墓布满鲜花。一年漫长的岁月，逝者都在孤独和被遗忘中度过，而这一天，正是活着的人试图给死者做些补偿。然而，这一年，谁也不愿意再思念死者了。恰恰是因为已经想得太多了。今非昔比，不再是怀着些许遗憾和无限忧伤来扫墓。死者也不再是被冷落的孤魂，亲人每年有这么一天，来到墓前诉说辩解一番。他们成为不速之客，闯入想要忘记他们的人的生活。这就是为什么，这一年的万圣节，可以说人人避讳了。科塔尔就说，现在天天过万圣节——塔鲁倒认为，他的言词越来越尖刻了。

千真万确，鼠疫欢快之火，在焚尸炉里越烧越旺了。日复一日，死亡人数倒也确实没有增加。但是，鼠疫到达高峰，似乎筑成安乐窝，每天杀戮的人数，像一个称职的公务员的工作那样，准确无误而又均衡了。依权威人士之见，原则上，这是个好兆头。在疫情图表上的曲线，先是不断上升，后来沿水平延长，这在一些人，例如在里夏尔大夫看来，还是差强人意的。"这图表趋势不错，好得很嘛。"里夏尔大夫说道。他认为疫情已经达到他所说的水平线了。从此往后，只能是往下降了。这种变化，他归功于卡斯泰尔新研制出来的血清。新血清确实取得了意外的成效。老卡斯泰尔也不表示反对，但却认为，其实还无法作出任何预判，瘟疫的历史就出现过意料不到的反弹。省政府早就渴望平抚公众的情绪，但是鼠疫总不给机会，这次就打算召集医生开会研讨，请他们写出一份有关这个问题的报告，不料就在这节骨眼儿上，里夏尔大夫也让鼠疫夺走了性命，而这恰恰发生在疫情水平发展线上。

这一事例当然令人震惊，但是毕竟说明不了什么，省府当局面对这一变故，又回到悲观的态度上，这跟先前要采取乐观态度同样失于轻率。卡斯泰尔本人倒是兢兢业业，一门心思研制他的血清。不管怎样，公共场所无不改成医院或者检疫隔离所，而省政府大楼之所以没有轻易改动，也是因为总得保留个开会的场所。不过，总体来说，这个时期疫情相对稳定，因此，里厄所作的组织安排还能应付裕如。医生和护理人员已经尽了全力，没有被迫想方设法作出更大的努力。他们只需保持常态，继续做好这种可以说是超人的工作。已经有所表现的肺鼠疫形态，现在蔓延到本市各个角落，就好像大风点燃并吹旺市民肺里的大火。患者大口大口吐血，丧命的速度大大加快了。现在受感染的危险剧增，则是瘟疫的这种新形态所致。其实，在这一点上，专家们始终各持己见。但是，为了进一步防护，卫生防疫人员依旧隔着消毒纱布口罩来呼吸。尽管乍看起来，疫情很可能还要扩展，但是，腺鼠疫的病例却在减少，总体尚能持平。

然而，由于食品日益短缺，还可能在其他方面引起忧虑。投机活动猖獗起来，一般市场紧俏的生活基本食品，有人以天价倒卖。这样一来，穷苦人家生活就异常艰难，而富有家庭几乎什么也不缺少。按说，鼠疫司职不偏不倚，卓有成效，本可以在我们同胞的心中强化平等，不料正相反，它通过自私心理的正常作用，在人心中加剧了不公正的感受。当然，最后还有无可挑剔的平等，即死亡，但是这种平等，谁也不愿意争取。穷人饱受饥饿之苦，自然更加怀旧，想到毗邻的城镇乡村，那里生活很自由，面包也不贵。既然不给他们饱饭吃，他们就颇不理智地觉得，应该放他们离开。于是，一句口号终于流行起来，有时在墙上就能读到，还有几次在省长经过的路上有人喊出来："不给面包，就给空气！"这句带有嘲讽意味的口号，也成为示威游行的信号：几次游行被迅速镇压下去，但是其严重性质则有目共睹。

各家报纸接到指令自然服从，不惜一切代价宣传乐观精神。读这些报纸，那便是民众表现出来的"平静而镇定的动人典范"，标志着当前形势的特点。可是，在一座封闭的城市里，就毫无秘密可言了，谁也不会误解全城居民表现出来的"典范"。至于报纸上所谈的"平静而镇定"，要想有一个准确的概念，只需走进当局所组建的一处检疫隔离所，或者一个隔离营就行了。当时，叙述者恰巧被调往别处，不了解那些营所的情况。因此，他讲到这里，只能引述塔鲁的见证。

塔鲁在笔记中，确实论述了一次参观：他和朗贝尔一起去看了设在市体育场的隔离营。体育场坐落在城门附近，一边挨着有轨电车行驶的街道，另一边则是一大片空地，空地一直延伸到城池起建的高地边缘。体育场四周通常筑起水泥高墙，只要在四面进出口设置岗哨，就很难逃离。同样，有围墙阻隔，外面的好奇者也难以进去打扰那些接受检疫隔离的不幸者。反之，隔离在里面的不幸者，终日看不见，却能听到驶过的一辆辆有轨电车，从伴随电车的更加喧闹的声音，就能猜出是办公室上下班的时间。他们由此得知，生活把他们排除在外，但是在离他们几米远的地方仍然继续，只是由水泥高墙隔成两个世界，彼此陌生的程度，不亚于身处不同的星球。

那是个星期天下午，塔鲁和朗贝尔选定时间前往体育场。陪同他们的那个贡萨雷斯，足球运动员，还是朗贝尔把他找来的，他最终接受了轮流看管体育场的差使。朗贝尔要把他介绍给隔离营主任。贡萨雷斯跟他们二人重又见面的时候，就对他们说闹鼠疫之前，这个时刻他换上运动服，准备上场比赛了。现在，体育场都征用了，不可能再组织球赛了，贡萨雷斯感到自己闲得慌，也完全是一副无所事事的样子。正是出于这种原因，他接受了这项看管的任务，但要求只是在周末才值班。那天半晴半阴，贡萨雷斯仰望天空，颇为遗憾地指出，这种天气，不下雨也不热，特别有利，能痛快踢一场好球。他极力回忆在更衣室里擦松节油的气味，还有摇摇欲坠的看台，黄褐色球场衬出的色彩鲜艳的球衣，中场休息时喝的柠檬汁和冰镇汽水，发干的喉咙喝下汽水，就有无数冰针刺激的感觉。塔鲁还记录一件事：他们走过城郊坑坑洼洼的街道，这个足球运动员还不断地踢着碰到的石子儿，总想一脚踢进阴沟的下水口里，踢进去了便说道："一比零。"他抽完一支香烟，烟蒂从口中吐出去，就起脚尽量在半空接住。到了体育场附近，一群孩子正踢球，把球朝他们三人踢过来，贡萨雷斯冲上前，一脚准确地把球还给那些孩子。

他们终于走进体育场。看台上全是人。但是，场地上搭满了红帐篷，有数百顶之多，远远望去，看得见帐篷里的卧具和包裹。看台原样未动，好让检疫隔离者上去乘凉或者避雨。他们到日落时分才能回帐篷。看台下面的淋浴室经过了改造，而运动员的更衣室则改成办公室和医务室。隔离营大部分人都在看台上，另一些人在球场边上游荡，还有几个人蹲在他们帐篷的出入口前，无神的目光扫视着任何东西。看台上许多人都横躺竖歪，似乎有所期待。

"他们整天都干什么？"塔鲁问朗贝尔。

"不干什么。"

确实如此，几乎所有人都耷拉着胳臂，两手空空。这么大一群人聚在一起，全场却寂静得出奇。

"最初那几天，"朗贝尔说道，"这里的人话特别多，谁都听不见谁。可是，随着一天一天过去，他们的话就越来越少了。"

根据塔鲁记述的情况，他理解他们的心情，从一开始就看见他们挤在帐篷里，不是倾听嗡嗡飞的苍蝇，就是浑身瘙痒，一碰到愿意听他们发泄的人，他们就大叫大嚷，倾吐他们的愤怒或恐惧。然而，等到隔离营人满为患了，善意倾听的人越来越少，大家就只好不吭声了，而且相互猜忌。的确，有一种猜疑，自灰色却又明亮的天空而降，落到这红色的营地里。

不错，人人都是一副猜疑的神色。既然把他们从其他人当中隔离出来，那就不是毫无道理，他们就要在脸上显示担心并寻找这种道理的神色。塔鲁观察到，他们人人眼神都茫然，人人都是一副痛苦的样子，苦于同他们原先的生活完全隔绝了。他们总不能时时刻刻想着死亡，于是什么都不想了。他们是在度假。"然而，最糟糕的是，"塔鲁这样写道，"他们已被人遗忘，而且，他们心里也明明白白。熟人把他们忘记了，因为要考虑其他事情，这很可以理解。可是，爱他们的人也把他们忘记了，因为要走门路，疲于奔命，要想方设法把他们捞出来。那些人脑袋里总萦绕着要捞人的事，也就不再想要捞的人了。这也很正常。这样闹腾下来，大家终于发觉，谁也不可能真正想谁了，即使身陷最悲惨的境地。因为，真正想一个人，那就是分分秒秒都在想，绝不会分神，不管是有家务事，有苍蝇在眼前飞，该吃饭了还是身上发痒。但是，总有飞舞的苍蝇，身上也总有发痒的时候。因此，人活在世上很艰难。他们这些人都深知这一点。"

隔离营主任又朝他们走来，对他们说有个奥通先生要见他们。他先把贡萨雷斯送到办公室，再来带塔鲁和朗贝尔走向看台的一个角落。坐在一旁的奥通先生从那里站起身，接待他们。他的穿戴一如往常，还戴着硬领。塔鲁仅仅注意到，他两鬓的毛发扎煞得很高，一只鞋的鞋带没有系好。法官的神态很疲惫，他一次也没有正面看对方一眼。他说见到他们很高兴，并请他们转达，他感谢里厄大夫所做的事。

其他人都一言不发。

过了半晌，法官又说道：

"我希望，菲利普没有太受罪。"

这是塔鲁第一次听他说出自己儿子的名字，明白情况有所转变。夕阳在天边低垂，从两片云彩之间透出来的晚照，斜射进看台里，给三人的脸涂上金光。

"没有，"塔鲁说道，"没有，他真的没有受罪。"

塔鲁和朗贝尔离开时，法官仍然望着射来阳光的天边。

他们去跟贡萨雷斯告别。这个足球运动员正在研究轮班值勤表，他笑嘻嘻地跟他们握手。

"至少我又见到了更衣室，"他说道，"还是老样子。"

过了一会儿，主任要送塔鲁和朗贝尔出营，这时忽听看台上噼噼啪啪巨大的声响。接着，国泰民安时期用来宣布球赛结果，或者介绍球队的高音喇叭，这时用发颤的声音通知，隔离人员要回到各自的帐篷，以便分发晚餐。这些人缓缓离开看台，拖着脚步返回帐篷。等他们各就各位了，两辆在火车站里能见到的小型电瓶车，拉着几口大锅，驶进帐篷之间。每人都伸出手臂，而车上两只长柄勺伸进大锅，盛出食物，倒进每人两只饭盒里。电瓶车随即开走，给下一顶帐篷发食品。

"这样安排很科学。"塔鲁对主任说道。

"对，"主任满意地说着，同他们握手，"是很科学。"

这时，暮色沉沉，却云散天晴。隔离营沐浴在清爽柔和的光亮中。在宁静的暮晚，各处却响起匙子和餐盘的声音。一些蝙蝠在帐篷上方飞旋，又倏忽不见了。在围墙外，一辆有轨电车驶过道岔儿，发出吱吱嘎嘎的声响。

"可怜的法官，"塔鲁走出体育馆大门时，喃喃说道，"真应该为他做点儿什么。不过，如何帮助一位法官呢？"

这样的隔离营，城中还有好几座，叙述者没有第一手材料，为谨慎起见，不能再多说什么。不过，他所能讲的，就是那些隔离营的存在，从那里散发出来的人的气味，黄昏时分高音喇叭震耳欲聋的声响，神秘的围墙，以及那些被打入另册的地方所引起的恐惧，都沉重地压抑着我们同胞的精神，给所有人平添了慌乱和忧虑。跟当局发生的争执和冲突也越来越频繁了。

然而，到了十一月底，早晨就变得很冷了。大雨倾盆，冲刷着铺石马路，也清洗天空，让洗去乌云的澄净天空，在上方与明亮的街道相辉映。乏力的太阳，每天早晨都向全城投下闪亮而清冷的光芒。反之，将近傍晚，空气重又变得温暖了。塔鲁正是选择这种时刻，跟里厄大夫谈谈心。

有一天，将近晚上十点钟，度过了漫长而耗尽精力的一天之后，塔鲁陪同里厄出诊，一道去那位哮喘病患者老人家。这个老街区房舍上空，天光柔和。微风无声无息，穿过幽暗的十字路口。两个人从安静的街道一路走来，却碰到了唠叨不休的老人。老人告诉他们说，有些人并不同意当局的做法，总是同样那些人捞油水，总是同样一些人受罪，总用瓦罐打水早晚得碎，他说到这里，还搓着双手补充道，很可能要出大乱子。他趁着大夫给看病的工夫，嘴上不停地评论时事。

他们听见屋顶有走动的脚步声。老太太见塔鲁注意听的样子，就向他们解释说是一些邻居家的女人上了屋顶平台。他们从而还得知，平台上视野很开阔，而且，房子和房子的平台总有一面相接，整个街区的妇女不用出门，就能相互看望。

"是啊，"老人说道，"你们上去瞧瞧，那上面空气好。"

他们上去一看，平台已空无一人，放了三把椅子。从一面极目望去，只能看见平台连着平台，最后靠着一个岩石般的、幽暗的庞然大物，他们认出那是第一座山丘。从另一面望去，目光越过几条街道和看不见的港口，能落到海天一线，依稀颤动的天际。他们看不到光源的一束亮光，从他们知道的悬崖后面有规律地再现：那是航道的塔灯，从春天起，就一直指引航船改道驶向其他港口。大风清扫过的天空很清亮，纯净的星星闪烁，远处灯塔的光束不时掺杂进来，好似掠过的一缕青烟。微风送来花草的芳香和石头的气味。周围一片岑寂。

"天气真好，"里厄坐下来说道，"就好像鼠疫从来没有蹿升到这里。"

塔鲁背对着他，在眺望大海。

"是啊，"过了半晌，塔鲁才应声说道，"天气真好。"

他走过来，坐到大夫旁边，定睛看着对方。灯塔的光束在天空三度再现。餐具一阵碰撞的声响，从幽深的街道升起，一直传到他们的耳畔。楼内一扇房门啪地关上。

"里厄，"塔鲁语气十分自然地问道，"您就从来没有想了解我是谁吗？您对我产生了友情吗？"

"是的，"大夫回答道，"我对您产生了友情。不过，直到现在，我们始终没有时间。"

"好的，有这话我就放心了。这一刻作为友谊的时刻，您愿意吗？"

里厄没有回答，只是冲他微微一笑。

"喏，是这样……"

远处的街道上，一辆汽车在湿滑的路面上似乎滑行好长时间。汽车驶远了，随后又远远传来模糊的惊呼声，再次打破了寂静。继而，寂静重又落到两个男人的头上，连同天空和繁星的全部重量。塔鲁已起身，坐到平台的栏杆上，面对着蜷缩在椅子上的里厄。只能看到他那大块头的身影，由天空衬托出来。他讲述了好长时间，所谈的内容大致复述如下：

"简单说吧，里厄，早在来到这座城市，经历这场瘟疫之前，我已经饱尝了鼠疫之苦。我是个普通人，这样讲就足够了。然而，这种状况，有些人身处其中并不自知，或者安于现状，还有些人知道处境却想要摆脱。我呢，就始终想要摆脱这种处境。

"我年轻那时候，怀着天真无邪的思想生活，也就是说根本没有思想。我不是好瞎折腾那种类型的人，正正经经开始我的生涯，做什么事都很顺，凭着自己的聪明，在女人圈里如鱼得水，如果说我还有几分不安的话，那就是女人来得快，也去得快。有一天，我开始考虑了。现在……

"应该告诉您，我的家境不像您这样穷苦。家父是代理检察长，相当有地位。但是，他没有那种架子，天生是个随和的人。家母出身寒微，从不抛头露面，我始终很爱她，但是不愿意谈她的情况。父亲，对我关怀备至，我甚至相信他还试图理解我。他有外遇，现在我可以肯定，因此，我一点儿也不感到愤恨。他在这方面的行为，正如人们所预期的那样，没有招人反感。总之，他不算是个特立独行的人，现已不在人世，我明白了他这个人的一生，即使不能说是个圣人，也不能说是个坏人。他介于两者之间，仅此而已，对于这种类型的人，大家都有一种适度的好感，正是这种好感能让人继续下去。

"不过，他有一点与众不同：他床头的书却是一本《火车旅行手册》。这倒不是因为他经常出游，其实，只有度假，他才去布列塔尼，那里乡间有一小幢住宅。可是，他能准确地告诉您，从巴黎始发到柏林的各次列车发车和到达的时间，从里昂前往华沙所需换乘列车的时刻，以及您随意挑选的两个首都之间的准确距离。您能说出从布里扬松去沙莫尼怎么乘车吗？即使一个火车站的站长也会闹糊涂了。我父亲却不会弄错。几乎每天晚上，他都练习，丰富这方面的知识，他也颇感自豪。我觉得这很有趣，就经常考他，再拿《火车旅行手册》对照他的回答，承认他答得不错，真是喜出望外。这种小小的练习大大密切了我们彼此的关系。我充当了他的听众，他也赞赏这种好意。至于我，我倒认为他在火车旅行时刻表方面的高才，也不亚于其他方面的高才。

"话题扯远了，我这样就显得过分推重这个正派人了。因为，说到底，他对我所下定的决心，仅仅起了间接的影响。顶多他给我提供了一次机会。是这样，我十七岁那年，我父亲邀请我去听他起诉一个人。那是一桩重大案件，在重罪法庭审理，他当然，认为那该是他最露脸的一天。至今我还相信，他借助这种最能激发青年想象力的庭审，想要推动我进入他本人所选择的职业。我接受去听审案，因为这能让我父亲高兴，还因为我也很好奇，习惯了他在家里的角色，要看看和听听他如何扮演另一种角色。此外我没有别种想法。那时在我的心目中，法庭上审案的过程，类似七月十四日国庆阅兵或者颁奖仪式那样，既正常又不可避免。关于庭审，当时我的认识非常抽象，一点儿也不觉得碍难。

"然而那天，我保留的唯一印象，就是罪犯的形象。现在我也认为，他确实有罪，犯了什么罪并不重要。罪犯是个三十来岁的男子，个子矮小，红棕头发比较稀疏，看样子他决心全部招认，对他所犯的罪和要受到的惩罚，的的确确吓得要命，结果几分钟之后，我的眼睛就只盯着他一个人了。他活像一只被强光吓坏了的猫头鹰。他的领结打歪了，没有对准领口。他只咬噬一只手的指甲，右手的……总之，我不必多讲，您已经明白，他是个大活人。

"然而，我这是猛然意识到的，而此前我想到他时，完全通过'被告'这种方便的归类。现在我不能说，当时我已经把我的父亲置于脑后了，但是，我的腹部像有什么东西收紧，无法顾及其他，注意力只集中到被告身上。我几乎什么也不听了，感到有人要杀死这个大活人，一种强烈的本能，像浪涛一样，把我卷向被告那边，带有一种固执的盲目性。直到我父亲开始宣读公诉状，我才真正清醒过来。

"我父亲穿上红色法袍，完全变了个人，和善、亲热，统统不见了踪影，他满嘴冗长的语句，像蛇一般不断爬出来。我听明白了，他从社会的名义，要求处死这个人，甚至要求砍下这个人的脑袋。不错，他仅仅说：'这颗脑袋就该落地。'不过，归根结底，这没有多大差异。果然是一码事儿，既然他得到了这颗脑袋。只不过，活儿并不是由他干的。随后我就注意听案件的审理，一直到结案，唯独同这个不幸的人，我产生了一种令人惊诧的亲近感，而我父亲却从未有过这种感觉。然而，按照惯例，他应该亲临行刑现场；行刑时刻，美其名曰最后时刻，正经应该称为最卑鄙的谋杀。

"从那天起，我一看到那本《火车旅行手册》，就厌恶到了极点。从那天起，我怀着憎恶的心情，关注司法、死刑和处决，还惊骇地发现，我父亲一定多次到现场观看杀人，而且恰恰到了那些日子，他起得非常早。是的，那几次他都上好闹钟。我不敢跟母亲说起，于是更加细心观察她，这才明白他们之间毫无感情了，母亲过着一种清心寡欲的生活，正如我当时讲的，这种情况有助于我原谅了她。后来我更得知，她没有任何事需要求得原谅，因为她直到结婚，一生贫困，在贫困中学会了隐忍。

"您一定是等我说这句话，我马上就离家出走了。没有，我在家住了好几个月，有小一年的时间。但是我有了一块心病。一天晚上，父亲要闹钟，第二天他得早起来。我一夜未眠。第二天他回来发现，我出走了。长话短说，父亲派人找我，我也去见了他，什么也没有解释，只是平静地对他说，若是强迫我回家，我就自杀。他天生性情温和，最终接受了，还对我讲了一大通，说什么想过自由自在的生活是愚蠢的（他是这样理解我的行为，我也不予以驳斥），又千叮咛万嘱咐，并且忍住了由衷的眼泪。不过，后来，很久之后，我定期回家看望母亲，也就见到他了。现在我认为，保持这种关系，他也就心满意足了。就我而言，我并不怨恨父亲；只是心里有点儿伤感。他去世之后，我就接来母亲一起住：母亲若是没走的话，会一直留在我身边。

"我长时间讲述开端这段情况，因为实际上，这是一切的开端。

现在我要讲得快些了。十八岁那年，我离开了优裕的家庭，体验到了贫困。为了谋生，我干过各种行业，倒也还过得去。但是，我所关心的还是死刑，很想清算一下我跟红棕头发猫头鹰的那笔账。结果，我搞了大家所说的政治。我那是不想成为鼠疫患者，仅此而已。我认为我所生活的社会建在死刑的基础上，我同社会进行斗争，就是同死刑进行斗争。我相信是这样，别人也对我这样讲，总之，在很大程度上是对的。因此，我就跟我喜爱的那些人在一起，我也始终爱他们。我留在他们中间很长时间，欧洲所有国家的斗争，没有我不投身进去的。这情况就不多谈了。

"当然了，我知道必要的时候，我们也宣布死刑。但是他们对我说，这几个人必须处死，以便到达一个不再杀任何人的世界。在某种意义上，也的确如此，可是，也许我终究不能坚持这种真理。可以肯定的是，我还犹豫不决。不过，我想到那个猫头鹰，那情况还可能继续下去。直到那一天，我看到处决一个人（那是在匈牙利），同样的情景，曾让少年的我头晕目眩，又让成年的我眼前一片黑暗。

"枪毙人的场面，您从来没有见过吧？当然没见过。到场的人，一般要受到邀请，普通观众，也都事先经过挑选。结果呢，您只能停留在木版画和书本插图的场面。黑布蒙上眼睛，人绑在柱子上，几名士兵站在远处。哼！根本不着边！恰恰相反，行刑队靠近要被处决的人，相距只有一米五，这您知道吗？犯人若是往前跨两步，胸口就能顶到枪口，这您知道吗？这么近的距离，行刑队员的枪口又都对准犯人的心区部位，他们一齐开枪，射出的大型号子弹能将人胸口打出个大窟窿，拳头可以伸进去，这您知道吗？不，您不知道，因为那是细节，人家都不讲。睡眠对于人，比生命对于鼠疫患者更加神圣不可侵犯。谁也不应该妨碍好好的人睡觉。除非自己嘴里有味，味儿不好就不要坚持，这一点谁都知道。可是我呢，从那时候起，我就睡不好觉了。难闻的味道一直停留在我的口中，我还一再坚持，也就是说思考这些事儿。

"于是我想明白了，在这些漫长的岁月中，至少我始终是个鼠疫患者，而我还恰恰以为，自己全心全意在同鼠疫作斗争。我得知自己间接地同意了数千人的死亡，甚至煽动杀死他们，即认为必然导致他们死亡的行动和原则是正确的。而这种事，其他人似乎没有什么碍难，或者至少，他们从来不会主动提起。可是我，嗓子眼儿却发紧。我同他们在一起，又深感孤独。有时我表明自己的顾虑，他们就对我说，必须考虑这是一场什么博弈，他们向我摆出的理由往往惊心动魄，好让我囫囵吞枣那样接受。不过，我回答说，那些高贵的鼠疫患者，那些身穿红色法袍的人，他们在这种判决中，也同样有充分理由；如果我赞同普通鼠疫患者提出的不可抗拒的理由和必要性，那么我也不能拒绝高贵的鼠疫患者陈述的理由。他们就向我指出证明穿红袍的人有理的好办法，就是让他们独自掌握判处的大权。可是我心想，让步一次，那就没有理由停下来了。我觉得历史证实了我有道理，如今，都在比谁杀人最多。他们全都在疯狂地杀戮，而且也不可能换一套做法。

"不管怎样，我自己的问题，并不是推理，而是那个红棕头发的猫头鹰，那个肮脏的案件中，几张患了鼠疫的又脏又臭的嘴，向一个戴着手铐脚镣的人宣布他将被处死，并且为处死他安排好一切，于是，他每夜每夜都处于垂危状态，睁着双眼等待被处死。我的问题，是胸口的那个大窟窿。那时我总在想，眼下，至少我个人，我绝不再给出一条理由，您听清楚了，哪怕是一条理由，去为这种令人作呕的屠杀辩解。不错，我选择了这种固执的盲目态度，有待以后看得更清楚吧。

"从那之后，我就没有变。很久以来，我就深感愧疚，羞愧得要死；居然我也成为一个杀人凶手，即或是间接的，即或是抱着良好愿望。随着时间的推移，我仅仅发现，今天，比较而言，即使好人也难免杀人或者被杀，因为他们就生活在这种逻辑中，在这个世界上，我们的一举一动，都有可能致人死亡。是的，我依然感到羞愧，我领悟了这一点，也就是我们所有人都陷入鼠疫中，我丧失了宁静，至今我还在寻找这种宁静，尽量理解他们所有人，不要成为任何人的死敌。现在我仅仅知道，应该怎么做就怎么做，以便不要再成为一名鼠疫患者，唯独这样，我们才能期望安宁，得不到安宁就安详地死去。唯独这样，才能给人宽慰，即使拯救不了人，起码也尽量少给他们造成伤害，有时甚至给他们做点儿好事儿。这就是为什么，我决定拒绝一切直接或间接的，有理或无理的杀人行为，也不为杀人的行为辩解。

"同样，这也是为什么，这场瘟疫没有教会我什么，只让我明白必须和你们一起同瘟疫斗争。我基于可靠的知识了解（对，里厄，生活的事我无所不知，这一点您会清楚地看到），鼠疫，每人身上都携带，因为，任何人，是的，世上任何人都不能免遭其害。我也知道，必须时时刻刻小心谨慎，以免稍不留神，就面对别人的脸呼吸，将疫病传给别人。天然生成的，是细菌。其余的东西，诸如健康、正直和纯洁，都是意志的一种表现，而人的意志永远也不应该停歇。一个正派人，就是几乎不把疫病传染给任何人的人，就是尽量少疏忽走神的人。真得有意志，还要绷紧神经，才始终不会疏忽大意。是的，里厄，当个鼠疫患者相当辛苦。不过，不想成为鼠疫患者还要更辛苦。正因为如此，所有人都很累，因为如今，所有人都难免染上点儿鼠疫。然而，也正因为如此，有那么几个人，不想再当鼠疫患者了，就尝尽了疲劳之苦，除非死了才可能解脱。

"从现在起到那时候，我知道自己对这个世界毫无价值了，而且从我放弃杀人的那一刻起，我就判处自己终生流放了。历史将要由其他人来创造。我也知道，恐怕我审判不了那些人。我缺乏一种特质，不能成为一个通情达理的杀人者。这不是一种傲慢。但是现在，我心甘情愿原原本本做人，我学会了谦虚。我只想说，大地上还有灾难和受害者，一定得尽可能拒绝，不要跟灾难同流合污。这在您看来，也许有点儿单纯，单纯不单纯不好说，但我知道，这是实情。我听到过那么多高谈阔论，脑袋几乎给弄晕乎了，那些高谈阔论也足以使其他一些人晕头转向，结果同意去杀人了，从而也使我明白了，人的不幸缘于他们没有使用一种清晰的语言。于是我决定讲话和行动都要明明白白，以便走在正道上。因此，我说世间有灾难和受害者，除此不再多说什么。如果说，我讲这话，本身就变成灾祸，那么至少，并非我情愿。我试图成为一个无辜的杀人者。您瞧，这不是什么雄心大志。

"当然还得有第三境界，即真正医生的境界。但是这种现象不多见，估计是很难进入。因此，我决定站在受害者一边，无论发生什么情况，以求减少损失。我在受害者中间，至少可以寻求如何抵达第三境界，也就是达到安宁。"

塔鲁讲完的时候，悠荡着双腿，用脚轻轻地敲击着平台。大夫沉默了片刻，稍微挺起身子，便问塔鲁是否有了想法，走什么路才能达到安宁。

"有啊，就是同情。"

远处传来救护车的两下铃声。一阵阵呼叫声，刚才还模糊不清，这时集中到城市的边缘，就在岩石山丘附近。与此同时，还听见了类似爆炸的声音。随后，又复归寂静。里厄数了灯塔两次闪亮。风力似乎加大了，同时一阵海风送来一股咸味。现在可以清晰地听到浪涛拍打悬崖低沉的喘息。

"总之，"塔鲁干脆说道，"我关心的是了解如何成为圣人。"

"可是，您却不相信上帝。"

"恰恰如此。人，不信上帝能否成为圣人，这是我现今唯一要认识的问题。"

突然，从传来喊叫声的那边射出一大道亮光，而隐约的喧嚣声，逆风而上，一直达到这两个男人的耳畔。那道亮光随即暗淡下去，在远处相连平台的边缘，只留下淡淡的红光。在风停的瞬间，清晰地听见人的呼喊，接着是一声枪响以及众人的喧哗。塔鲁站起身来倾听。可是，什么声音也听不见了。

"城门口那儿又动手了。"

"现在结束了。"里厄说道。

塔鲁咕哝道："从来就结束不了，还会有受害者，因为这是顺理成章的事。"

"也许是这样，"大夫回答说，"然而您知道，我感到比起跟圣人来，跟失败者更为意气相投。我觉得自己对英雄主义、圣贤之道并不感兴趣。能引起我兴趣的，还是做个男子汉。"

"对呀，我们都有同样的追求，但是我没有那么大雄心。"

里厄以为塔鲁在开玩笑，便瞥了他一眼，不过，在朦胧的天光夜色中，看到的只是一张忧郁而严肃的脸。风又刮起来了，里厄感到肌肤暖洋洋的。塔鲁抖擞了一下精神：

"您知道吗，为了友谊，我们该做点儿什么呢？"

"做您想做的事。"里厄说道。

"洗个海水浴。即使对一个未来的圣人，这也是一种可心的乐趣。"

里厄微微一笑：

"我们凭着通行证，可以走上防波堤。归根结底，只是在鼠疫中熬日子，那就太蠢了。毫无疑问，一个人应该为受害者进行斗争。可是，除了斗争，什么也不爱了，那么，他斗争又有什么用呢？"

"对呀，"里厄说道，"我们去吧。"

不大工夫，汽车就停到港口的铁栅门旁边。月亮已经升起来了。乳白色的天空，往各处投下淡淡的阴影。身后城区的建筑鳞次栉比，吹来一股携带病毒的热风，催促他们走向大海。他们出示通行证，一名哨兵检查了许久才放行。他们在弥漫着酒味和鱼腥味的空气中，穿过一道堆满酒桶的土堤，朝防波堤走去。将要到达时，闻到碘和海藻的气味，他们就知道离海不远了，继而就听见海的声息。

在防波堤的巨大石基脚下，海在轻轻地呼啸。他们登上石基，就觉得海如丝绒般厚实，又如野兽毛皮似的柔软光滑。他们坐到岩石上，面向大海。海水降起来，又缓缓落下去，这种平静的呼吸，带起水面时现时隐的油亮波光。眼前黑夜茫无际涯。里厄感到手指下岩石凸凹不平的面孔，心里充满了一种奇异的幸福。他转向塔鲁，从朋友安详而严肃的脸上，猜得出同样的幸福感，但又未尝忘记任何事情，就连杀人也没有忘怀。

二人脱下衣服。里厄头一个扎进水中。乍一潜入觉得水冷，浮上来又感到水温了。他用蛙泳的姿势划了几下水之后，就知道这晚上，

179

海水相当温热，这是因为秋季的海水吸收了陆地储存了几个月的热量。他游泳动作很协调，双脚拍打水面，在身后掀起翻滚的浪花，水沿着胳臂往后逃去，却粘连在大腿上。只听扑通一声，他明白塔鲁也扎进水中。里厄仰身躺着不动了，面朝颠倒的天空，满天月色和星光。他悠长地深呼吸，继而，越来越清晰地听见击水的声响，在清幽孤寂的夜色中显得格外清亮。塔鲁游近了，很快就听见他的喘息声了。里厄又转过身来，与朋友齐肩了，便以同样的速度游起来。塔鲁划水往前的冲力更大些，里厄只好加快了划动的频率。有几分钟工夫，二人齐头并进，速度相当，力量也相当，远离尘嚣，独自游荡，终于摆脱了这座城市和鼠疫。里厄首先停下来，二人又缓缓往回游，他们仅仅在短时间内，游进了一股冰冷的水流。受到大海这一突袭，他们都一声未吭，二人不约而同加快了速度。

他们穿好衣服，一句话未讲就离去了。然而，他们有了同样的心情，回忆起这个夜晚都倍感温馨。他们远远望见鼠疫的哨兵，里厄知道塔鲁像他一样，心里在念叨，疫病刚才把他们忘掉了，这样很好，现在他们必须重新开始。

对，必须重新开始，鼠疫不会将任何人忘记太久的。在十二月份期间，鼠疫在我们同胞的胸腔里燃烧了，让焚尸炉烧得更红火，给隔离营塞满两手空空的形影，总之，以其不连贯的耐心步伐不断向前推进。当局原本指望到了冷天，瘟疫就会停下来，然而经过初冬的严寒，疫情并没有乱了阵脚。还得等待。不过，等待太久，就不再有所期待了。而我们的整座城市就在无望中打发生活。

至于里厄大夫，宁静和友谊的时刻太短暂，也没有再续的可能。市里又设立一家医院，里厄除了面对患者，再也无暇旁顾了。不过，他也注意到，瘟疫流行到这一阶段，越来越多以肺鼠疫的形态出现了，而且，患者在一定程度上，也肯协助医生了。他们非但不像刚闹鼠疫的时候那样失控，不是沮丧就是发狂，反而表现出更加正确认识自身的利益，主动要求可能对他们最有益的东西。他们不断要求喝水，所有人都需要温暖。

累虽然同样累，但是在这种情况下，里厄大夫少了几分孤独感。

将近十二月底，里厄接到一封信，是预审法官奥通先生从隔离营写来的。信上说他检疫隔离期已过，但是行政部门找不到他入营日期的材料，毫无疑问，现在是因错仍把他关在隔离营。他妻子结束隔离已有一段时间，曾去省政府申诉，而接待她的人态度很不好，对她说这方面工作从来没有出过错。里厄让朗贝尔出面交涉，几天之后，他见奥通先生来了。确实出了差错，里厄不免有点儿气愤。奥通先生显然消瘦了，他见大夫的反应，便抬起一只绵软无力的手，字字都加重语气说道，人人都可能出错。大夫只是一想，对方身上有所变化。

"您打算做什么呢，法官先生？那么多案卷等您处理呢。"

"哎，不，"法官回答，"我想休假。"

"真的，您也该休息休息。"

"不是这个意思。我想要回隔离营。"

里厄深感惊诧：

"您刚刚出来呀！"

"我没有表达清楚，我听说在那座隔离营里，管理人员中有志愿者。"

法官那双圆眼珠子转了转，同时想要压平一绺头发……

"您应当理解，到那里我有事儿可干。还有，说起来也挺荒唐的，到了那里，我会感到同我的小儿子隔得不那么远了。"

里厄注视法官。在这双冷峻无情的眼睛里，不可能突然流露出温情来。但是，这双眼睛却变得更加雾蒙蒙的，丧失了原来的金属似的光泽。

"当然了，"里厄说道，"既然您愿意，这事儿就交给我吧。"

果然，大夫把事情安排妥当了。疫城已恢复了生活原状，一直到圣诞节。塔鲁还一如既往，卓有成效地到处显示他那沉静的神态。朗贝尔向大夫透露，多亏了两名年轻卫兵的帮助，他跟妻子建立了通信的秘密渠道。每隔一段时间，他就能收到一封信。他向里厄提议利用他这条渠道，里厄接受了。于是，漫长的数月以来，里厄第一次写信，拿起笔来极难成书：有一种语言他已然丧失了。信传递出去了，但是迟迟不见回信。且说科塔尔，他却兴旺发达起来，靠着小笔投机倒把生意发了财。至于格朗，就是节假日期间，他的计划也没有什么进展。

这年的圣诞节哪儿是福音节，不如说是地狱节。店铺货架空空，灯光也黯淡，橱窗里摆的是假冒巧克力或空盒子，有轨电车上的乘客，一个个脸色阴沉，毫无往年圣诞节的气象。从前到了这个节日，无论富人还是穷人，都同喜同乐；可是今年，也只有一些享有特殊利益者，才能在肮脏不堪的店铺后间，花高价搞到一点儿偷偷摸摸的、有失脸面的欢乐。教堂里回荡着哀怨之声，鲜见礼拜感恩的举动。在这座死气沉沉的冰冷的城市里，只有几个孩子在奔跑嬉戏，还不知道自己所受到的威胁。然而，谁也不敢向他们提起圣诞老人，从前这尊神总背着各种礼物，老迈好似人类的痛苦，崭新又像年轻的希望。所有人的心中，只能容得下一种十分古老又十分沉郁的希望，也正是这种希望阻止人轻生，但也只是让人好歹坚持活着。

前一天晚上，格朗爽约了。里厄不免担心，一清早去他家里也没有找见人。这事儿惊动了所有人。将近十点钟，朗贝尔到医院来告诉大夫，他远远望见格朗，一副失态的样子，在街上游荡，后来走走就不见了踪影。大夫和塔鲁开车去找他。

中午时分，天气寒冷。里厄下了车，远远望见格朗，脸几乎贴在橱窗上，那橱窗里摆满了做工粗糙的木雕玩具。这位老公务员泪流满面。这泪水引起里厄无限感慨，因为他理解，也同样感到哽噎在喉。他想到这个不幸的人，当年是在圣诞节礼品店前定下婚约，雅娜往他身上一靠，说她很高兴。从那遥远年代的幽深处，正是在这场热恋的中心，雅娜清新的声音又回荡在格朗的耳畔，肯定是旧情难忘。里厄知道，这位哭泣的老人此刻在想什么，他跟格朗是同样的思绪，想到这个没有爱的世界犹如死亡的世界，而且到了一定时候，人们总要厌倦了监狱、工作和勇气，要求一个人的面容和温情美妙的心。

这时，格朗在玻璃上发现了大夫，他没有停止哭泣，转身背靠着橱窗，看着里厄走过来。

"噢！大夫，噢！大夫。"格朗语不成句。

里厄一时也说不出话来，只是点头表示感同身受。这也同样是他的感伤，而此刻揪他这颗心的，却是无比的愤怒：他面对所有人承受的痛苦，不由得怒火中烧。

"是啊，格朗。"里厄说道。

"我真希望有时间给她写封信。好让她知道……好让她能幸福，毫不亏心……"

里厄有点儿粗鲁地往前推格朗。格朗几乎由人拖着走，还不住口，没头没脑，结结巴巴地说着。

"这事儿也拖得太久了。想是想顺其自然，却又迫不得已。噢！大夫！看我这样子，显得挺平静的。然而，我总得作出极大的努力，才能勉强保持正常的样子。可是现在，实在是受不了啦。"

他停住脚步，四肢都在颤抖，眼神发狂。里厄抓住他一只手，觉得滚烫滚烫。

"该回去了。"

格朗却挣脱了大夫，跑了几步，随即停下，张开手臂，开始前后摇起来。他又原地打了个转儿，便瘫倒在冰冷的人行道上，弄脏脸的眼泪还在流淌。行人都戛然止步，远远望着，不敢往前走了。里厄只好一个人抱起老人。

格朗躺在自己床上，现在呼吸很困难：肺部已经感染了。里厄想来想去，这个职员没有家人，何必把他送走呢？里厄就由塔鲁协助，独自给他治疗。

格朗的头深深埋在枕头窝里，脸色发青，眼睛无神了。他死死盯着壁炉里的微火，那是塔鲁用一只箱子的碎木片点燃的。"情况不妙哇。"他说道。从他燃烧的肺里发出一种奇特的噼啪声，一直伴随着他讲的话。里厄不让他讲话，还说他一定会好起来。病人怪异地微微一笑，脸上还流露出一种温情。他吃力地眨了眨眼睛。"这次我若能幸免，大夫，那就脱帽致敬！"然而，他随即就跌入衰竭状态。

几小时之后，里厄和塔鲁再来时，看见病人半坐在床上，里厄一见吓坏了，从他脸上看出烧灼他的疫病又加重了。不过，病人似乎比先前清醒一些，他当即求他们将放在抽屉里的手稿拿给他，说话的声音异常虚弱。塔鲁拿给他手稿，他接过去看也不看，就抱在怀里，随后又把手稿递给大夫，打手势请大夫念一念。手稿仅有短短五十来页，大夫翻了一下才明白，每页稿上都是同一句话，没完没了重新抄写，修改和增删。五月、女骑士、林间花径，这些词不断地出现，但是以不同的方式排列组合。手稿还包括一些诠释，有的甚至极长，同时还有诠释异文。最后一页末尾一句话，写得工工整整，从墨迹来看刚写不久："亲爱的雅娜，今天是圣诞节……"而在这句话前面，则是特别用心写出的那句话的修订稿。格朗说道："您念一念。"里厄就念道："五月一个明媚的清晨，一位身材修长的女骑士，座下一匹华贵的阿勒桑牧马，奔驰在布洛涅森林公园开满鲜花的小径上。"

"就是这样吧？"老人高烧的声音问道。

里厄没有抬眼看他。

"嗯！"格朗躁动起来，说道，"我心里清楚，美丽，美丽，这个词用得不够贴切。"

里厄握住病人放在被子外面的手。

"算了吧，大夫。我没有时间了……"

他的胸吃力地起伏，突然他嚷了一句：

"稿子烧掉！"

大夫颇犯犹豫，可是，格朗又重复一遍他的指令，调门十分骇人，声音里饱含痛苦，里厄只好将稿子丢进快要熄灭的炉火中。房间很快就照亮了，也有了一股短暂的热乎气。大夫再回身走过来，病人已经翻身背向他，脸几乎贴在墙上。塔鲁眼望窗外，身边的场面仿佛与己无关。里厄给病人注射了血清，然后对他朋友说，格朗熬不过今天夜晚，塔鲁便提出自己留下看护。大夫同意了。

整整一夜，格朗就要死去的念头，里厄怎么也挥之不去。但是，第二天早晨，他却看见格朗坐在床上跟塔鲁说话。高烧退了。只剩下全身乏力的症状了。

"唉！大夫，"职员说道，"我不该那么做。不过，我可以从头再来。您瞧着吧，什么我都记得。"

"我们等等看吧。"里厄对塔鲁说道。

然而，到了中午，还是没有任何变化。晚上，可以确认格朗脱离了危险。这次怎么起死回生了，里厄简直一头雾水。

事有凑巧，差不多就在这段时间，里厄还接治了一个送来的女病人，他诊断人已无望了，一入院就让人安排隔离起来。那姑娘一直说胡话，昏迷不醒，完全是患了肺鼠疫的症状。不料，第二天早晨，却退了烧。大夫认为，格朗病情的变化也属于这种情况：早晨见轻，而他凭经验视为不好的征兆。然而，到了中午，体热没有回升，晚上也只是升高几分，再到次日早晨，烧完全退了。那姑娘身子虽说很虚弱，躺在床上呼吸却畅快了。里厄对塔鲁说，这个病人保住了命，是违反所有规律的。可是那个星期在里厄的医院，就出现四个这样相同的病例。

就在那一周的周末，哮喘病老患者接待里厄和塔鲁，情绪显得非常激动。

"好嘛，"老人说道，"又出来了。"

"谁呀？"

"嘿！老鼠呗！"

四月份以来，连一只死鼠也没有发现过。

"这种事，又要重新开始啦？"塔鲁问里厄。

老人搓着双手。

"真得瞧瞧到处乱窜的老鼠！这是一种乐趣。"

他看见两只活老鼠从临街的门钻进他家里。有些邻居也告诉过他，他们家也一样，又出现了老鼠。一些人家的房梁上，又能听到久违数月的老鼠闹腾的声响。里厄等待着每周初公布的统计总数。统计数字表明，疫情减退了。

第五部

疫病这次突然退却，虽然让人喜出望外，但是我们的同胞并不想高兴得太早。几个月过去，他们经历了这一切，人人都更加渴望解脱，可是又都学会了谨慎，习以为常，渐渐不大指望瘟疫能很快结束了。不过，这一新的情况，却挂在所有人的嘴边上，同时又在内心深处，搅动起不便明言的巨大希望。其他一切都降到次要地位。统计的鼠疫死亡数字已降下来，新的受害者，跟这种异乎寻常的现象一比，也就无足挂念了。我们的同胞虽然装出若无其事的样子，但是从这时起，就乐得谈论鼠疫结束后要如何重新安排生活，这是对健康生活不事声张，却暗中盼望的一种迹象。

　　大家看法一致，原先生活的种种便利，不会一朝就能恢复，破坏容易重建难。他们只是认为，食品供应总会有所改善，从而也就释去了一日三餐的忧虑。然而，在这种若不经意的议论的掩饰下，其实一种不理智的希望已如脱缰的野马，很难控御了，我们的同胞有时就意识到了，赶紧说明一句，不管怎样，要说解脱，也不是第二天就能成为现实。

　　的确如此，鼠疫也没有在第二天就停止流行了。不过，从表面看来，疫情消退之快，大大超过了大家合理的期望。一月初那几天，寒冷的天气，异乎寻常地持续，仿佛凝结在本市的卜空。但是天空那么湛蓝，确也前所未见。连日来从早到晚，冰冷的天空总是那么灿烂，让全城终日沐浴在阳光里。在这样净化的空气中，鼠疫一连三周，节节衰退，似乎一蹶不振，排列出来的尸体也天天递减了。病魔花费数月积聚起来的力量，很短时间里就几乎丧失殆尽。本来志在必得的猎物，如格朗或者里厄医院的那个姑娘，却失之交臂，在一些街区疯狂了两三天，在另一些街区则完全销声匿迹，周一大抓一把受害者，到了周三又差不多任其全部逃脱，看鼠疫这种种表现，这样气急败坏或疲于奔命，有人就会说这个瘟神又焦躁又疲惫，已经乱了手脚，在自我失控的同时，也丧失了曾体现其力量的那种精准的高效。卡斯泰尔研制的血清突显疗效，取得了迟迟不见的一系列治疗效果。此前医生采取的各种措施都无济于事，现在似乎突然发力，无一不克敌制胜了。如今轮到瘟神四面受敌，仿佛成为困兽，而此前与其对抗的武器显得驽钝，现因其陡然颓势才大显威力。病魔只是偶尔逞一下凶，夺走三四个有望治愈的患者的生命。他们是瘟疫中的倒霉者，就在满怀希望的时候，遭到瘟神的毒手。预审法官奥通就是这种命运，隔离营只好把他撤离，塔鲁也说他确实运气不佳，但不知此话指的是他离世还是指他生于世。

不过，总体来看，疫病的传染全线败退，而省政府的公报起初还只让人隐隐产生一种谨慎的希望，最终给公众吃了一颗定心丸，确信胜券在握，疫病放弃了各个阵地。老实说，还很难断定这是一场胜利。只是应当看到，疫病似乎怎么来的，又怎么走了。抗击鼠疫的战略并没有变，昨天行之无效，今天看来所向披靡。大家只不过有种印象，疫病是自行衰竭，或者是大功告成之后撤离了。可以这么说，它的角色扮演完了。

然而，城里就好像毫无变化。街道白天还是那么寂静，晚间则熙熙攘攘，仍是原来的人群，但到处是大衣和围巾了。电影院和咖啡馆生意依然兴隆。可是，如若仔细瞧瞧，就能看出大家的表情轻松了，时而还露出笑容。这时就不免想到，此前在街上，谁的脸都与笑意无缘。这道厚厚的幕布，笼罩全城长达数月，实际上已出现裂缝，每逢星期一，人人听广播电台的新闻节目都能了解，这道裂缝正在扩大，最终能让人自由呼吸了。这还是一种完全消极的宽慰，没有直截了当地表达出来。然而，如果是在从前，听说有一列火车开走，或者一艘轮船抵港，还有什么汽车即将重新准许通行，谁也不会轻易相信；可是这些消息，至一月中旬宣布，反而谁也不会觉得意外了。说起来当然这不算什么，但是这细微的差异，也确实反映了在希望的路上，我们的同胞有了长足进步。而且还可以说，对于本市居民而言，极微小的希望一旦变为可能，鼠疫有效的统治便完结了。

尽管如此，在整个一月份，我们同胞的反应还照样矛盾重重。确切说来，他们在兴奋和沮丧两端跳来跳去。正因为如此，就在统计数字最有利的时候，有必要记录几次新的潜逃的企图。而且，企图逃出城去的人大多数成功，这大大出乎当局的意料，也让守城的哨兵相当震惊。其实，到了这种时候，这些人还逃跑，完全受感情冲动的驱使。他们中间一些人的心里，已由鼠疫深深植下了一种怀疑主义，不能自拔了，再也没有希望的容身之地。即使鼠疫流行期已经过去，他们还继续遵循鼠疫的规则生活，自然跟不上形势的发展了。另一些人则相反，他们主要属于饱受离别之苦的群体；此前跟他们所爱的人天各一方，长期分离，陷入幽闭的沮丧之中；一旦刮起希望之风，他们心中便燃起一种狂热和急躁的情绪，再也控制不住自己了。一想到目的近在咫尺，自己也许未达目的之前便丧命，再也见不到心爱的人，长期忍受的痛苦也得不到补偿了，他们就不禁惊慌失措。在长达数月期间，他们不顾监狱和流放式的生活，默默地坚守，顽强地等待，讵料希望的曙光初现，就足以摧毁连恐惧和绝望都无可奈何的一切。他们不能跟随鼠疫的步伐走到最后时刻，而要像疯子那样冲到前头。

不过，乐观的情绪，也同时自发地表露出来。正因为如此，可以看到物价明显降下来。物价的这种波动，从纯经济学观点解释不通。生活的种种困难还照样存在，全城还仍然保持隔离状态，而食品供应也远未改善。可见大家看到的是一种纯精神现象，就仿佛鼠疫的退却反映到了各个方面。与此同时，乐观的情绪，也在那些从前过集体生活而被疫病拆散的人中间蔓延开来。市里的两座修道院准备重新开办，得以恢复集体生活了。军人也同样，他们又都归队，回到空空如也的军营，重又过起驻防部队的正常生活。这些细小的事实都是重大的征兆。

一直到一月二十五日，民众就生活在情绪暗自涌动的状态中。那一周，统计的死亡人数直线下降，在同医学委员会商榷之后，省政府宣布，可以断定控制住了这场瘟疫。不错，公报还补充道，想必民众也会同意，为谨慎起见，城门还要关闭两周，防疫措施再执行一个月。在此期间，稍有迹象表明危险可能卷土重来，"就必须维持现状，延长各项措施"。然而，大家一致认为这种补充无异于官样文章，于是，一月二十五日晚间，全市就沸腾起来。省长也很配合这场举城欢庆，命令恢复疫前的照明。在寒冷明净的天空下，街道灯火通明，我们的同胞成群结队，一片欢声笑语，喧声鼎沸。

许多人家，百叶窗固然还紧闭，一些家庭默默地度过这个充满别人家喧闹的夜晚。不过，那些沉浸在哀痛中的人，在内心深处也同样得到宽慰，终于消除了恐惧，不再担心别的亲人会被夺走性命，或者不必再为自身的安危忧虑了。完全置身于全城欢乐之外的人家，无疑是因为就在此刻，有患上鼠疫的家人住了院，其他人有待检疫，隔离在家或者进了检疫所，等待同这场灾难真正了断，如同其他家庭已然了断那样。这些人家自然也萌生了希望，只不过蓄势待发，在真正有权动用之前，绝不肯从中汲取力量来支撑。可是，这种等待，这种默默的守夜，介乎于垂死和欢乐之间，又在全市欢乐的氛围中，这样的家庭就格外倍受熬煎。

这些毕竟是例外情况，丝毫无损于其他人的满意心情。自不待言，鼠疫并未结束，这一点还有待证实。然而，在所有人的头脑里，火车已提前几星期发出，汽笛长鸣，奔驰在一望无际的铁道上，轮船也在波光粼粼的海面上破浪行进。等到第二天，大家的头脑也许会冷静一点儿，重又产生疑虑。但是此时此刻，整座城市都晃动起来，离开那种封闭、阴暗而了无生气的地方，即城建扎根，打下石基的地方，终于携带幸存者走了出来。那天夜晚，塔鲁和里厄、朗贝尔和其他人，也都走在人群当中，他们也都感到脚下没有踏着实地。塔鲁和里厄离开林荫大道很久之后，走进僻静的小巷，沿着窗板紧闭的窗户漫步的时候，还听得到欢乐之声紧追不舍。由于疲惫不堪，他们也分辨不清是窗户里面悠长的痛苦呻吟，还是回荡在稍远的街道上的欢乐之声。临近解脱的这张面孔，欢笑和眼泪交织在一起。

一时间，喧闹之声越发响亮，也越发欢快。塔鲁停下脚步。一个黑影，轻快地跑在幽暗的马路上。那是一只猫，自春天以来重又见到的第一只。猫停留在马路中间，犹豫片刻，舔了舔爪子，又抬起爪子迅速挠了一下右耳朵，随后又跑起来，悄无声息，隐没在夜色中。塔鲁欣然一笑。那矮老头见了准高兴。

鼠疫似乎离去，返回它悄然出来的不为人知的巢穴，然而正是这时候，城里至少有一个人因鼠疫消退而懊丧不已，那就是科塔尔。据信，塔鲁在笔记中记载了这种情况。

老实说，从统计数字开始下降的时候起，他的笔记就变得相当古怪了。或许是疲惫的缘故，他的字迹真的变得难以辨认了，而且所记的内容过于频繁地跳跃。更有甚者，笔记第一次缺乏客观性，换成了个人的看法了。记述科塔尔的情况就是如此，在很长篇幅中间，还插进一段戏猫老人的事。据塔鲁讲，鼠疫绝没有削减半分他对那位老先生的敬重，他对那个人物疫前感兴趣，疫后照样感兴趣，只可惜，他再想感兴趣也不成了，尽管他，塔鲁，表现的诚意没有什么问题。因为，他确曾没法再见那位戏猫老人。一月二十五日那天夜晚之后数日，塔鲁就来到那条小街，守候在街角。几只猫准时赴约，还在老地方，躺在太阳地上取暖。可是，到了老人平常出来的时刻，他家的百叶窗却执意紧闭。随后几天，塔鲁始终没有见到那些百叶窗打开过。于是，他别出心裁地得出结论，那小老头儿不是赌气就是死了：他若是赌气，就说明他认为自己有道理，是鼠疫损害了他；然而，他若是死了，那就该像对待那位哮喘病老人一样，考虑考虑他是否是圣人。塔鲁想来他不是圣人，但是认为那老人的事例有一种"启示"。笔记中指出："人也许只能达到近乎圣人的境界。果真如此，那就应该适可而止，做一个谦抑而仁慈的撒旦吧。"

塔鲁的笔记中，能看到许多评论，往往很零散，总是混杂在对科塔尔的观察中，有些谈及格朗，说他处于康复期，重新上班了，就好像什么事也没有发生过似的，还有一些评论涉及里厄大夫的母亲。塔鲁住进里厄家中，便有机会同老太太聊过几次，认真记录了他们之间的谈话、老太太的姿态、她那笑容，以及她对鼠疫的看法。塔鲁着重指出里厄老太太非常低调，她表达什么都用简单的语句，她还尤其偏爱一扇窗户：那扇窗户朝向清静的街道，每天傍晚，她总坐在窗前，身子微微挺直，双手安闲地放在膝上，目光凝注，一直到暝色侵入房间，她成为黑色的形影，而周围灰蒙蒙的光亮逐渐黯淡下来，最终融合了那纹丝不动的身影。塔鲁还特别强调，她从一个房间走到另一个房间，脚步异常轻盈；她那么善良，却从未在塔鲁面前拿出具体的例证，但是塔鲁在她的一言一行中，能认出善良的光芒。最后还谈到一个事实，塔鲁认为，老太太从不思索就洞察一切，她与沉默和阴影相伴，却始终能停留在任何光明的高度，哪怕是鼠疫的亮度。不过，塔鲁写到这里，字迹就扭扭斜斜，显得很怪异，后面一行行字体很难辨认，仿佛再次表明这种扭扭斜斜的特点；而最后几句话则首次提及他的私事："我母亲就是这样，我喜爱她身上这种同样的低调，她正是我一直想要回到身边的人。八年了，现在我还不能说她去世了。她不过是比往常更加低调避让一点儿，我转身一看，她已经不在那儿了。"

应该谈谈科塔尔了。自从统计的鼠疫死亡人数下降以来，科塔尔就以各种借口，多次去见里厄。而实际上，每次他都请里厄预测瘟疫的趋势。"您认为鼠疫能这样吗，连声招呼也不打，说停一下子就停下来？"对此他持有怀疑态度，至少他是这样表白的。但是，他重复提出同样的问题，似乎表明他并不那么自信。到了一月中旬，里厄的回答就相当乐观了。但是这种回答，科塔尔每次听了非但不欢喜，反而随日期不同而产生不同的反应，大体上从情绪不佳渐趋情绪沮丧。因而，大夫只好对他说，统计数字尽管表明形势好转，但是最好还别急于欢呼胜利。

"换个说法儿，"科塔尔便指出，"现在还全摸不着头脑，不知哪天还可能卷土重来吧？"

"对，正如治愈的过程会加速，都同样有可能。"

这种游移不决的态度，令所有人惴惴不安，却显然让科塔尔大大松了一口气；他当着塔鲁的面，跟他所住的街区商户交谈，就力图宣扬里厄的观点。的确，他无需费力就达到了宣扬效果。须知在初步胜利的狂喜之后，一种怀疑又回到许多人的头脑里，比起省政府的公报所引起的兴奋来，这种怀疑恐怕延续时间更长。科塔尔目睹这种不安情绪，也就放下心来。他跟历次一样，也不免泄气。"是的，"他对塔鲁说，"迟早要大开城门。等着瞧吧，他们都巴不得我完蛋！"

大家都注意到，直至一月二十五日，科塔尔的性格极不稳定。在很长一段时间，他寻求同街区的居民，同交往的人和解，可是后来，他又整天整天攻击他们。至少从表面看来，他算是退出社交活动，一夜之间，就过起了离群索居的生活。再也不见他出入饭馆、剧院和他喜爱的咖啡馆了。不过，他似乎也没有回到这场瘟疫之前那样，孤独寂寞，过着有节制的生活。他终日待在自己那套房间里，一日之餐由邻近一家饭馆送外卖。到了晚上，他才悄悄出门，买些需要的东西，走出商店便赶紧钻进僻静的街道。塔鲁若是撞见他，也只能从他支支吾吾的口中掏出几个单音节词。继而，也没有个过渡，他又爱交往了，又见到他大谈特谈鼠疫，征询每人的看法，又乐得每天晚上混杂在人流之中。

省政府发布公告那天，热闹的人群中完全不见了科塔尔的踪影。两天之后，塔鲁遇见了他，科塔尔正在街上游荡。他请塔鲁陪他去城郊街区，而塔鲁那一天干下来，觉得特别累，不免迟疑。可是，科塔尔执意拉他走，那神情显得非常烦躁，胡乱打着手势，说话又快，声调又高。他问塔鲁是否认为，省政府的公告真的就结束了这场鼠疫。依塔鲁之见，单凭政府一纸公告，当然不足以遏止一场灾难，但是也有理由认为，如果不出意外情况，瘟疫的确行将结束了。

"是啊，如果不出意外情况，"科塔尔说道，"但是，总有意外情况发生。"

塔鲁就向他指出，省政府规定两周之后，才打开城门，可见预料到可能出现意外情况。

"省政府这样做就对了，"科塔尔说道，他仍然阴沉着脸，心浮气躁，"因为照目前事态的发展，省政府很可能放了空炮。"

塔鲁认为有这种可能，不过在他看来，最好还是考虑尽快开放城门，恢复正常生活。

"就算是这样，"科塔尔对他说，"就算是这样，但恢复正常生活，您指的是什么呢？"

"电影院放映新片呗。"塔鲁微笑道。

科塔尔却笑不起来。他想要知道，是否可以这样想：这座城市闹完鼠疫什么也没有改变，一切又恢复旧观，就好像什么也没有发生一样。塔鲁认为，鼠疫会改变，又不会改变这座城市，而我们同胞的最强烈的愿望，当然现在是，今后也是一如既往，就仿佛周围没有发生任何变化，因此，在一定意义上，什么也不会改变，但是在另一种意义上，又不可能忘掉一切，即使加上多大的意志力也是枉然，鼠疫总要留下痕迹，至少留在人心里。可是，这个矮小的年金收入者却直言不讳，他对人心不感兴趣，人心甚至是他最不忧虑的问题。他关心的是行政机构本身会不会改组，譬如说，所有机构是否还像从前那样运行。塔鲁只得承认对此他一无所知，不过依他之见，可以设想所有这些机构，在瘟疫期间受到冲击，重新启动起来会有些困难。还可以想见，各种新问题会大量出现，给原先的机构至少要提出改组的必要性。

"嗯！"科塔尔说道，"这倒有可能，人人都一样，一切都得从头开始。"

二人边走边谈，快到科塔尔居住的楼房了。科塔尔又来了精神，极力表现得很乐观。在他的想象中，这座城市又要重新生活，抹掉过去，从零开始起步了。

"好哇，"塔鲁说道，"不管怎么说，事情总会解决，也许对您也同样。从某种角度来看，将要开始的是一种新生活。"

他们走到楼门前，相互握手。

"您说得对，"科塔尔说道，他的情绪也越发显得激动，"从零起步，这可是件好事儿。"

话音未落，从走廊的暗地里就走出两条汉子。塔鲁刚来得及听他的同伴问那两个鸟人想要干什么。那两个鸟人衣冠楚楚，一色公务员的模样，开口就问科塔尔他是否确实名叫科塔尔，而科塔尔不由得低低惊叫一声，扭头拔腿就跑，不待那两个家伙，也不待塔鲁有丝毫反应，就已经遁入夜色中了。塔鲁惊诧之余，就问那两条汉子要干什么。他们的态度颇为矜持，有礼貌地回答说要了解情况，说罢就径直朝科塔尔逃窜的方向追去。

塔鲁回到住处，记述了这一场面，并且当即记下（他的字迹也相当清楚地表明）他太疲惫了。他补充写道，他还有许多事情要做，但是不能因此他就不做好思想准备，心里也在思索，是否确实做好了准备。最后他回答说——塔鲁的笔记也就到此结束——无论白天还是黑夜，总有那么一个时刻，人很虚弱，他怕就怕这样的时刻。

到了第三天，再过几天就解除门禁了，里厄大夫中午回家，心想能否收到他盼望的电报。这几天特别辛劳，不亚于鼠疫猖獗的时期，尽管如此，期待彻底解禁的心情，还是消除了他身上的全部疲劳。现在他有了盼头，也就满心欢喜。人不能总那么紧绷着，日夜惕厉。全身力量拧成一股绳，一直同鼠疫抗争，现在终于松松劲儿了。让感情流露出来，这也是一种幸福。他盼来的电报，如果也报来喜信儿，里厄就可以重新开始了。而且他也认为，所有人都可以重新开始。

里厄经过门房小屋，看见新来的门房脸贴在玻璃窗上冲他微笑。他登上楼梯时，眼前又浮现那张脸，因疲惫和营养不良而十分苍白的脸。

是的，等这场梦魇结束，再有点儿运气，他会重新开始的。……不料，他刚一打开房门，母亲就迎上来，告诉儿子塔鲁先生身体不舒服。塔鲁早晨起床，却无力出门，回头又上床躺下。里厄老太太不免担心。

"也许没什么大毛病。"她儿子说道。

塔鲁直挺挺地躺着，他那沉重的脑袋在枕头上压出深窝儿，身上盖的毯子很厚，仍能突显健壮胸脯的轮廓。他发了烧，头疼得厉害。他对里厄说，症状还模糊难辨，有可能感染上了鼠疫。

"不对，还一点儿作不出明确的诊断。"里厄给他检查完了说道。

然而，塔鲁干渴得要命，大夫在过道里对母亲说，有可能是染上鼠疫，开始发病了。

"哎！"母亲说道，"这不可能，不会是现在呀！"

紧接着她又说道：

"咱们留下他，贝尔纳。"

里厄略一思索。

"我无权这么做，"他回答，"不过，城门要开放了，如果你不在这儿了，我认为这将是我行使的第一个权利。"

"贝尔纳，"母亲又说道，"把我们俩都留下吧。你很清楚，我又刚刚打了预防针。"

大夫说塔鲁也同样打了预防针，不过，也许太累的缘故，他漏掉了最后这次血清注射，同时又忽略了一些防范措施。

里厄已经去了工作室，他再回到房间时，塔鲁就瞧见他拿着几只大安瓿血清。

"啊！就是了。"塔鲁说道。

"不，这只是预防措施。"

塔鲁伸出胳臂，不再说什么，接受了这种漫长的注射，他也曾亲手给别的病人注射过。

里厄正面看着塔鲁，说道：

"看看今天晚上的情况吧。"

"要隔离起来吗，里厄？"

"还根本没有确诊您患上了鼠疫。"

"这是我头一次看到，注射血清而没有同时安排隔离。"

"您就由我母亲和我来护理。您留在这儿会更舒服些。"

塔鲁不吭声了，大夫就收拾药瓶，等他说话好转过身去。最后，里厄走到床边，病人注视着大夫。他一副倦容，但是那双灰眼睛很平静。里厄冲他笑了笑。

"睡得着您就睡一睡。过一会儿我就回来。"

他走到门口，听见塔鲁叫他，就返身回到床前。

但是，塔鲁似乎还在进行思想斗争，就连这句话都不愿意讲出口：

"里厄，"他终于一字一顿地说道，"应当全告诉我，我需要知道。"

"这事儿我答应。"

对方那张大脸微笑起来有点儿扭曲。

"谢谢。我可不想死，还要斗争。不过，真要是输定了，那我也希望有个好结果。"

里厄俯下身去，搂住他的肩膀。

"不，"大夫说道，"要想成为圣人，那就得活着。您要斗争啊。"

寒冷的天气，上午稍微缓和一点儿，午后却骤变，下起暴雨夹冰雹。暮晚时分，天空才略微转晴，但是严寒更加砭人肌骨。里厄晚上回到家中，顾不得脱大衣就走进朋友的房间。母亲在打毛线。塔鲁似乎就没有动窝儿，不过，他那高烧烧得发白的嘴唇却表明，他一直在坚持斗争。

"感觉如何？"大夫问道。

塔鲁微微耸了耸探到床外的宽阔肩膀。

"看起来，"他说道，"我的败局已定。"

人大俯下身去检查。在滚烫的肌肤下面，已经出现成串的淋巴结，他的胸膛也似乎回响着地下炼铁炉似的各种嘈杂声。塔鲁的病情很怪，呈现出两种鼠疫的症状。里厄直起身来说道，血清还没有完全发挥效用。但是，一股热流冲到嗓子眼儿，淹没了塔鲁想要说的话。

里厄和母亲吃完晚饭，又过来守在病人身边。夜幕降临，塔鲁就开始了这场搏斗，里厄知道，跟瘟神打的这场硬仗，要一直持续到拂晓。

塔鲁最有力的武器，并不是他那结实的肩膀和宽阔的胸膛，而是刚才里厄注射时针头下冒出的血液，是这血液中比灵魂还内在的、任何科学都无法释明的东西。而他，也只能干看着他的朋友拼搏。他所要做的事，就是必须催熟脓肿，给病人输滋补液，几个月以来反复失败却教会他珍视这些治疗措施的效果。其实，他唯一的任务，就是向偶然性提供机会，须知这种偶然性惰性十足，只有受到激发才肯动一动。这就必须让偶然性动起来。因为，里厄突然面对瘟神一张令他大惑不解的脸。瘟神再次力图挫败针对它的战略战术：它从仿佛已经立足的地方消失，在出人意料的地方现身。瘟神再次力图做出惊人之举。

塔鲁躺着不动，还在抗争。这一整夜，面对病魔的一次次袭击，他没有一次烦躁不安，仅仅以他厚重的身躯和沉默不语进行拼搏。同样，他也没有一次开口说话，他用这种方式承认自己不可以分神。里厄只能依据他朋友的眼睛，追随战斗的各个阶段：那双眼睛时而睁开，时而闭合，眼睑时而紧紧护住眼珠，时而相反，大大张开，目光凝视一件物品，或者移回到大夫及其母亲的身上。每次大夫与他的目光相遇，塔鲁都强颜微微一笑。

有一阵，街上传来急促的脚步声。行人似乎在逃避隐隐的雷声，隆隆的雷声渐渐由远及近，最终化为流水声，响彻街道：又下起雨，随即雨夹冰雹，击打着人行道。窗前大幅水帘波纹流动。里厄站在昏暗的房间里，一时分神，观看雨情，现在又回身，重又凝视床头灯光下的塔鲁。他母亲仍然在打毛线，不时抬头注意瞧瞧病人。现在，大夫该做的事全做完了。急雨过后，房间越发显得寂静，独独充满一场无形战争的无声厮杀。大夫受困倦的折磨，不免产生幻听，恍若听见寂静边缘有一种柔和而均匀的呼啸声。而在闹鼠疫的全过程，他的耳畔始终伴随这种声音。他示意母亲去睡觉。老太太摇头婉拒，她的眼睛明亮起来，接着就仔细检查针脚，有一针把握不大。里厄站起身，给病人喂水，回身又坐下了。

趁着雨暂停时候，行人便匆匆赶路，人行道上的脚步声渐行渐远。

里厄大夫第一次确认，这天夜晚，满街游荡的人迟迟不归，听不到救护车的铃声，很有点儿闹鼠疫之前的意味。这是摆脱了鼠疫的一个夜晚。病魔似乎受严寒、灯火和人群的驱赶，逃出本城黑暗幽深的洞穴，躲进这暖和的房间，向已无活力的塔鲁的身躯发起最后攻击。瘟神已不在本城上空行妖作怪，却在这个房间沉闷的空气里发出轻微的呼啸。这正是几个小时以来，里厄所听到的声音。还得等待，等这呼啸也在这里停止，鼠疫也在这里宣告败绩。

将近黎明时刻，里厄俯身对母亲说：

"你还是应该去睡一会儿，到八点钟好来替换我。睡之前先滴注点儿药水。"

里厄老太太站起身，收好针线活儿，走向床边。塔鲁合上眼睛有一阵子了。在他那坚强的额头上，头发被汗水浸得卷起来。里厄老太太叹息一声，病人随即睁开眼睛。他看见俯向他的那张和蔼的面孔，于是，他那倔强的微笑，重又浮出高烧的热浪。不过，他的眼睛很快又闭上了。剩下里厄一个人了，他坐到母亲刚离开的椅子上，街上静悄悄的，现在鸦雀无声了。房间里也开始让人感到凌晨的寒冷。

大夫昏昏欲睡，可是，拂晓驶出来的第一辆车，把他从瞌睡中拖出来。他打了个寒战，瞧了瞧塔鲁，明白这场搏斗有了一段间歇，病人也睡着了。那辆马车的木轮铁辋还在远处滚动。窗前的天色仍然一片漆黑。大夫走向床铺时，塔鲁看着里厄，眼睛毫无表情，就好像他还将醒未醒。

"您睡了一觉，对不对？"里厄问道。

"刘。"

"呼吸通畅点儿了吧？"

"好点儿。这能表明什么呢？"

里厄没有应声，过了一会儿才说道：

"不，塔鲁，这表明不了什么。您跟我一样清楚，这是清晨的暂缓现象。"

塔鲁表示赞同。

"谢谢，"他说道，"您就总这么确切地回答我吧。"

里厄坐到床脚。病人的双脚就在身边，他感到又长又硬，犹如僵尸的肢体。塔鲁的喘息，更加粗重。

"还要发起高烧，对不对，里厄？"他气喘吁吁地说道。

"对，不过，到了午间才能确定。"

塔鲁合上眼睛，仿佛在蓄养精力。他的脸上显出极度倦怠的神情。高烧在他体内某部位，已经蠢蠢而动，他就等待再度蹿升。他再睁开眼睛时，眼神十分黯淡，只是看见里厄向他俯下身子，才明亮一下。

"喝水吧。"里厄说道。

塔鲁喝完水，脑袋又倒下去了。

"拖这么久。"塔鲁咕哝一句。

里厄抓住他的手臂，但是塔鲁移开目光，不再有所反应。突然间，高烧仿佛冲垮体内的一道堤坝，明显涌上他的额头。这时，塔鲁的目光又移向里厄，大夫凑过脸去鼓励他。塔鲁还竭力要笑一笑，但是那笑意没有冲破咬紧的牙关和白沫封死的嘴唇。他的脸已僵硬，但是眼睛仍然放射着勇气的光芒。

到了七点钟，里厄老太太走进房间。里厄回到工作室，给医院打电话，安排人代他的班。他还决定推迟出诊时间，在沙发上躺一会儿，可是马上又起来，回到塔鲁的房间。塔鲁的头已经转向里厄老太太，凝视着坐在近前椅子上缩成一团、双手合拢放在大腿上的身影。他凝视的眼神太专注了，里厄老太太不由得将一根指头放在嘴唇上，然后起身关了床头灯。这时，窗帘外面的晨光很快透进来，不大工夫，病人的面容就从幽暗中显现出来，里厄老太太能看出他始终注视她。于是，她俯过身去，将枕头垫高一点儿，直起身来，一只手放到他那潮湿而鬈曲的头发上，抚摩了一会儿。于是她听见塔鲁对她说一声"谢谢，现在一切都好"，声音非常低沉，仿佛从远处传来。老太太重又坐下时，塔鲁已经合上眼睛，他那张疲惫的脸尽管双唇紧闭，却似乎重又泛起一丝微笑。

中午时分，高烧达到顶点。一阵阵发自肺腑的咳嗽，震得病人的身体直颤动，正是这时他开始咳血了。淋巴结停止增长了，但是肿块还在，非常坚硬，好似拧在关节凹陷处的螺帽，里厄判断不可能切开这些肿块。在高烧和咳嗽的夹击中，塔鲁还隔一阵看看这两位朋友。但时过不久，他睁开眼睛的次数越来越稀少，而他惨遭病魔摧残的脸庞，在阳光的映照下，每次看都更加苍白了。高烧的急风暴雨，引发他身体抽搐惊跳，但是照亮他头脑的闪电却越来越少见了，塔鲁被缓缓地卷进这风暴的深底。里厄从此面对的是一副笑容消失而毫无生气的面具。这副人的形骸，曾经和他那么亲近，现在被病魔的长矛刺得遍体鳞伤，被一种骇人的病痛烧焦，还被天降的仇恨之风所扭曲，眼看着沉入鼠疫的疾流中，里厄却无能为力，救不了遇难的朋友。他只能停在岸边，心似刀绞，两手空空，没有武器，孤立无援，面对这场劫难，再一次束手无策。最终，无能为力的泪水模糊了眼睛，里厄未能看见塔鲁猛然转向墙壁，随着一声低沉的哀叹便咽了气，就好像他体内一根主弦断了。

夜晚没有搏斗，只是一片寂静。在这与世隔绝的房间里，里厄感到一种令人惊诧的静谧，在这具已经穿好衣服的遗体上方飘浮，而这种静谧，在许多天之前的一个夜晚，在有人冲击城门之后，也曾出现在高踞鼠疫之上的屋顶平台的上空。就在那时候，里厄便已经联想到他眼睁睁看着死去的一些人床上升起的这种寂静。到处都是同样的暂停，同样庄严的间歇，总是战斗之后的同样的平静，这便是失败的静默。然而现在笼罩着他朋友的沉寂，显得密不透风，同街道和解脱了鼠疫的城市的静寂那么相得益彰，里厄由此清楚地感到，这是最后一次失败，而这次失败终结了战争，将和平本身变成一种永难治愈的伤痛。大夫不知道塔鲁最终是否找回安宁，但至少此时此刻，他自信已经了解，他本人永远也不可能安宁了，正如失去儿子的母亲、埋葬朋友的男人那样，永远也不会有休战的时刻了。

户外，还是同样寒冷的夜晚，天空明亮而清冷，满布的星辰都仿佛冻结了。房间里半明半暗，里厄和母亲都感到严寒压迫着玻璃窗，那是极地之夜惨白的强烈气息。里厄老太太坐在床边，床头灯光从右侧照过来，一如平常那样的姿态。里厄在房间中央，坐在远离灯光的扶手椅上等待。他又想起自己的妻子，但是每次总要打消这种念头。

夜晚初始一段时间，行人走在清冷的夜色中，脚步声格外响亮。

"什么都安排妥当了吧？"母亲问道。

"妥当了，我打过电话了。"

接着，他们又继续默默地守灵。里厄老太太不时瞥儿子一眼。里厄每次同这样的目光相遇，就冲母亲笑一笑。街上相继传来夜间熟悉的声音。尽管还没有解禁，许多车辆却重又上街行驶了。汽车快速轧过马路，消失了，随后重又出现。人声话语、呼唤声，继而，复归寂静，一匹马的蹄声，两辆有轨电车过弯道吱嘎作响，模糊不清的嘈杂声，又是夜的喘息。

"贝尔纳？"

"嗯。"

"你不累吗？"

"不累。"

他知道母亲心里想什么，知道此刻母亲是疼爱他。他也知道爱一个人，或者至少一种爱始终不够强烈，找不出自行表达的方式，这并不算什么。因此，他母亲和他，可以始终默默地相爱。他们过一辈子，直到她，或者他本人死去，也不可能进一步倾吐母子之情。同样，他在塔鲁身边生活一段时间，而今天晚上，塔鲁去世了，他们的友谊却没有时间真正经历一番。塔鲁出局了，正如他自己讲的。但是他，里厄，又赢得了什么呢？他所赢得的，仅仅是认识了鼠疫并可回忆，了解了友谊并可回忆，体验了温情，而且有朝一日也成追忆。在同鼠疫博弈、同生活博弈中，人所能赢的，无非是见识和记忆。塔鲁所说的"赢局"，也许指的就是这一点！

又驶过一辆汽车，里厄老太太在坐椅上动了一下。里厄冲她笑一笑。老太太对儿子说她不累，紧接着又说道：

"你应该去山区那里休息一阵子。"

"当然要去了，妈妈。"

是的，他会去山上休息。有何不可呢？这也成其为悼念的一种借口。赢局，果真如此的话，那么被剥夺了希望，仅仅带着自己的见识和记忆去生活，日子该有多么艰难啊。塔鲁恐怕就是这样生活过来的，他已经意识到，一种没有幻想的生活该是多么枯燥乏味。没有希望，就谈不上安宁，而塔鲁不承认人有权处死任何人，可又知道谁都可能情不自禁地判处别人死刑，甚至受害者有时也会成为刽子手。因此，塔鲁五内俱裂，生活在矛盾之中，从来就没有萌生过希望。莫非为此缘故，他才要当圣人，通过为别人服务而获取安宁吧？老实说，里厄无从知晓，这也并不重要。塔鲁在他的记忆中，只留下双手紧握方向盘为他开车的形象，或者这副厚重的身躯，现在躺着不动的形象。一种生活的热情和一副死亡的模样，这就是认识。

无疑正因为如此，早晨接到妻子去世的消息，里厄大夫才表现得如此平静。他正在工作室里，他母亲几乎跑着给他送来一封电报，随即出去好付给邮递员小费。老太太返回时，见儿子手上还拿着打开的电报。她注视着儿子，但是里厄目不转睛，在窗前出神观望海港绚丽的晨景。

"贝尔纳。"里厄老太太叫道。

大夫心不在焉地端详母亲。

"电报说什么？"老太太问道。

"正是这事儿，"大夫承认，"一周前走的。"

里厄老太太的头扭向窗户。大夫沉默不语。继而，他劝母亲不要流泪，他早有所料，但事到临头还是非常难过。他这样讲，只是表明他这种伤痛并未出乎意料。几个月以来，乃至近两天，接连不断袭来的是同样的痛苦。

二月晴朗一天的拂晓，四面城门终于开放了，本市居民、各家报纸、广播电台和省政府公报，无不欢呼庆贺。叙述者也就责无旁贷，应当记下城门开放后的欢乐时刻，尽管像他这类人还身不由己，不能全心投入欢庆的行列。

盛大的欢庆活动，从白天持续到夜晚。与此同时，火车站里的列车开始启动，黑烟滚滚，不少轮船也朝我们港口驶来，车船都以各自的方式表明，对所有饱受分离之苦的人来说，这一天是大团圆的日子。

叙述至此，也不难想象，久居我们多少同胞心中的离恨别痛，已到何等苦不堪言的程度。白天，驶入本市的列车与开出的列车，都同样满载着旅客。他们都早早预订了这一天的车票，在暂缓撤销禁令的两周期间，人人都提心吊胆，生怕到最后时刻，省政府又取消这一决定。在驶近本市的旅客中，有些人还未完全排除恐惧的心理，他们固然大体上了解亲人的命运，但是对其他人和这座城市本身，却不甚了了，不免把市容市貌想得面目狰狞可怕。不过，也是仅仅对整个这一时期没有经受爱情煎熬的人而言，情况才确实如此。

多情的人的确魂牵梦萦，专注于固定的念头。对他们来说，只有一种事变了，就是时间的概念：他们流亡在外这么多月，总想催促时间快些流逝，在列车上已经望得见我们城市的时刻，他们越发热切地希望时间加速再加速；然而，火车一旦开始刹车，在停稳之前，他们反而又企盼时间慢下来，干脆停止不动才好。爱情生活缺失的这几个月，他们内心的感觉既模糊又强烈，隐隐产生一种争得补偿的要求，希望欢乐的时间比等待的时间过得慢一倍。至于在房间或在火车站等候的人，如朗贝尔，须知他妻子几周前就得到通知，早已做好前来的一切准备，他们都同样急不可待，同样心慌意乱。只因这种爱情或者温情，已被闹了数月的鼠疫压缩成为抽象概念，朗贝尔不免心惊胆战，等待同爱的支柱，有血有肉的爱人共同检验这种感情。

朗贝尔恨不得变回初闹瘟疫时那样，想要一气冲到城外，跑去迎接他心爱的人。但是他知道，这再也不可能了。他变了，鼠疫把他变得驰心旁骛，他虽然极力否认，然而这种状态依旧，仿佛心存一种隐忧。在某种意义上，他感到鼠疫结束得太突然，自己一时还不适应。幸福飞速到达，事态的进展超乎期待。朗贝尔明白，一切会一股脑儿还给他，而快乐成为滚烫的美食，不能细细品味。

此外，这种心态，所有人也都像朗贝尔那样，或多或少意识到了，因而就应该谈谈所有人的情况。在这火车站的站台上，他们开始了私生活，但相互交换眼色和微笑，仍能感到他们这个集体。不过，他们一望见火车冒的黑烟，流放感就当即烟消云散，沐浴在如醉如痴的欢乐中了。等列车一停稳，以往经常在这同一站台上无休止的分离，一瞬间便结束了，正是在这一瞬间，他们又狂喜又贪婪，手臂紧紧搂住他们已忘记鲜活形状的躯体。且说朗贝尔，未待他看清楚，朝他跑来的身影就扑进他怀里。他抱住她，将她的头紧紧搂在胸前，只看得见熟悉的头发，不由得流下眼泪，却不知道是为眼前的幸福，还是为过久压抑的痛苦而抛洒，但是至少可以肯定，泪水会阻止他查验埋在他肩窝的这张脸，是他朝思暮想的面容，还是一张陌生女人的脸。等一会儿就能见分晓，他怀疑得是否有道理。不过眼下，他要跟周围所有人一样，摆出相信的样子，鼠疫尽可以扑来，再撤走，人是不会因此而变心的。

于是，亲人相拥着各自回家，视而不见周围的世界，表面上战胜了鼠疫，置之不理一切苦难，置之不理同车来的人还有的不见一个亲人，准备回家确认久无音信已经在他们心中滋生的忧惧。对于这些只能与新痛相伴的人，还有此刻正在怀念逝者的人，情况就截然不同，离别之恨便达到了顶峰。这些人，无论是母亲、丈夫、妻子还是情人，随着丧失了亲人，也丧失了一切快乐：亲人现已混杂在群葬的尸坑里，或者掺杂在一堆骨灰中，这就是永远的鼠疫。

可是，谁还会想到这些孤苦伶仃的人呢？中午，太阳战胜了从清晨就在空中与其搏斗的寒风，向城市不间断地倾泻着静止不动的光芒。白昼停滞了。山头要塞的大炮不断向入定的天空轰鸣。全城居民倾巢出动，庆祝这一令人激动万分的时刻，而在这一时刻，痛苦的时期结束了，遗忘的时期尚未开始。

各个广场都跳舞狂欢。转眼之间，交通流量就猛增，汽车越来越多，在拥挤不堪的街道上艰难地行驶。整个下午钟声齐鸣，响彻金光普照的蔚蓝天空。原来每座教堂都在举行感恩礼拜。而且，与此同时，娱乐场所也都人满为患，咖啡馆不再顾虑将来，最后一批烧酒存货全部拿出来供应，柜台前挤满了人，一个个都那么兴高采烈，其中有许多搂抱在一起的男女，在大庭广众之中也都无所避讳了。人人都高声叫嚷，开怀大笑。几个月以来，他们每人守护心灵而积存的生命力，现在要在这一天中耗尽，真把这一天当作他们的幸存之日。等到明天，生活本身才倍加谨慎地开始。眼下，不同身份的人相聚甚欢，情同手足。死亡降临都没有真正实现的平等，解脱灾难的欢乐却做到了，至少在这几个小时成为现实。

其实，这种感情的释放十分平常，并不能说明一切，傍晚时分，满街与朗贝尔摩肩擦背的人群，往往以平静的神态来掩饰微妙得多的幸福。许多夫妇，许多全家人出来，给人的表相确实看不出什么，无非都是安闲的散步者。其实，大部分人又故地重游，怀着复杂的心理再来看看他们受过苦的地方，要给初来乍到的人指点鼠疫留下的触目惊心或隐蔽的创痕，闹鼠疫时期的遗迹。有些情况下，人们还乐得扮演向导，装出见识了许多事情，既然亲身经历了鼠疫，谈起危险来绝口不提恐惧。这种乐趣也无伤大雅。可是，还有些情况，走的路线更加拨动心弦，一个恋人沉浸在多情忧心的回忆中，可能会对情侣说："当时，就在这个地点，我多想要你啊，可你就是不在跟前。"这些情感的游客，当时可以辨认出来：他们走在波涛汹涌的人海中，却形成一座座小孤岛。正是他们宣告了真正的解脱，远远胜过十字街头的乐队。只因这一对对情侣心醉神迷，紧紧偎依在一起，话语不多，但是在乱哄哄的人群中，他们满面春风，洋溢着幸福的不公，证实鼠疫已然结束，恐怖已成过去。他们根本不顾明显的事实，从容不迫地否认我们曾亲历过这样疯狂的世界，杀个人如同打死苍蝇一样习以为常，他们也否认这种确凿无疑的野蛮行径、这种处心积虑的疯狂举动，否认这种带来对一切非现时事物肆意践踏的监禁、这种令所有尚未被杀死的人惊愕的死亡气味，他们最后还否认我们曾经是这群吓昏了头的民众，每天都有一部分人的尸体成堆投进焚尸炉化为浓烟，而其余的人则戴着无能为力和恐惧的枷锁，等待这种厄运轮到自己头上。

总之，映入里厄大夫眼帘的，正是这样一番景象。傍晚时分，他独自出门，走在震耳欲聋的钟声、炮声、乐曲声和欢叫声中，要前往城郊街区。他继续出诊，患者没有假日。城市在绚丽而明净的晚照中，又冉冉升起昔日烤肉和茴香酒扑鼻的香味。周围尽是仰天大笑的面孔。男人和女人，都勾肩搭背，一张张脸火红火红，那么心荡神迷，张扬着欲望。是的，鼠疫结束了，恐怖也随之消逝，这些挽在一起的手臂确实表明，从词义的内涵讲，鼠疫就曾意味流放和分离。

几个月以来，里厄在所有行人脸上看到的这种亲如一家的神情，现在他第一次能够命名了。此刻环视周围就明白了。所有这些人，熬到了鼠疫结束，生活困苦，缺衣少食，最终都穿上了他们早已扮演的角色，即移民的服装：首先是那张脸，现在还有服饰，表明他们离开了故土，远在他乡。从闹鼠疫而关闭城门的时候起，他们就完全生活在离别的境况中，得不到能使人忘掉一切的这种人间温暖。在城中各个角落，这些男人和这些女人，都程度不同地渴望过团聚，虽然每人要团聚的性质不尽相同，但是对所有人来说，都是遥不可及的事情。大部分人都曾向远别的一个人，竭尽全力呼唤一个肉体的温暖，缠绵的柔情，或者原来的习惯。有些人往往不知不觉，忍受着置身于人的友情之外的苦痛，他们再也不能通过诸如通信、乘火车、轮船出行等寻常途径与人联谊。还有少数人，也许像塔鲁那样，曾经渴望同某种东西相聚合，而这种东西，他们又无法界定，但似乎是他们唯一渴望的福运。既然没有别的名称，他们有时也就称之为安宁。

里厄一直走着，越往前走，周围的人越密集，也越喧闹，他仿佛觉得他要去的城郊街区相应往后退去。他逐渐融入这个甚嚣尘上的巨大群体中，越来越理解他们的呼喊，至少呼喊出他的一部分心声。是的，大家同患难，无论肉体还是心灵，都经历一段艰难的空白，一段无法弥补的流放，一种从未满足的饥渴。尸体堆成了一座座小山，伴随着救护车的铃声，通常称为命运所发生的警告，还有挥之不去的恐惧和内心激烈的反抗，在这中间，一种巨大的喧声不断地传布，警示这些惊恐万状的人，告诉他们务必返回他们真正的家园。对他们所有人来说，真正的家园就在这座窒息的城市的城墙之外，在山峦上芬芳的荆棘丛中，在大海上，在自由的地方和爱情的分量里。他们正是想要回到真正的家园，回到幸福中，厌恶地避开其余的一切。

至于这种流放、这种团聚的渴望，究竟可以赋予什么意义，里厄却无从知晓。他一直往前走，各处被人拥来挤去，不断有人打招呼，渐渐走到不大拥挤的街道，心里不免私忖，这些事有没有意义并不重要，只应该看准符合人的希望的东西是什么。

里厄从此便知晓，什么回答了人的希望，他走进城郊头几条儿乎冷清的街道，就看得更加清楚了。那些只看重自己那点儿东西的人，仅仅渴望回到他们爱情的安乐窝，有时真就如愿以偿了。当然了，他们当中一些人，仍然孤孤单单，继续在城中游荡，再也见不到他们等待的人了。没有两次遭受离别之苦的人，总算是幸运者，而有些人则不然，他们在瘟疫之前，没有一下子建立起情爱甚笃的夫妻关系，又多年盲目追求十分勉强的和美，结果情不投意不合反成了冤家。这些人也跟里厄一样，轻率地把希望寄托在时间上，不料他们的分离遂成永诀。不过，还有一些人，就毫不犹豫地找到了他们离别而以为失去的人，譬如朗贝尔，这天早晨里厄跟他分手时还对他说："鼓起勇气，现在这样才是对的。"至少在一段时间内，他们会感到幸福。现在他们知道了，这世上如果还有·样东西，人总是渴望，有时也能获得的话，那就是人与人之间的温情。

但凡有人追求超越人的，连他们本人都想象不出来的什么东西，那就根本没有答案。塔鲁似乎重返他曾谈论的难得的安宁，然而，他仅仅在死亡中才找见了，到了这种时刻，安宁对他也毫无用处了。里厄看到在夕照中，站在门口紧紧相拥的人，相互凝视，彼此传递着欲火，如果说这些人已经如愿以偿，那也是因为他们想要的正是唯一取决于他们自身的东西。里厄拐进格朗和科塔尔居住的街道时心里便想道，这些人只求平凡做人，满足于自己那种可怜而又可厌的爱，他们至少时而得到欢乐的酬赏，也是理所当然的事。

这部纪事接近尾声。到了贝尔纳·里厄大夫应该承认的时候了，他正是本书的作者。不过，在讲述本纪事最后一些事件之前，他希望至少解释一下他为何撰写此书，并让人明白他坚持以见证人的客观语调来记述。在闹鼠疫期间，他因职业之便，得以接触大部分同胞，搜集了他们的感受。因此，他正当其位，适于报导他的所见所闻。当然，他也要抱着十分谨慎的态度来做这件事。总体来说，不是目睹的事情，他尽可能不采用，不是他们大体上必然产生的思想，也绝不强加给他在鼠疫期间的工作伙伴，仅限于利用因偶然或不幸落入他手中的资料。

他是要为某种罪恶出庭作证，作为一个厚道的证人，就有所保留，掌握一定分寸。但同时又遵循一颗正直心灵的法则，毅然决然站到受害者一边，并且情愿跟世人，他的同胞们一起确认他们唯一共同肯定的事，即爱、痛苦和流放。因此，他的同胞的种种惶恐不安，他无不感同身受，他们的每种境遇，也无不是他本人的经历。

要做个忠实的证人，他尤其应当记述各种举动、各种资料和各种传闻。然而，他个人想要讲的话、他的期待、所经受的考验，都应该避而不谈。他若是选用的话，也仅仅旨在理解或者有助于人理解他那些同胞，旨在尽量明确表达出他们大部分时间模糊的感受。老实说，花这点儿脑筋，对他不算什么。有时他也跃跃欲试，要把自己的心声直接汇入成千上万鼠疫患者的声音之中，可是转念一想又作罢了：他那些痛苦，没有一件不同时也是别人的痛苦，在这世上，痛苦往往孤独地承受，这正是一种优势。的的确确，他应该替所有人说话。

然而，我们的同胞中至少有一人，里厄大夫不能替他说话，正是有一天，塔鲁对里厄说起的那一位："他唯一真正的罪过，就是从心里赞成要一些孩子和大人性命的东西。余下的，我全能理解，唯独这一点，我只能勉勉强强地原谅他。"此人一颗心愚昧无知，也就是说落寞孤寂，这部纪事的句号，落到他身上倒也恰到好处。

里厄大夫走出欢庆喧闹的大街，正要拐进格朗和科塔尔居住的街道时，却被一道警戒线拦住去路。这情况他没有料到。远处欢庆的阵阵喧哗声，越发显得这个街区的寂静，他感到这儿既沉默又冷清。他出示了证件。

"不行啊，大夫，"警察说道，"那儿有个疯子，朝人群开枪。不过，您就留在这儿，还可能用得着。"

这里，里厄看见格朗朝他走过来。格朗也不知道是怎么回事。警察不让过去，他听说有人从他那栋楼里朝外打枪。远远望得见那栋楼的正面，被没有热度的夕阳的余晖涂成金黄色。楼房四周有一大片空场，一直延伸到对面的人行道。可以清楚地看到，马路中央有一顶帽子和一块脏布片。里厄和格朗远远望见，街道另一头也拉起一道警戒线，跟拦住他们的这道警戒线平行，本街区的一些居民脚步匆忙，从那道警戒线后面过往。他们仔细观望，还看到一些警察手持手枪，蹲在那栋楼对面几栋楼的楼门里。那栋楼的百叶窗全部关闭，只有三楼的一扇百叶窗似乎掩着。整条街悄无声息，只能听见从市中心传来的乐曲声的片段。

一时间，对面一栋楼里手枪射击，"叭、叭"两声，那扇半开的百叶窗随即碎片横飞。接着，又复归寂静。在一天喧闹之后，远远望见的景象，反倒令里厄觉得有点儿虚幻。

"那是科塔尔家的窗户。"格朗突然说道，他情绪很冲动。"可是，科塔尔早就不知去向了。"

"为什么开枪啊？"里厄问警察。

"那是引逗他呢。我们等一辆车，运来必要的装备，因为，有人开枪，专打要进那栋楼的人，已经有一名警察中弹了。"

"为什么开枪打人呢？"

"不知道。当时，大家都在街上闲逛，忽听一声枪响，都闹不清是怎么回事儿。打第二枪时，惊叫声四起，有人受了伤，所有人都逃开了。那是个疯子，还用说！"

在恢复的寂静中，时间一分一秒，似乎过得十分缓慢。忽然间，他们望见一条狗，从街道另一头窜了出来，那是很久以来里厄所见到的第一条，一条脏兮兮的长毛猎犬，估计是主人把它掩藏至今，正沿着墙根儿小跑。跑到那栋楼的楼门附近，狗犹豫一下，先是坐到地上，然后翻身倒下咬跳蚤。警察连吹几声哨子，召唤那条狗。狗抬起头，接着决定慢腾腾地横过马路，去嗅那顶帽子。与此同时，从三楼射出一发子弹。那条狗好似烙饼似的翻倒在地，四条腿乱蹬，最后仰身躺倒，抽搐了好半天。对面楼里当即还击，五六声枪响，又把那扇百叶窗打飞好多碎片。继而，周围又寂静下来。太阳沉下去一点儿，阴影开始爬近科塔尔家的窗户。大夫身后的街上响起轻轻的刹车声。

"他们到了。"警察说道。

几名警察背朝外下了车，带上绳索、一架梯子、两个长方形的油布包。他们走进一条环绕这群楼房的街道，到了格朗居住的楼房的对面。片刻之后，那些楼房门口一阵骚乱，那情景不是看到，主要是猜测出来。然后，大家就等待。那条狗不再动弹了，现在躺在一洼暗黑的血泊中了。

猛然间，响起一阵冲锋枪射击声，从警察占据的几座楼房的窗口响起。这阵射击，仍然对准那扇百叶窗，这次打得稀巴烂，露出了黑乎乎的窗洞；可是，里厄和格朗从他们站的位置什么也看不清楚。射击一停止，第二支冲锋枪又响起来，从另一个角度，在稍远一点儿的楼房射击。子弹无疑都射进那扇窗户的方洞里，有一颗还打飞墙砖的一块碎片。就在同一瞬间，三名警察跑步横穿马路，冲进楼门里。另外三名警察差不多紧随其后，射击也随即停止了。大家又开始等待。

那栋楼里远远传来两声枪响。接着又是一阵喧哗，只见从那楼里与其说是拖出，不如说是架出来一个矮个儿男子。那人只穿着衬衣，不住口地大嚷大叫。好像发生了奇迹，临街关闭的百叶窗全部打开，窗口全挤满了看热闹的人，又有大群人从一幢幢楼里出来，挤在警戒线的外面。这工夫，那个矮个儿男子已经被架到马路中央，双脚终于着地，手臂仍被警察反扭在背后。他还是连声叫嚷。一名警察走上前去，狠狠给了他两拳，打得又稳又准。

"正是科塔尔，"格朗讷讷说道，"他已经疯了。"

科塔尔倒下了。只见那警察悠起腿，又照着被打瘫在地的躯体猛踢一脚。接着乱哄哄的一群人朝大夫和他的老友这边走来。

"都闪开路！"那警察嚷道。

里厄移开目光，不看从面前走过的那群人。

格朗和大夫走进苍茫的暮色中。这个事件就好像震醒了昏昏欲睡的街区，偏僻的街道上重又热闹起来，挤满欢乐的人群。格朗到了居住的楼前，向大夫道别，他要去工作。不过，临上楼的当儿，他还是对大夫说，他已经给雅娜写了信，现在心里释然了。另外，他又重新写了那句话，并且说："所有形容词，我全部删掉了。"

格朗狡黠地笑了笑，摘下帽子，恭恭敬敬施了一礼。然而，里厄心里在想科塔尔，他去那位患哮喘病老人家的一路上，耳畔一直回荡着警察挥拳击在科塔尔脸上浊重的声响。想到一个有罪的人，也许比想到一个死人还要难受。

里厄走到患病老人家时，夜色已经吞噬了整个天空。在房间里听得见远处欢庆自由的嘈杂声，老人还是慢条斯理地倒腾鹰嘴豆。

"他们做得对，是该乐和乐和了，"老人说道，"苦乐全有，才算得上一个世界。大夫，您那位同事呢，他怎么样了？"

传来一阵噼噼啪啪的声响，但那是祥和的爆破声，孩子们在放鞭炮。

"他死了。"大夫回答，同时用听诊器检查老人呼噜呼噜作响的胸部。

"啊!"老人听了不禁愕然。

"死于鼠疫。"里厄补充一句。

"是啊,"老人沉吟片刻,不得不承认,"最优秀的人总是先走。这就是生活。真的,他那个人,知道自己想要什么。"

"您为什么这样讲?"大夫边说边收好听诊器。

"也不为什么。他可从来不说空话废话。总之,我呢,挺喜欢他。就是这么回事儿。别人说:'这是鼠疫,我们闹了鼠疫。'差一点儿,他们就会申请授勋了。说到底,鼠疫究竟是什么呢?鼠疫就是生活,不过如此。"

"您要按时做熏蒸疗法。"

"嗯!您丝毫不必担心。我的命还长着呢,我会眼看着他们一个个全死去。我嘛,生活得法儿。"

远处声声欢叫回应他这话。大夫停在屋子中央。

"我去平台上瞧瞧,您不介意吧?"

"不介意!您要从高处望望他们,嗯?随您便吧。其实,他们始终是老样子。"

里厄朝楼梯走去。

"说说看,大夫,他们要建造一座鼠疫死难者纪念碑,这是真的吗?"

"报上这样报导。造一座石碑,或者一块纪念牌。"

"我早就断定了。还会有人发表演说。"

老人大笑,笑得喘不上来气儿。

"我在这儿就听得见他们说:'我们这些死者……'回头他们就去大吃大喝。"

里厄已经登上楼梯了。

清冷而辽阔的天空,在楼房上方闪烁,而靠近山峦那边,星星犹如燧石,显得异常坚硬。记得那天夜晚,他和塔鲁登上这座平台,将鼠疫抛到一边,而这天夜晚的情景,并没有多大差异,只是悬崖脚下的大海涛声更为喧响。空气轻盈，纹丝不动，释去了秋季暖风送来的咸味。然而，市区喧闹的声浪，还一直拍击着屋顶平台下面的墙脚。不过，这是解脱之夜，而不是反抗之夜了。远处那片暗红色的亮光，标志着灯火辉煌的林荫大道和广场。值此解放的夜晚，渴望就成了脱缰的野马，正是那种吼声一直传到里厄的耳畔。

官方欢庆的第一批烟花，从昏暗的港口腾空而起。全市居民长时间欢呼声隐隐传来。科塔尔、塔鲁，以及里厄曾爱过并失去的那些男子和那个女人，他们无论死去还是有罪，此刻全被人忘却了。这位患病老人说得对，人始终是老样子。不过，这正是他们的力量和无辜所在，里厄超越一切痛苦，还是从这两方面同他们会合了。欢呼声持续不断，一阵高似一阵，久久回荡在平台的脚下；五彩缤纷的烟花在天空绽放，也越来越密集了，于是，里厄大夫决定撰写到此结束的这部纪事，以免跻身沉默者的行列，旨在挺身作证，为鼠疫的受害者说话，至少给后世留下他们受到不公正和粗暴待遇的这段记忆，也旨在扼要谈一谈在这场灾难中学到什么，即人身上值得赞美的长处多于可鄙视的弱点。

然而他也明白，这部纪事不可能是最后胜利的纪事。本书仅仅见证了在危险关头，人们不得已做了些什么，同时也表明，今后再遇到类似情况，还应该做些什么：所有当不成圣贤，又不甘心横遭灾祸的人，当然要将个人的伤痛置之度外，努力当好医生，抗击瘟神及其武器乐此不疲制造的恐怖。

里厄倾听着从市里飞扬起来的欢乐喧声，确实念念不忘这种欢乐始终受到威胁。因为他了解这欢乐的人群并不知晓的事实：翻阅医书便可知道，鼠疫杆菌不会灭绝，也永远不会消亡，这种杆菌能在家具和内衣被褥中休眠几十年，在房间、地窖、箱子、手帕或废纸里耐心等待，也许会等到那么一天，鼠疫再次唤醒鼠群，大批派往一座幸福的城市里死去，给人带去灾难和教训。

终